AUDREY CARLAN
Destino

TRINITY LIVRO 5

Tradução
Patricia Nina R. Chaves

1ª edição
Rio de Janeiro-RJ / Campinas-SP, 2018

VERUS
EDITORA

Editora
Raïssa Castro

Coordenadora editorial
Ana Paula Gomes

Copidesque
Lígia Alves

Revisão
Raquel de Sena Rodrigues Tersi

Capa, projeto gráfico e diagramação
André S. Tavares da Silva

Título original
Fate

ISBN: 978-85-7686-645-9

Copyright © Waterhouse Press, 2017
Todos os direitos reservados.
Edição publicada mediante acordo com Waterhouse Press LLC.

Tradução © Verus Editora, 2018
Direitos reservados em língua portuguesa, no Brasil, por Verus Editora. Nenhuma parte desta obra pode ser reproduzida ou transmitida por qualquer forma e/ou quaisquer meios (eletrônico ou mecânico, incluindo fotocópia e gravação) ou arquivada em qualquer sistema ou banco de dados sem permissão escrita da editora.

Verus Editora Ltda.
Rua Benedicto Aristides Ribeiro, 41, Jd. Santa Genebra II, Campinas/SP, 13084-753
Fone/Fax: (19) 3249-0001 | www.veruseditora.com.br

CIP-BRASIL. CATALOGAÇÃO NA FONTE
SINDICATO NACIONAL DOS EDITORES DE LIVROS, RJ

C278d

Carlan, Audrey
    Destino / Audrey Carlan ; tradução Patricia Nina R. Chaves. - 1. ed. - Campinas, SP : Verus, 2018.
    23 cm.   (Trinity ; 5)

Tradução de: Fate
Sequência de: Vida
ISBN 978-85-7686-645-9

1. Ficção erótica americana. I. Chaves, Patricia Nina R. II. Título. III. Série.

18-47684   CDD: 813
                         CDU: 821.111(73)-3

Revisado conforme o novo acordo ortográfico

Seja um leitor preferencial Record.
Cadastre-se no site www.record.com.br e receba informações sobre nossos lançamentos e nossas promoções.

Atendimento e venda direta ao leitor:
mdireto@record.com.br ou (21) 2585-2002

Para minha irmã de alma Carolyn Beasley.
Sem você, Kathleen Bennett não existiria.
Com esta série chegando ao fim,
meu maior desejo é que, assim como Kat,
você encontre o seu felizes para sempre.
Com todo o meu amor e amizade, para toda a vida.

BESOS
Bound eternally sisters of souls (irmãs de alma unidas eternamente)

1

KATHLEEN

Arrependimentos são desejos não realizados. Depois de trinta anos nesta terra, tenho mais arrependimentos do que dedos nos pés e nas mãos, e a maioria deles está ligada a um homem. Aquele que afastei de mim. Agora estou sozinha. Sem namorado, sem filhos e sem esperanças de encontrar outra pessoa.

Dizem que a solidão é uma escolha, e eu acho que é verdade. As pessoas entram e saem da minha vida como abelhas em busca de néctar, tiram o melhor de mim e deixam um vazio para trás. Ele preenchia esse vazio com alegria, risos e o que eu julgava ser amor. Cheguei a acreditar... até terminar tudo. Agora só resta uma casca vazia, o invólucro da mulher que eu fui. A mulher que eu gostaria de voltar a ser.

Meu terapeuta diz que eu sofro de transtorno de estresse pós-traumático por causa do incêndio e das queimaduras, e talvez ele esteja certo.

Parece que todo mundo tem as soluções para os meus problemas, mas sou eu que estou presa no inferno que eles criaram. Sou eu que acordo toda noite com uma dor terrível que desce pelo braço direito até a ponta dos dedos. É nessas horas que eu percebo quanto estou realmente sozinha. Não há ninguém para eu acordar durante a noite, abraçar e sussurrar frases doces em meu ouvido até eu relaxar e adormecer de novo, em paz.

Os dias em que eu podia contar com um homem para me aconchegar no calor do seu corpo terminaram. Essa é uma das minhas muitas tristezas, e ainda assim eu não mudaria minha decisão. Ele está melhor sem mim, ou pelo menos sem a concha oca e quebrada que me tornei.

Não que isso faça diferença, pois, se ele não me amava quando eu era física e mentalmente perfeita, definitivamente não seria capaz de me amar agora. Então, por que eu não esqueço esse assunto e o tiro da cabeça, do meu coração e da minha vida? Por que a felicidade depende do que já passou?

Três anos é muito tempo para chorar por alguém que você propositalmente expulsou da sua vida. Foram três anos de tratamento das queimaduras, enxertos, reabilitação e terapia. Que ironia... O dr. Madison não pode me consertar. Ninguém pode. Cada novo procedimento me dá esperanças de voltar a ser e me sentir como antes da noite em que minha vida inteira mudou. E nada acontece. Algumas vezes eu ganho enxertos de uma pele mais macia... mas no fim uma parte fica mais bem cicatrizada aqui, outra pior ali... Os enxertos deixam cicatrizes, mas essas são mais fáceis de esconder. Ainda assim, já não sou *eu* mesma.

De certa forma, Kathleen Bennett, a verdadeira Kat, se transformou figurativamente em cinzas durante o incêndio. A mulher que eu era, a pessoa que eu tinha orgulho de ser... feliz e contente, apaixonada pela vida e por Carson Davis... essa já morreu. A mulher que ficou em seu lugar é amarga e assustada, com um ombro esfacelado e um perene desejo de desaparecer.

Quem sabe a saída seja ir embora e me tornar outra pessoa. Mas eu jamais conseguiria deixá-las. Minhas irmãs de alma são a minha existência. Nossa amizade era como uma árvore viçosa de raízes profundas, mas agora se transformou num emaranhado de galhos e folhas secas sem vida. Ainda assim, as raízes que me unem a essas três mulheres são muito mais profundas do que qualquer pessoa poderia imaginar. Nossa amizade é baseada em amor, risos, sacrifícios, dificuldades, dores e renascimento. Elas me entendem, até essa versão distorcida que sou hoje, e não vão desistir de tentar trazer de volta a pessoa que eu era... aquela que ainda existe escondida debaixo da pele repuxada.

Três anos já se passaram e eu não consegui reviver essa mulher. Tenho medo de nunca conseguir.

— Kathleen, você está pronta? — Ouço a voz daquele em quem acabei me apoiando. A única pessoa com quem consigo ser completamente franca. Chase Davis, marido da minha irmã de alma Gillian, está batendo na porta.

— Está vestida? Vamos acabar nos atrasando...

— Calma... Estou vestida, sim. Pode entrar.

Eu suspiro e ajeito a franja. Não que faça muita diferença, pois ninguém vai olhar para mim. Se olharem, só vão ver um monstro desfigurado.

Ele abre a porta do meu quarto, mas não entra. O terno azul-marinho foi feito sob medida e cai perfeitamente em seu corpo. Eu mesma tomei providências para isso. Minha nova coleção masculina está ficando boa. Aliás, essa é a única parte da minha vida que está indo bem, levando em consideração que só consigo usar a mão direita para apertar a bolinha antiestresse na fisioterapia.

Admito que minha mão está ficando mais forte, mas jamais vou voltar a fazer o trabalho delicado que fazia antes como estilista. Aquele barco zarpou faz tempo, para nunca mais voltar.

— Kathleen, não me faça perder a paciência. — Chase ergue o braço e tamborila os dedos no Rolex.

Dou um sorriso e pego minha bolsa na mesinha de cabeceira com a mão esquerda.

— E com a sua mulher e os seus filhos, você não perde a paciência nunca?

Ele franze o cenho, mas os cantos da boca se curvam para cima. A menção ao nome de Gillian sempre faz Chase sorrir. Ele não consegue disfarçar. Minha amiga ruiva e determinada e o adorável casal de gêmeos são o mundo dele... e Chase adora cada segundo da vida ao lado dos três.

Ele retorce os lábios, disfarçando o sorriso.

— Ande logo, ou vamos nos atrasar para saber os resultados do teste. Estou ansioso para conhecer essa nova tecnologia.

Chase Davis, o otimista. Desde o incêndio, ele assumiu a responsabilidade de me recuperar, fazendo disso o seu objetivo. Bem, não apenas a mim. Ele ajudou todas as amigas da esposa. Ajudou Bree com o estúdio de ioga e arcou as despesas do primeiro ano do apartamento de Maria, até ela se mudar para a casa de Eli. Mas comigo ele se esmera muito. Chase é meu herói particular, apesar de eu nunca ter dito isso a ele. Faço de conta que o que ele está fazendo me deixa sem graça, assim não preciso enfrentar o que realmente sinto.

Alívio.

Ele me ajuda de uma maneira que eu não poderia aceitar das minhas amigas. Não sei por quê. Chase foi se aproximando aos poucos, vencendo meu lado mais vulnerável, e da parte dele eu permito a invasão. Já com as meninas, não. Preciso que elas me vejam como a mulher forte que pensam que sou. A ilusão de força é uma das únicas coisas que me restou.

No começo, assim que tive alta da unidade de queimados do hospital, recusei a ajuda de Chase. Queria fazer tudo sozinha, até perceber que não conseguiria. Ele foi me visitar no meu apartamento decrépito do outro lado da cidade, depois que começou a segunda parte do meu tratamento. Graças a Deus ele apareceu. Eu estava no chão, sem conseguir me mexer. A dor no braço e no lado do corpo era excruciante. Eu estava em estado de semiconsciência, alternadamente perdendo os sentidos e voltando a mim. Um dos enxertos havia infeccionado.

Ele me pegou no chão, me levou para o hospital e ficou comigo até eu ter alta. Depois que saí, descobri que Chase tinha tomado uma providência prática. Ele me colocou num apartamento num edifício do outro lado da rua, o mesmo onde pretendia acomodar Maria depois que o ex-namorado destruiu o apartamento dela. Na verdade, Maria acabou nem indo para lá, porque se casou com Elijah Redding e foi morar com ele.

Chase Davis, bilionário, macho alfa e superprotetor daqueles que considera sua "família", mudou a minha vida. Ele não deixou que eu me cuidasse sozinha. Além do apartamento, providenciou um batalhão de enfermeiras, que vinham várias vezes por dia para trocar os curativos e fazer fisioterapia nos músculos afetados, e agendou consultas semanais com o dr. Madison, meu terapeuta, o mesmo que ele e Gillian frequentaram durante a provação que enfrentaram com o demente que me colocou na situação em que estou agora.

— É sério, Chase. Eles não vão dizer nada que eu já não tenha ouvido antes. A pele está danificada demais. *Você já se submeteu a muitas cirurgias. Não sobrou muita pele para nós trabalharmos. Blá-blá-blá. Mais exames, mais experiências...* — Faço mímica de uma pessoa falando e falando, usando minha mão boa.

Chase segura meu cotovelo com firmeza e me leva para fora do apartamento, para dentro do elevador e para a limusine que nos aguarda. Está irritado. Grande coisa. Até aí, nenhuma novidade.

— Olá, Austin, tudo bem? — pergunto ao segurança que abriu a porta do longo veículo preto e brilhante.

— Tudo tranquilo, srta. Bennett — ele responde, com o sotaque sulista gentil, me cumprimentando com um aceno formal de cabeça.

Dou um sorriso, entro no carro e escorrego para o lado, deixando que Chase se acomode.

— Onde está o Jack? — pergunto.

Chase ajeita o punho do paletó e da camisa, deixando este último ligeiramente à mostra.

— Está com a Gillian. Hoje é dia de brincar com as crianças no parque. Dou uma tossidela.

— Você mandou o sr. Brutamontes para o parque com a sua mulher e as crianças? — Mal consigo segurar um ataque de riso.

Chase se vira para mim, e uma mecha do cabelo escuro cai charmosamente em sua testa. Eu me lembro das mechas loiras que costumava afastar da testa de Carson. Chase olha para mim com expressão de sinceridade.

— E você se surpreende com isso? Mesmo depois de tantos anos?

Balanço a cabeça negativamente.

— Na verdade, não. É que já faz tempo que nós não sofremos nenhuma ameaça, e apesar disso você continua agindo como se fôssemos reféns.

Chase levanta uma perna e a apoia sobre o outro joelho. Os sapatos Salvatore Ferragamo de couro preto estão engraxados no grau máximo de brilho. Até as meias são da mais fina qualidade.

Meias. Humm... Talvez seja o caso de eu começar a combinar meias com ternos. Aperto a tecla de gravar no celular e o aproximo dos lábios.

— Combinar meias e ternos. Verificar tecidos e cores para a nova coleção.

Chase olha para seu próprio celular com expressão séria, e então eu resolvo falar:

— Você sabe, Chase, que não precisa me acompanhar nessas consultas. Não é obrigação sua, e eu não preciso mais da sua caridade. Estou ganhando bem com a minha grife, sem contar que a parceria com a Chloe alavancou a minha carreira. Você já fez muito por mim.

Já tivemos essa mesma discussão no mínimo umas dez vezes.

Ele guarda o celular no bolso, respira fundo e se vira para o lado. Em seguida apoia o braço no encosto do banco.

— Kathleen, eu não estou fazendo caridade. Você é minha amiga. E o Carson é o meu melhor amigo.

Carson. A simples menção do nome do meu ex-namorado, o amor da minha vida, me deixa tensa.

— Além do mais, eu fiz uma promessa e pretendo cumprir — acrescenta ele, solene.

— Promessa? — pergunto, franzindo a testa. — É a primeira vez que você fala em promessa...

Ele contrai os lábios e se vira para a frente, olhando para as costas do motorista.

— Não importa. Nós estamos seguindo a vida e cuidando do assunto.

Seguro no braço dele, musculoso e duro como aço. O filho da mãe ainda por cima malha. Não chega a ser tão grande como Eli, marido de minha amiga Maria, mas tem tudo para agradar uma mulher, estética e fisicamente. E o fato de ele ter engravidado minha melhor amiga de novo comprova que ela obviamente aproveita esses atributos com frequência. Garota de sorte.

— Me fale dessa promessa.

Ele inclina a cabeça na minha direção.

—Talvez um dia eu te conte. Por enquanto, vamos esperar pelo melhor...

— ... e nos preparar para o pior. Eu sei, eu sei... Você já disse isso pelo menos umas cem vezes nos últimos três anos. E mesmo assim nunca fica mais fácil ouvir que eu vou ficar deformada para o resto da vida.

Chase segura minha mão direita com carinho e fecha os olhos. É reconfortante saber que ele não tem medo de me tocar, mesmo de um jeito platônico, fraternal. Assim como as meninas, ele não sente repulsa pelas minhas cicatrizes e não me vê de maneira diferente. No entanto, ele sabe que *eu* me vejo diferente e por isso está comprometido em me ajudar.

— Você sabe que um dia vai ter que aceitar o que aconteceu com a gente — digo. — Com Bree, Phillip, Maria, Gillian, sua mãe e você. Nada disso foi culpa sua. Danny McBride era um sujeito doente e desequilibrado, que feriu todos nós de um jeito irreversível... Mas ele está morto, Chase.

Ele suspira.

— E, por causa dele, o Thomas, a moça do estúdio de ioga e todas aquelas pessoas na explosão da academia também morreram. Eu sei que não foi por minha causa que ele ficou obcecado pela minha mulher e as amigas dela, mas entendo por que ele ficou. Eu tenho a mesma obsessão pela Gillian. Faria qualquer coisa por ela e pelos nossos filhos.

Abro um sorriso, sabendo quanto ele os adora.

— O amor é uma forma saudável de obsessão, e você transborda sentimento. Mas não pode se culpar pelas ações dos outros.

— Se eu tivesse conseguido detê-lo antes... — ele recomeça com a ladainha, mas dessa vez eu aperto sua mão.

Ele olha para nossas mãos dadas e sorri abertamente.

— Pare com isso, Chase...

— Foi um aperto e tanto — ele se anima e não me deixa terminar a frase. — Você esmagou a minha mão! — Os olhos azuis brilham de empolgação.

Olho para baixo e percebo que ainda estou segurando-o. Minha mão cheia de cicatrizes está apertando a mão bronzeada e perfeita de Chase.

Dessa vez sou eu quem alarga o sorriso.

— Esmaguei mesmo, né?

— Isso mesmo — ele confirma, meneando a cabeça. — Viu só? O dia já começou a melhorar. A Gillian vai ficar empolgada com a notícia.

Solto a mão dele, ergo o braço e fecho a minha em punho. A pele fica estranhamente repuxada sobre as irregularidades dos enxertos, mas eu fecho a mão direitinho. É a primeira vez em três anos que consigo fazer isso.

— A mobilidade da mão melhorou.

— Parece que o medicamento que reconstrói o tecido, a mobilidade das juntas e a força dos músculos está funcionando. Boa notícia, né?

As boas notícias não param por aí. O médico disse que minha mobilidade melhorou vinte por cento nos últimos seis meses, depois da nova medicação. Posso nunca mais ter a mesma habilidade motora de antes, mas renovei as esperanças de poder segurar um copo de água, pegar um prato e colocá-lo na lava-louças, segurar um bebê... coisas que desde o incêndio eu não consigo fazer e que uma pessoa normal faz sem se dar conta. Toda vez que sou impedida de segurar no colo uma das crianças de Gillian, ou a de Bree, eu me lembro do que perdi. E agora vou ter essa oportunidade novamente.

— Isso é bom demais! Nós precisamos comemorar — diz Chase, pegando o celular. — Baby, a Kathleen tem novidades incríveis para te contar. Peça ao Bentley para arrumar a mesa para todo mundo.

Coloco a mão no ombro dele e balanço a cabeça.

— Vamos jantar só nós esta noite, tudo bem? Não quero dar falsas esperanças às meninas. — Dou um tapinha no seu braço.

Os ombros de Chase se curvam um pouco.

— Quer dizer... mande colocar só um prato a mais, para a Kathleen. Sim, ela vai explicar tudo quando chegarmos. Não, ela não quer que você chame a Maria e a Bree. Não hoje. Eu sei que elas iriam adorar saber das novidades, mas nós temos que deixar a Kathleen contar quando achar que é a hora certa... — Ele me olha de lado.

Eu sei que Chase está frustrado por eu não querer comemorar. Afinal, as notícias são boas. Mas não sabemos ainda se vale a pena cantar vitória. Bree e Maria ficariam empolgadíssimas, e eu não suportaria desapontá-las. Não neste momento. Maria acabou de se casar e está feliz, curtindo a lua de mel; Bree e Phillip estão focados na construção da casa deles.

— Primeiro a Gigi, e as outras depois, está bem? — falo baixinho.

Chase assente, concordando, e volta a falar ao telefone.

— Nós vamos chegar daqui a pouco.

Ele desliga e pressiona o polegar e o indicador na testa.

— Kathleen, eu não entendo essa sua necessidade de se distanciar de todo mundo. Isso não está magoando só você; está chateando a minha esposa também. E no estado dela...

— Estado dela? Ela está grávida, não morrendo — lembro. — Nós estamos falando da minha vida, Chase. Minha, não sua. O jeito como você lida com uma situação pode ser diferente do meu. Mas a decisão de contar ou não a novidade é minha.

Ele suspira.

— Você passou a maior parte dos últimos três anos afastando todas as pessoas que ama, inclusive a mim. Além de não ser saudável, isso te deixa infeliz. E você *está* infeliz. Eu percebo sempre que olho nos seus olhos. Você sente a falta dele. E delas.

As palavras cáusticas atingem o alvo. Eu aperto os lábios e travo os dentes.

— Você não tem o direito de falar dele. Você prometeu...

— Quer saber? Assim como você, ele também está arruinando a vida dele — Chase fala e solta uma lufada de ar.

— Como assim? O que está acontecendo com o Carson?

Meu coração dispara. A simples ideia de algo ruim estar acontecendo na vida de Carson me deixa na iminência de um ataque de pânico. Respiro fundo, com dificuldade, sentindo o peito apertar ao exalar o ar. Chase não percebe minha aflição, pois está olhando para fora, pensativo.

— Se você não tivesse terminado com ele, se não o tivesse afastado tantas vezes, ele nunca teria entrado nessa. A culpa é sua.

A culpa é sua.

— Como é que é? — A raiva se sobrepõe ao pânico.

— Tem alguma coisa errada com a mulher com quem ele está saindo. Alguma coisa muito errada... — Chase balança a cabeça.

Reviro os olhos.

— Ele já namorou outras vezes. Vai superar, como sempre.

Chase suspira e contrai tanto a mandíbula que o músculo lateral do rosto começa a saltar visivelmente.

— Eu não tenho tanta certeza disso.

— O que pode haver de tão errado com a mulher com quem o Carson está saindo? Ele se garante. Acredite, eu sei do que estou falando.

Chase fecha as mãos em punhos sobre os joelhos.

— Estou te falando, Kathleen... Estou com um mau pressentimento.

— Converse com ele, então! — exclamo, nervosa, fazendo um gesto irritado com a mão. — Por que não conta para ele que está preocupado?

Esse assunto está me matando, palavra por palavra. Imaginar Carson com outra mulher é como enfiar uma estaca no meu coração.

— Eu conversei — retruca Chase, por entre os dentes. — Ele está me evitando. Aliás, está evitando todo mundo. Na verdade, ele está fazendo a mesma coisa que você.

Deixo escapar um suspiro lento e alto, pondo para fora minha própria frustração.

— Não tem nada que eu possa fazer.

Chase faz uma careta sarcástica.

— Claro que tem — responde. — Você pode pôr fim nessa bobagem toda e reatar com ele. E nem adianta dizer que o Carson não é o homem certo para você, porque seria papo-furado. Antes do incêndio vocês dois estavam mais felizes do que nunca.

— Chase... — falo, em tom de advertência. — Trazer o passado à tona não ajuda em nada.

— Nós dois sabemos que isso é uma asneira sem tamanho. Diga na minha cara que não o ama mais.

— Não amo — declaro, automaticamente. Falei tantas vezes essa mentira, até para mim mesma, que consigo repeti-la sem emoção alguma na voz.

— Não acredito — ele resmunga. — Você vai se arrepender de não reatar com ele.

— Eu já me arrependo — admito com um suspiro.

— Então faça alguma coisa a respeito.

Com o coração pesado, olho para a pele destruída que começa na minha mão, sobe pelo braço, ombro e desce até as costelas. Sempre vou ter essas cicatrizes graves. As opções de enxerto e tratamentos para suavizar a pele se esgotaram. Fizeram o possível. Agora só restam a fisioterapia para recuperar um pouco mais da mobilidade no braço e na mão e as generosas quantidades de creme na pele enrugada para deixá-la mais suave e maleável. Ficar longe do sol ajuda, mas nenhum milagre vai fazer as cicatrizes sumirem. Meu corpo não é mais atraente para um homem querer tocar ou deslizar as mãos durante os momentos de paixão.

Balanço a cabeça. Não, Carson não merece ter a mesma visão que eu tenho quando me olho no espelho todos os dias. É horrível. Prefiro que ele guarde a lembrança do que eu era.

Linda, imaculada, plena de mente e corpo.

— Não. Ele está melhor sem mim. Não posso mais ser o que eu era. Eu não sou mais a mulher de quem ele gostava.

— Isso não é verdade. Você é a mesma pessoa que sempre foi. Bonita, talentosa, de bom coração e com muito a oferecer a um homem. Eu sou homem também, além de ser primo e melhor amigo de Carson. Eu sei o que ele quer e precisa... *você*. A mesma pessoa de ontem, de agora e a que vai ser no futuro. Acredite em mim. As suas cicatrizes não têm tanta importância assim. Quando existe amor, as marcas se tornam parte da pessoa que se ama. Eu adoro as estrias que a gestação deixou na Gillian. Gosto de beijar as estrias, pois são provas de que os nossos filhos estiveram na barriga dela. Eu digo para ela não se incomodar. Tem mais é que exibir, e com orgulho.

— Você não é mulher. Não entende.

— Não, mas eu sou um homem que ama a esposa. Cada pedacinho dela me pertence, com marcas, estrias e tudo o mais. Kathleen, ela tem muitas marcas que apareceram ali antes de mim e que eu gostaria de apagar, mas fazem parte do caminho que ela percorreu até nós nos conhecermos e iniciarmos a nossa vida juntos. Para ela, essas marcas são preciosas, e para mim são uma prova de que às vezes é preciso passar pelo inferno para chegar ao paraíso. Ela me ensinou isso.

— O amor de vocês é lindo, mas o Carson e eu nunca tivemos isso. — Engulo o nó que se forma em minha garganta.

— Vocês já tiveram.

Eu pisco, fecho os olhos e me recosto no banco da limusine.

— Sabe, Chase, é aí que você se engana. O Carson nunca me amou. Ele nunca se declarou, apesar de eu confessar o meu amor por ele o tempo todo. — Dou uma risadinha. — Ele chegava a pedir que eu repetisse que o amava, porque gostava de ouvir as palavras pronunciadas pelos meus lábios. Me enchia de beijos todas as vezes. Mas nem uma única vez ele disse que me amava. Quando eu queria saber por que ele não dizia, a única resposta era: "Não posso. Por favor, não me peça isso". Você entende o que eu digo?

— Foi por isso que você desistiu dele? — pergunta Chase, em tom de acusação.

— Sim... Depois de tudo o que aconteceu, o que eu tinha para oferecer? Tratamentos seguidos, cirurgias dolorosas, longos períodos de recuperação... Se ele não me amava antes, não iria me amar depois de tudo isso. Eu arrisquei e perdi. Todas as vezes que eu o afastava, ele nunca pronunciou as três palavrinhas. Eu implorei para ele dizer, mas ele começava a chorar, ficava arrasado e só balançava a cabeça. Não posso ficar com um homem que não diz que me ama.

— Eu sei que ele te ama — Chase insiste, carinhosamente e com convicção.

— Mas eu precisava ouvir o Carson dizer as palavras, Chase! Ele não conseguia dizer... e agora eu também não consigo mais dizer para ele. Preciso seguir em frente com a minha vida. É óbvio que ele seguiu com a dele.

Chase suspira e passa a mão na cabeça.

— O que eu posso fazer?

Cubro a mão dele com a minha.

— Deixa pra lá. Esquece. Eu já esqueci.

— Sério?

— Sim. — Uma mentira deslavada para o homem mais amoroso e generoso que eu conheço.

— Você precisa mesmo conversar com o dr. Madison sobre essa linha que está seguindo, de enganar a si mesma. Eu não estou convencido, e nem as suas amigas. De qualquer forma, vou te deixar em paz por enquanto. Nós tivemos notícias incríveis hoje, e é hora de comemorar.

A limusine estaciona na rampa em frente ao edifício do Grupo Davis. Ele e Gillian moram na cobertura.

— Que venha o champanhe. — Esboço um sorriso amarelo, sabendo que preciso parecer contente para que Gigi não se preocupe.

Chase me ajuda a sair do carro e me acompanha até a entrada do prédio e depois até o elevador.

Gillian está aguardando no hall de entrada com Carter no colo. Claire dispara para os braços do pai assim que ele sai do elevador.

— Papai! Papai! Nós também temos uma novidade! — Ela segura o rosto de Chase, forçando-o a olhar diretamente para ela.

— Ah, é mesmo? E o que é, bebê? — Ele encara os olhos azul-cristal de Claire, e os cachos ruivos, iguais aos da mãe, balançam sobre os ombros.

— A tia Ria disse que eu vou ganhar um irmãozinho! Você tem que devolver ele!

Chase dá risada.

— Você não foi ao médico sem mim, não é, baby? — ele pergunta a Gillian.

— Não. Mas almocei com a Maria e ela fez aquele truque de bruxaria com a mão. Disse que é menino. Ela acertou da última vez, então... é bem possível que seja. — Gigi dá de ombros.

— Outro menino, é? — Ele sorri, o peito estufado de orgulho.

— Tia Kitty! — Claire percebe que estou ao lado do pai dela. — Eu vou ganhar um irmãozinho! Você quer ele?

Afago o rostinho dela com minha mão sã. Nunca toco as crianças com a mão desfigurada, seja em que circunstância for. Não dou a menor chance de elas demonstrarem ter medo de mim. Ou repulsa.

Um arrepio percorre minha espinha. Eu não aguentaria isso. Minhas sobrinhas e meu sobrinho postiços são minha principal fonte de alegria atualmente.

— Querida, eu não posso ficar com o seu irmãozinho.

Ela franze a testa.

— Mas eu pedi uma irmã... Não é justo! — A boquinha rosada forma o bico mais lindo.

— Meu amorzinho, a vida não é justa. Não mesmo.

E de várias formas.

2

CARSON

Um mês antes

O céu de San Francisco está escuro, nublado e agourento. O tempo melancólico combina com meu estado de espírito. Estou sentado na minha caminhonete, tamborilando os dedos no volante. O relógio no painel marca cinco para as seis. Ela deve chegar a qualquer momento.

Só preciso vê-la, nem que seja rapidamente. De alguma forma, sinto que, se puder vê-la com meus próprios olhos, a verdade vai aparecer. Só preciso vê-la.

Um Honda azul aparece e estaciona no meio-fio do outro lado da rua. O cabelo loiro se destaca sobre o casaco azul-marinho. Ela passa a mão pelo cabelo e entra no edifício.

Tenho a sensação de que os minutos se arrastam por uma eternidade enquanto a espero sair. Quando a vejo, observo com critério. Cada traço, desde os cachos dourados até os olhos azuis. Ela é linda, mesmo a distância. Ainda assim, sinto uma ponta de insegurança.

Se fosse para ela ser minha, será que eu não sentiria? Não saberia, no fundo do meu coração? Talvez não. Senti isso uma vez, e não foi nada do que eu pensei que seria. Deu tudo errado. Quem sabe aquilo que as pessoas dizem sobre o amor incondicional só aconteça quando você já conhecia a pessoa antes.

O pensamento me entristece enquanto a vejo entrar no carro, dar partida e ir embora.

O fato é que eu preciso ter certeza. Não posso confiar apenas no que ela disse. Já tiraram vantagem de mim no passado, em situações de trabalho, sem falar nas piranhas interesseiras que acham que podem fincar as garras sujas em mim só porque abrem as pernas e me dão um pouco de diversão. Delas eu me livro do mesmo jeito que raspo chiclete colado na sola do sapato. Uma coisa indesejável e inoportuna.

Só uma mulher me prendeu na vida. Justamente a única que eu gostaria que nunca tivesse me soltado.

Enfim, eu preciso de provas concretas, caso contrário não vou acreditar no que ela está dizendo.

Com a decisão tomada, ligo o motor da caminhonete e atravesso a cidade até o bar de categoria duvidosa aonde achei que nunca mais voltaria.

Quando chego, vejo o estacionamento quase vazio, a não ser por algumas Harleys vistosas e outras motocicletas comuns. São seis e meia da tarde. Ainda não é hora de movimento, e este tipo de lugar não tem happy hour nem promoção de bebidas pela metade do preço para clientes assíduos depois do expediente.

O estabelecimento fica fora de mão e é todo feito de placas de madeira. É difícil acreditar que essa porcaria ainda não tenha sido demolida por falta de segurança. A impressão que eu tenho é a de que uma ventania mais forte poderia derrubar tudo, mas o lugar está em pé há mais de vinte anos.

Estaciono e me dirijo para a entrada. O Honda ainda não chegou. Eu não esperava mesmo que ela já tivesse chegado. Ela me disse que entra no trabalho às sete na maior parte dos dias, então aqui estou eu para confrontá-la sobre a confissão do mês passado.

Para ser honesto, eu já deveria ter tido uma conversa franca com ela. Ela pode foder a minha vida irreversivelmente se conseguir provar que está dizendo a verdade. Juro por Deus que não acreditei nas alegações dela. Não acreditei em uma palavra. Não faz sentido. Definitivamente, nunca pensei que esse tipo de coisa pudesse acontecer comigo. Sempre fui cuidadoso. *Sempre*.

Desde aquela noite, há três semanas, eu tenho me escondido. Somente Chase sabe que eu tenho me encontrado com uma pessoa nova, se bem que chamar isso de *encontrar* é forçar um pouco a barra. Eu nem posso contar a ele a verdade, pelo menos não enquanto não estiver cem por cento certo de que ela não está me enganando.

Misty Duncan.

Eu nem sabia o nome dela quando transamos, mais de dois anos atrás. Naquele meu estado de carência e embriaguez, eu só sabia que ela era loira, linda e estava disponível. E agora está tudo voltando para me dar um chute na bunda. Um chute daqueles.

O barman se aproxima, desconfiado. Provavelmente não está acostumado a ver caras bem-vestidos no seu bar. Estou voltando de uma reunião no centro da cidade, e meu terno me destaca ali. Sou um peixe fora d'água.

— O que você vai beber?

— Cerveja. Bem gelada. Qualquer uma. A que estiver mais à mão.

Ele coça a barba emaranhada.

Olho ao redor, para ter certeza de que posso ver a entrada do bar de onde estou sentado. Dois sujeitos mal-encarados jogam sinuca. Duas prostitutas baratas se empoleiram nos braços deles entre uma tacada e outra. Um deles desliza a mão pela coxa da mulher por baixo da saia de couro, e ela inclina a cabeça para trás com um gemido.

Ugh. Por que será que Misty trabalha aqui? Ela parece uma garota legal. Bonita, com um belo corpo. Poderia trabalhar em qualquer outro lugar. Por que aqui?

O barman coloca a cerveja no balcão e a espuma transborda pela borda do copo. Eu não reclamo. É melhor não reclamar num lugar desses.

Alcanço uma pilha de guardanapos no canto do balcão, pego alguns e começo a limpar a bagunça, quando a porta se abre.

A mulher que eu aguardava entra num rompante. Fico observando enquanto ela joga a bolsa atrás do bar, pega um avental e o amarra na cintura fina. Eu a encaro e tento encontrar uma razão para achá-la atraente, mas estando sóbrio é difícil. Ela pode ter cabelos loiros e olhos castanhos, mas simplesmente não é a Kathleen. Além disso, essa moça não anda com a mesma graça sutil, não tem brilho nos olhos nem covinhas no rosto, e é baixinha. Minúscula, na verdade. Não tem comparação com a minha garota. Não mesmo... Minha bochecha doce é alta e esguia, tem um corpo estonteante. Misty tem pernas curtas, quadris largos e seios bem maiores. Artificiais, de silicone.

Onde eu estava com a cabeça para trepar com ela naquela noite?

Sem saber direito o que fazer, bebo minha cerveja em alguns goles e sinalizo com o queixo para que o barman me traga outra. Ele pega minha caneca e me serve novamente.

— O pagamento aqui é à vista e imediato, ok, bacana? Em dinheiro vivo — diz ele, colocando a caneca no balcão sem tanta ênfase quanto antes.

— Entendi. — Tiro uma nota de vinte da carteira e coloco no balcão.

Ele assente e demonstra aprovação com o olhar.

— Carson! O que você está fazendo aqui? — Misty sorri e contorna o balcão até onde estou sentado.

— Achei que já estava na hora de conversarmos.

Ela umedece os lábios com a ponta da língua e afasta uma mecha de cabelo para trás da orelha.

— Ah, tá. Tudo bem.

Ela olha ao redor para ver se não há algum freguês precisando de alguma coisa.

— Você, hum... quer conversar aqui? Agora?

— Quanto antes, melhor — respondo secamente.

— Está bem. Então você teve tempo para pensar no que eu te contei. — Ela baixa a voz para um sussurro, embora ninguém esteja prestando atenção. Há menos de dez pessoas no bar, incluindo nós dois.

— Sim, tive — digo, com um aceno de cabeça.

— E...? — Ela mordisca nervosamente o lábio inferior.

— Eu quero fazer um exame de DNA — declaro, direto, sem deixar espaço para discussão.

Ela arregala os olhos.

— Está certo. Eu... há... não tenho convênio médico, nem nada disso...

— Não se preocupe. O dono da LabCorp Genética é meu amigo. Ele concordou em cuidar de tudo esta semana para agilizar os resultados.

Misty engole em seco e inclina a cabeça para o lado.

— Você não acredita em mim, não é? — Ela balança a cabeça com tanta força que o cabelo voa para os lados com o movimento. — Claro que não. — Os lábios começam a tremer e a voz desafina.

Coloco a mão no seu ombro.

— Querida, não tem a ver com acreditar ou não, mas você há de convir que é uma baita surpresa. Há três semanas eu vim aqui porque precisava de uma cerveja depois de um dia de merda. Nem em um milhão de anos eu poderia imaginar que iria voltar para esta espelunca, aonde vim há dois anos, e dar de cara com alguém com quem tive uma aventura de uma noite.

Ela se retrai e recua.

— Quer dizer... eu... como eu posso dizer isso sem parecer um babaca? — Passo a mão pelo cabelo.

Misty contrai os lábios e pisca várias vezes.

— Olhe, não tem como dizer isso de maneira delicada. Nós transamos uma vez, uma noite. Aí eu volto aqui dois anos depois, e uma mulher que eu mal reconheço me vem com a história de que eu sou pai.

— Mas você é... — ela diz, em desespero.

Ergo a mão para impedi-la de continuar.

— Nesse caso não tem problema algum fazer o exame. Certo? — Suavizo o tom de voz na última palavra, tentando evitar que ela comece a chorar no meio do bar. Se bem que ainda pode acontecer.

Misty coloca as mãos nos quadris e endireita a postura, enrijecendo as costas.

— Mas eu não estou mentindo! Eu não faria uma coisa dessas! — Os olhos dela se enchem de lágrimas, como eu temia. — Você acha que é fácil para mim? Fiquei tão surpresa quanto você quando descobri que estava grávida! Eu nem sabia o seu nome completo, não sabia nada a seu respeito... não tinha como te procurar. Esse tempo todo estou criando a nossa filha sozinha, e não tem sido fácil, Carson. Nem um pouco. Eu vivo do salário de garçonete! Os meus vizinhos cuidam da menina para eu vir trabalhar e...

Ela vai elevando o tom de voz à medida que o medo e a ansiedade ficam evidentes em sua postura. Coloco as mãos nos seus ombros e me inclino para nivelar meu rosto com o dela.

— Ei, ei... Eu não estou dizendo que você está mentindo, nem vou fingir que sei ou entendo o que você tem passado esse tempo todo sem ajuda. Mas neste momento eu preciso me proteger, e à criança também, comprovando a paternidade. Você consegue me entender?

Ela funga e baixa os olhos. Seus ombros se curvam para a frente, como se todo o seu corpo estivesse se partindo e diminuindo. Em vez de responder, ela assente.

— O meu amigo vai entrar em contato com você esta semana. Nós vamos marcar um horário para vocês duas fazerem o exame, e eu também. O meu amigo vai agilizar os resultados, para termos certeza.

— E depois? — A esperança concede à voz de Misty uma sinceridade que eu não tenho como retribuir. Pelo menos, não enquanto eu não souber a verdade.

— Vamos aguardar o resultado e depois decidimos o que fazer.

— E isso significa o quê? — Ela suspira e retorce as mãos.

— Bem, se essa criança for minha, eu vou ser um pai de verdade, pra valer. Vou educar minha filha direito, em vez de só mimá-la e dar tudo o que ela quiser.

Misty solta o ar e as lágrimas finalmente descem pelo rosto delicado.

— Você vai tirar a minha filha de mim. — Ela coloca a mão no peito como se estivesse sentindo dor no coração.

Ah, não. Não aguento. Não lido muito bem com mulheres aos prantos. A coitadinha está tremendo nos sapatos de salto, altos demais para o tipo de trabalho que tem. Eu me levanto e a abraço, esperando reconfortá-la.

— Por favor, não. Misty, relaxe, querida. Eu jamais faria isso, mas isso não significa que eu não pretenda participar da vida da minha filha. Guarda compartilhada, esse tipo de coisa.

Misty agarra minha camisa com força.

— Mas ela é um bebê! Não pode ficar longe da mãe! Eu sou tudo o que ela conhece neste mundo...

Droga. Eu sabia que seria difícil, mas não fazia ideia de que levaria um baque desses no coração e na mente.

Passo as mãos nas costas dela até o corpo miúdo parar de tremer.

— Ninguém vai tirar a bebê de você. Vamos dar um jeito, prometo. Você não vai perder a sua filha. Se ela realmente for minha, nós vamos resolver juntos o que for melhor para ela. O que você acha disso?

Misty suspira, resmunga alguma coisa e se afasta, enxugando as lágrimas com as duas mãos.

— Eu dou a minha palavra de que vai dar tudo certo — prometo, sem ter certeza de como vou cumprir.

꧁꧂

— Por que tanto mistério sobre essa moça com quem você está saindo? — Chase se encosta no braço do sofá de couro branco de seu escritório com vista para o Pacífico.

Dou um suspiro.

— Velho, não é isso. É complicado.

Ele toma um gole de uísque e gira o copo; o gelo bate no cristal, ecoando alto no recinto amplo.

Bebo um gole do meu drinque também, sentindo o líquido descer queimando pela garganta. O calor da bebida me faz bem. Pelo menos é melhor do que dar atenção às lembranças insistentes que têm me perturbado nesta última semana.

— As mulheres são sempre complicadas. — Chase tamborila os dedos sobre os lábios. — Agora vamos. Me conte por que essa mulher está te colocando numa situação difícil.

Por mais que eu tenha vontade de abrir o jogo, prefiro me segurar. Não estou a fim de ouvir um sermão quando Chase descobrir que posso ter engravidado uma mulher e, pior, que fiquei sem saber disso por mais de dois anos.

Chase é a personificação do homem de família. Apesar de ninguém imaginar, pela maneira eficiente e pelo pulso firme com que ele governa seu império, em se tratando da sra. Davis e dos gêmeos, ele é uma pessoa completamente diferente. A esposa e os filhos são o mundo para ele, e o fato de Gillian estar grávida de novo despertou seu lado papai urso com força total. E por isso é bem provável que ele não entenda o martírio que estou enfrentando.

A verdade é que não faço ideia de como contar o que está acontecendo. Enquanto não souber se a criança é minha, não vou abrir o jogo.

— Olhe, digamos que eu estou profundamente envolvido numa situação.

— Interessante... — Chase ergue as sobrancelhas até a raiz dos cabelos. — Como assim?

Eu me retraio involuntariamente.

— Deixa pra lá.

Ele força um sorriso e termina de beber o uísque.

— Mais um?

Bebo o restinho do meu antes de responder:

— Claro.

— O fato de você não querer falar sobre essa mulher não me dá um friozinho bom na barriga.

— Friozinho na barriga? O que é isso, Chase? A Gillian arrancou as suas bolas e trocou por pompons cor-de-rosa?

Ele ri com vontade.

— É verdade. Merda, ela já está abusando nessa gravidez. Está definitivamente me deixando louco. O homem das cavernas aqui dentro gostaria de mantê-la trancada na cobertura, descalça, grávida e tomando conta dos gêmeos. Mas, falando sério, será que isso é mesmo tão errado? Será?

— Cara, deixe ela em paz. Ela conhece os próprios limites.

— Eu sei do que estou falando — ele retruca, sem expressão na voz.

Chase ergue o copo cheio para brindar antes de abastecer o meu com mais dois dedos de Macallan 24.

— Sério, Carson. Como é o nome dela?

— Misty.

— Hum... nome de novinha. — O tom é acusador.

— Nem tanto.

— Conte mais sobre ela.

Resmungo baixinho. Eu sabia que vir aqui hoje não era boa ideia, mas estou evitando Chase há três semanas. Se não tivesse vindo, era capaz de ele mandar uma equipe de busca atrás de mim.

Ele se inclina para a frente e cruza as pernas, apoiando uma no joelho da outra. Em seguida, gesticula com os braços.

— Carson, você nunca deixou de falar sobre uma mulher antes. Sou eu que estou aqui, o seu melhor amigo. Seu primo... Você sabe que pode me contar qualquer coisa. Caramba, quantas vezes eu me abri com você?

Um sorriso me escapa.

— É mesmo? Engraçado, não lembro de ter sido avisado sobre um casamento relâmpago na Irlanda há três anos.

— Até quando você vai me cobrar isso? Já faz muito tempo. Esqueça.

Os olhos azuis de Chase parecem me perfurar, atingindo meu coração.

— Tudo bem. Desculpe. Ok, eu falo. Tive uma transa de uma noite com a Misty, há dois anos.

— Dois anos? — Chase franze o cenho.

Percebo que ele está fazendo contas mentalmente.

— Foi na época em que você estava tentando reatar com a Kathleen?

O segundo copo de uísque desce bem mais fácil que o primeiro, enquanto reflito sobre a pergunta.

— Isso mesmo. Eu conheci a Misty logo depois da última vez que fiz uma tentativa desesperada de voltar com a Kat.

— Por acaso foi naquela noite em que eu tive que te buscar num hotel de quinta na periferia?

— Sim, foi nessa noite mesmo — respondo, assentindo.

— Puta merda.

— Exatamente.

— Você nunca mencionou que estava com uma mulher.

— Eu mal me lembro dela, cara. Pelo visto, depois que briguei com a Kat e ela me chutou pela última vez, eu tomei um porre homérico, levei a Misty para o hotel mais próximo, trepei com ela e apaguei.

Chase balança a cabeça.

— Pois é. Não foi um dos meus melhores momentos. Eu nem lembrava o nome dela. Ela já tinha ido embora quando eu acordei.

— Bom, só digo que todos nós temos momentos dos quais não nos orgulhamos.

Passo a mão na cabeça e puxo os cabelos pela raiz, desejando ser honesto, mesmo sabendo que não estou pronto para as consequências. As pontadas na cabeça me trazem de volta ao presente.

— Nós nos esbarramos de novo.

O mais ridículo de tudo é que uma noite de deslize pode se transformar em obrigação para o resto da vida, mas prefiro manter esse detalhe só para mim.

— Quer dizer então que existe uma fagulha entre vocês?

Gostaria de responder que não, que nunca houve nada, que não sinto absolutamente nada quando penso nela, que a única mulher por quem senti uma atração irresistível é uma loira com o ombro esfacelado que continua a negar um final feliz para nós.

— Pode-se dizer que sim — minto.

Chase retorce os lábios e estreita os olhos. Ele sabe que estou mentindo. Ainda bem que resolve deixar pra lá.

— Sei... Então vocês estão saindo.

— Hum, sim. Estou saindo com ela, sim. — *Por enquanto*, quero acrescentar, mas acho melhor não dizer nada. Se eu realmente for o pai da filha dessa mulher, ainda vou me encontrar com ela muitas vezes no futuro.

Meu Deus, é um caos de proporções épicas.

3

KATHLEEN

Dou uma olhada no meu closet de figurinos. Nuvens de fumaça escura ondulam no teto e descem até a fresta da única porta fechada. A sala fica no subsolo do San Francisco Theatre e é fechada para o restante da equipe de produção. O espetáculo transformou o espaço por causa do número exorbitante de trajes, e definitivamente não é o lugar mais seguro para se trabalhar.

Eu me levanto depressa, vou até a janela e subo numa cadeira para alcançá-la. Por alguma razão a janela está fechada com o que parecem ser tábuas de madeira que ontem não estavam ali. Bato na janela, tentando abri-la. Sem chance. A fumaça ao meu redor fica mais densa.

Pego uma echarpe e coloco sobre a boca e o nariz para respirar através do tecido. Sei que o fogo suga todo o oxigênio do ar e a fumaça prejudica a respiração. Vou até a única porta, agarro na maçaneta e grito quando o calor do metal queima a palma da minha mão.

Recuo e tento me orientar, ignorando a ardência em minha palma. Estou começando a ficar tonta. Sinto um aperto no peito que aumenta a pressão na parte de cima do meu corpo, como se alguém estivesse pisando em mim com um pé de cada vez. Enrolo um lenço na mão, onde a pele já forma bolhas, estremecendo e piscando para aliviar a dor. Depois pego outra peça de roupa perto da porta e a uso para girar a maçaneta. Preciso sair daqui!

Pouco antes de eu pegar na maçaneta, o alarme de fumaça dispara. Cerro os dentes e seguro a respiração, tentando não ser engolida pela fumaça que vem de baixo da porta. Finalmente consigo abrir a porta com o ombro direito e me deparo com uma parede de fogo. Sinto uma dor lancinante no braço direito e na lateral do corpo, enquanto tento isolar o fogo que lambe minha pele com outra peça de roupa. O cheiro de carne queimada invade minhas narinas. Minha boca saliva.

— Socorro! Por favor, alguém me ajuda! — grito, antes de fechar a porta com um pontapé.

Lágrimas escorrem e molham meu rosto. Meus olhos ardem por causa da fumaça, e eu mal consigo respirar. O ar dentro da sala está espesso como o de um dia nublado na Bay Area, só que quente como o inferno.

— Socorro! — grito com toda a força que tenho, mas ninguém escuta por causa do alarme.

Ouço batidas na janela quando caio de joelhos, começando a sufocar com a falta de ar. Fico ofegante feito um peixe fora d'água, olhando para a janela. Uma fresta da noite escura aparece, e eu vejo alguém tentando afastar as tábuas e chutando a janela com os pés descalços.

Sinto meus olhos revirarem.

— Socorro... — murmuro, caindo e batendo o rosto no chão.

— Acorde! Meu Deus, Kat, acorde, por favor! — A voz de Gigi invade a névoa do meu pesadelo.

Desperto com um sobressalto, sentindo o braço latejar e doer. Com um gemido, eu o seguro com a outra mão.

— Nossa, Kat! Você quase me matou de susto! — Gigi exclama, passando a mão no meu braço e na minha cabeça.

— Nós dois. Ela quase nos matou de susto — diz Chase de onde está, encostado na parede.

Ele está sem camisa, só com a calça do pijama de seda, os braços cruzados sobre o peito e o cenho franzido.

Droga. Os pesadelos.

Pisco para afastar o medo que ainda me aflige e esfrego os olhos com os punhos cerrados.

— Desculpe, gente... Humm... foi só um sonho.

— Foi um pesadelo, isso sim! Você estava gritando, pedindo socorro. — Gigi leva a mão ao pescoço num gesto de preocupação.

Respiro fundo e balanço a cabeça.

— Desculpem. — Empurro a coberta com os pés. — Eu posso ir para casa. Sério...

— Não, não, não! Chase! — Gigi exclama e se vira para ele em tom de súplica.

— De jeito nenhum. Você vai ficar aqui, com a sua família. Mas você não contou que ainda estava tendo pesadelos...

Como um balão esvaziando, a força com que eu revesti esse segredo desmorona.

— Eu só tenho de vez em quando. — *Mentira.* — Sério, não é nada de mais. — *Mentira dupla.* — Eu até já esqueci o que eu estava sonhando. — *Mentira tripla.* Nunca vou me esquecer daquela noite. Aquilo me atormenta todos os dias.

E se não tivessem arrombado a janela?

E se Maria tivesse ido sozinha e tivesse desmaiado também?

E se o segurança não tivesse conseguido tirar nós duas de lá?

Chase franze a testa.

— Kathleen, você pode mentir para nós quanto quiser... mas não cola, sabia?

Não cola para ele. As meninas acreditam em tudo, sempre. Só Chase que não. Ele sempre foi capaz de enxergar através das pessoas.

Afasto o cabelo dos olhos e acaricio as mãos de Gillian.

— Eu estou bem, amiga. De verdade. É sério. Desculpe ter acordado vocês. Foi só um pesadelo. Estou bem.

Gillian se levanta e coloca a mão na barriga. Ela está de quatro meses, mas já dá para perceber. Chase se aproxima e coloca a mão sobre a dela.

— Baby, vocês estão bem?

Ela responde que sim com um aceno de cabeça.

— Volte para a cama — ele recomenda. — Vou só esperar a Kathleen se acalmar e já vou. Cinco minutinhos.

— Está bem — ela responde, sonolenta. — Te amo, Kat. Boa noite.

— Eu também te amo. Boa noite — respondo, vendo-a se afastar com o robe de seda ondulando atrás dela.

Gigi parece uma estrela de Hollywood dos anos 50 nesse robe.

— Que garota chique! — brinco. — Sua mulher sempre usa roupa de dormir de seda e cetim?

Chase ri.

— Sim. Quando usa.

Retorço os lábios em reprovação.

— Ei, esqueceu que ela é minha melhor amiga?

— Não, e por isso mesmo eu aposto que você sabe muito mais do que deveria sobre a nossa vida íntima. — Ele sorri. — Mas, retomando o assunto dos pesadelos... quando foi que eles voltaram?

— Nunca pararam, na verdade, Chase — confesso. — Algumas noites são piores que outras. Nesse de hoje eu revivi o incêndio, com todos os detalhes. — Passo a mão pela pele enrugada e empelotada do meu braço direito. — Ainda sinto vagamente as chamas me queimando.

Ele respira fundo, preocupado.

— Vamos ao dr. Madison amanhã?

— Tudo bem. Pode ser...

Chase estende a mão e bagunça meu cabelo, como um irmão mais velho faria.

— Nós vamos superar isso.

Tenho vontade de rir do otimismo ilimitado dele, mas não tenho forças. Estou cansada e com sono. Mesmo tendo pesadelos, eu durmo melhor aqui do que em casa, sozinha. Tem alguma coisa em um lar onde sou amada que me ajuda a relaxar e ficar em paz.

Com exceção desses sonhos inoportunos e recorrentes, é claro.

— Obrigada, Chase.

— De nada, Kathleen. De nada mesmo... Você é muito bem-vinda aqui. — Ele se vira para sair do quarto.

— Eu sei — sussurro.

Chase para e se encosta no batente da porta. O peito nu é uma bela visão... largo, forte, me lembra o de Carson. Se eu apertar os olhos, consigo até imaginar a pele bronzeada e a fileira de pelos dourados descendo pelo abdome até uma das minhas partes favoritas do corpo dele.

— Sabe mesmo? — Chase pergunta baixinho. — Você sabe como é bem-vinda nesta casa, na nossa vida e no nosso coração?

Esboço um sorriso.

— Que meloso, Davis. — Uso o sobrenome dele quando quero fazer graça.

— É verdade. Mas eu só queria que você soubesse como é importante para esta família. É isso que nós somos: uma família.

— Eu sei, sim. Claro que sei.

Se eu não amasse tanto esses dois, as crianças e as outras meninas, já teria ido embora há muito tempo.

— Ótimo. Vou pedir para o Bentley preparar o seu prato preferido amanhã. Crepe.

— E cookies? — brinco.

— Claro... — Ele dá um sorriso travesso.

— Esse é o seu, Chase... mas eu amo um bom crepe!

— Humm... — Ele pisca algumas vezes e passa a mão no queixo. — Sabe de uma coisa? Você tem razão. É sim. — Ele dá uma piscadela e um tapinha na porta antes de fechá-la.

Balanço a cabeça. Que figura... sempre se metendo na minha vida.

E você ama isso, Kat. Pelo menos sabe que ele se importa e se preocupa com você. E ter Chase sempre por perto é o mais próximo que você vai conseguir chegar de Carson.

Viro para o lado, abraço o travesseiro e penso no homem que perdi. As emoções ruins que vieram com o pesadelo, e a delicadeza e a doçura de Gillian e Chase, me fazem chorar. As lágrimas escorrem pelo meu rosto e molham o travesseiro.

Quando vou me reencontrar?

Boa noite, bochecha doce. Escuto a voz em minha mente. A voz dele, a única que quero escutar.

※

Abro os olhos e me deparo com cachinhos ruivos e olhos azuis. Claire está deitada a meu lado, a cabeça no travesseiro e o rosto a centímetros do meu.

— Tia Kitty, você precisa tirar o menino da barriga da minha mãe e esconder ele. — Ela vai arregalando os olhos enquanto fala em tom conspirador com sua vozinha de três anos.

Dou risada e beijo seu nariz.

— Querida, eu não posso fazer isso.

Ela franze o rostinho, parecendo confusa.

— Mas você gosta de meninos. Você gosta do meu irmão Car-Car...

Se eu conseguisse mexer melhor o braço, eu a puxaria pela cintura e a traria para bem pertinho para poder aninhá-la a mim. Nossa, como eu gostaria de poder fazer isso! Mas afasto a tristeza que essa ideia me traz e foco a atenção numa Claire muito compenetrada.

— Qual é o problema com os meninos? Você e o Carter brincam juntos sempre e se divertem bastante, não é?

Ela faz biquinho.

— É, mas ele não quer brincar de boneca e de Barbie, e não gosta de pintar comigo. Se fosse uma menina, ia gostar...

Levo um dedo ao queixo, pensativa.

— Hum, é verdade. Mas você pode ficar com todas as bonecas e Barbies pra você... e também com todos os lápis de cor e canetinhas e cuidar direitinho deles. Você sabe que o seu irmão aperta demais, quebra as pontas e borra tudo, não é mesmo?

Ela pensa um pouco.

— Ele faz isso mesmo! — exclama, como se só agora se desse conta.

— Se você fosse ter uma irmãzinha, ela ia mexer nas suas coisas, ia querer brincar com os seus brinquedos, usar todos os vestidos bonitos que eu fiz pra você...

Claire inspira e prende a respiração por um segundo.

— Mas eles são meus! — Ela une as sobrancelhas.

— São mesmo! Você já viu como a Anabelle e a Dannica brigam por causa das coisas?

Ela projeta os lábios para a frente, lembrando, e quase consigo ver a cabecinha pensando *É mesmo*.

— Então, se você tiver um irmão, ele vai querer as coisas do Carter, e não as suas.

— Você acha? — ela pergunta, me olhando de lado.

— Eu tenho certeza!

— Tia Kitty?

— Sim, querida...

— Não precisa levar o meu irmão, não... Eu vou ficar com ele.

Eu me inclino para a frente, beijo o rosto dela e faço cócegas, esfregando o nariz no pescocinho cheiroso. Ela ri alto, aquele risinho dobrado que eu adoro. Se alguém descobrisse uma maneira de engarrafar o riso de uma criança, seria um som que curaria todos os males do mundo. Os meus, então, nem se fala...

— Você vai levantar?

— Vou sim, querida.

Eu me sento, esquecendo que estou apenas de camiseta e calcinha. O lençol escorrega, e meu braço inteiro fica visível, exposto a olhinhos impressionáveis.

Claire se senta e aponta para o meu braço.

— Olha, titia... dodói! Você machucou... — Ela se aproxima e inclina a cabeça para o lado, para ver melhor.

Meu coração parece que vai pular para fora, e eu começo a transpirar.

Não. Por favor, Deus, não...

Tento puxar o lençol de volta, mas Claire o segura e o afasta.

— Deixa eu ver! — ela exclama e chega mais perto.

As lágrimas se represam nos meus olhos enquanto espero para ver a expressão de medo e repulsa no lindo rostinho. Minha sobrinha vai achar horrível, ou pior... vai ter medo de mim. Chego a sentir náuseas enquanto aguardo sua reação.

Com seu jeitinho especial, Claire passa os dedinhos gorduchos sobre minha pele enrugada, desde o ombro até o pulso.

— Tá doendo? — ela pergunta, olhando para mim.

Não há nem sombra de desconforto em sua expressão. Nego com a cabeça e engulo, sentindo a garganta seca.

— Parece que dói — ela comenta, com naturalidade.

— Não dói, não, querida.

Ela assente e passa os dedinhos mais uma vez na pele áspera e irregular, com uma delicadeza extraordinária para uma criança tão pequena. Isso é o máximo que alguém, além dos médicos e das minhas melhores amigas, já tocou em minhas cicatrizes.

Claire continua com a inspeção por mais alguns segundos e então me surpreende com toda a sua graça, amor e compaixão. Ela me encara com aqueles olhos azul-claros, tão iguais aos do pai, se inclina sobre meu braço e me dá um beijo logo acima do cotovelo.

Fecho os olhos, incapaz de conter as lágrimas.

— Eu dei beijinho pra sarar. — Sorri, orgulhosa de si mesma.

— E deu certo, meu amor! Obrigada. Já está bem melhor. — Minha voz falha e eu dou uma tossidela para clarear a garganta.

Ela abre um sorriso largo.

— Mágica da mamãe! — ela repete o que Gigi costuma dizer quando ela e o irmão se machucam.

Eu já vi centenas de vezes Gillian beijar os machucados e dizer que é a "mágica da mamãe".

— É verdade. A sua mãe é mágica mesmo... Ela trouxe você e o seu irmão pra gente! Eu te amo, querida.

— Eu também te amo, tia Kitty. Agora eu preciso de cookies e de um irmão novo.

Claire engatinha na cama, fica em pé, cambaleante, e então se senta na beirada para escorregar para o chão, com a agilidade e a facilidade que só as crianças têm.

Dou risada com vontade. É a primeira vez em meses que me sinto tão leve.

Assim que chego à porta da cozinha, Gigi corre até mim, passa o braço pela minha cintura e me leva de volta para o corredor.

— Não fui eu que convidei — ela sussurra. — Parece que eles já tinham combinado de conversar sobre algum assunto de negócios no café da manhã, mas juro por Deus e pelos meus filhos que eu não sabia que ele viria.

Gigi fala tão rápido que precisa se curvar para a frente a fim de recuperar o fôlego.

— Do que você está falando?

— A culpa não é minha... — Ela cobre o ventre com as mãos.

— Culpa de quê? — pergunto, confusa.

— Ah, aí estão vocês! Venham. O café já está na mesa — Chase avisa, colocando o braço sobre os ombros de Gillian e a beijando na testa.

Recuo e contorno os dois em direção à cozinha.

— A Gigi estava se desculpando por alguma coisa...

Paro de falar assim que vejo quem está sentado à mesa, comendo um crepe recheado com geleia de cereja.

Ele se levanta, alto e esplendoroso, o cabelo liso caindo na testa daquele jeito sexy, maravilhoso sem fazer esforço.

Seu perfume domina o ambiente. Fico surpresa por não ter sentido do corredor. Só existe um homem no mundo que recende a feno e brisa do mar ao mesmo tempo. É uma pessoa que surfa com a mesma frequência com que anda a cavalo. Esse perfume exclusivo só pode ser de alguém que mora à beira do oceano Pacífico. Preciso confessar que, mesmo depois de tanto tempo, essa fragrância mexe com todas as minhas terminações nervosas, da raiz dos cabelos à ponta dos pés. Um formigamento de consciência e desejo exala de cada poro do meu corpo, emitindo uma energia estática que qualquer pessoa num raio de três metros pode sentir.

Vejo linhas de expressão no canto dos olhos de Carson, mais do que eu gostaria de ver, emoldurando os olhos azuis. Ele parece cansado, abatido... Por que será?

— Olá, bochecha doce... Eu não esperava te ver por aqui, mas é sempre um prazer.

A voz grave reverbera por todo o meu ser, trazendo à tona lembranças de noites de amor, de risos, de conversas que se estendiam até as primeiras horas da madrugada, de promessas sussurradas que depois seriam quebradas.

Bochecha doce. Um apelido bobo, que não combina com o homem sofisticado que o colocou em mim, mas um homem que não se cansava de dizer que adorava meu bumbum, com a mesma frequência com que o apertava. E eu o amava. Ainda o amo.

— Carson. Há quanto tempo... — Cerro os dentes e abafo a emoção.

Ele assente, dá a volta na mesa e para diante de mim. O cômodo todo deixa de existir com a presença dele, como se tudo à minha volta diminuísse de tamanho, se distanciasse, e tudo o que restasse a minha frente fosse ele. O homem que eu amo. O homem que sempre vou amar, mas que não pode mais ser meu.

Carson leva a mão ao meu rosto e desliza o polegar da têmpora até o queixo, levantando-o para que eu o encare. Em seguida, se inclina para a frente e me beija de leve nos lábios. Prendo a respiração. Em dois anos ele nunca fez isso. Estou tão atordoada com a proximidade e com a inesperada conexão entre nós que não consigo me mover. Ele roça os lábios nos meus outra vez e eu os umedeço com a língua, tocando a dele por uma fração de segundo. Ele geme baixinho e eu estremeço.

Levo a mão à boca e dou um passo para trás.

— Há, é... Então, humm... o que você está fazendo aqui? — Sinto a pele arrepiar.

Nem Chase nem Gillian dizem uma palavra. Os dois estão em silêncio do outro lado da cozinha, encostados na bancada. Gigi parece estar em estado de choque, enquanto Chase tem um sorriso amarelo no rosto.

Jesus... Agora é que ele nunca mais vai me dar sossego por causa do primo.

— Eu vim conversar sobre um novo conceito de negócios que o Chase e eu estamos criando — responde Carson.

Assinto e vou até a mesa para me servir de uma xícara de café. Sem pensar, estendo a mão direita para pegar o bule. Mal consigo levantá-lo e meu braço fraqueja, mas Carson é mais rápido. Envolve minha mão com a dele, segurando a alça do bule. Droga. Fazia tempo que eu não usava a mão direita para segurar algo mais pesado. A presença de Carson me tirou do prumo.

— Deixe que eu ajudo — ele diz, se aproximando por trás de mim.

Carson nunca teve problema com espaço, especialmente em relação a mim. "Quanto mais perto, melhor", ele sempre dizia.

Juntos nós servimos café nas duas xícaras que imagino terem sido colocadas ali para nós. Ele cola o corpo ao meu, pressionando o peito nas minhas costas e a pélvis na minha bunda. Sinto o calor que emana dele e o volume rijo através do tecido das roupas. Santo Deus, como senti saudades disso... de ficar perto dele de verdade, não só nas recordações. Fecho os olhos, procurando absorver o máximo possível de sua presença e imprimindo o momento na memória, para relembrar mais tarde.

Depois de colocar o bule de volta na mesa, ele respira fundo perto do meu pescoço. Sinto um arrepio nas costas e uma sensação há muito esquecida no centro das minhas coxas.

— Nossa, bochecha doce... Eu estava com saudade do seu perfume. Está um pouco diferente... mas gostoso como sempre. — Ele levanta meu cabelo e roça o nariz no meu pescoço.

No mesmo instante, minha pele se arrepia e meus joelhos fraquejam. Eu me apoio no balcão com os dedos apertando o granito. Carson envolve minhas duas mãos com as dele. E, no momento em que toca minha pele queimada, eu enrijeço o corpo. Ele continua a respirar bem perto de mim, como se tocar minhas cicatrizes não o incomodasse.

— Coqueiro... água de coco... É isso?

Mordo o lábio e rezo para ele se afastar antes que eu entre em colapso e me afogue numa poça de lágrimas.

— Óleo de coco. É bom para as cicatrizes.

— Humm, é bom... Combina com você.

Ele percorre o nariz pelo meu pescoço de novo e me beija na têmpora. Em seguida, pega a xícara de café e se afasta. Escuto seus passos no piso da cozinha e então o ruído de uma cadeira sendo afastada. Ele deve estar a uns três metros de distância de mim, mas a impressão do corpo dele contra minhas costas e a sensação de calor persistem.

Fecho os olhos, tentando acalmar meu coração disparado e esperando que meu cérebro volte a funcionar direito.

Gillian se aproxima e coloca uma colherada de açúcar no meu café e um pouco de creme de baunilha caseiro que Bentley faz especialmente para ela. O som da colherinha batendo na xícara me traz de volta à realidade.

— Ele ainda mexe com você, não é? — ela sussurra, só para eu ouvir.

— Sim. — Sopro o café e dou um gole.

A combinação do café quente com o sabor suave da baunilha alivia um pouco as sensações perturbadoras, e eu observo Carson e Chase tomando café e rindo, descontraídos.

— O que você vai fazer?

Inclino a cabeça para trás.

— Nada. Acabou. Nós terminamos — eu a relembro, reforçando a ideia para mim mesma.

Gigi arqueia as sobrancelhas.

— Sei. Eu até acreditaria se não tivesse visto como ele se colou em você e enterrou o nariz no seu pescoço. Gente, o que foi aquilo...?! — Ela se abana, em um gesto dramático.

Balanço a cabeça e escondo o rosto atrás da xícara. Gillian encosta o ombro no meu.

— Quer saber? Ele ainda é louco por você.

Ah, se fosse verdade.

— Não é para ser — declaro com veemência.

— Só porque você não deixa.

4

CARSON

— *Droga, droga, droga!* — *Soco o volante do Range Rover até* toda a frustração, o aborrecimento e a energia negativa se dissiparem. — Por que é que ela tinha que estar aqui?! Justo hoje?!

Solto o ar com força e abaixo a cabeça no volante. A cada respiração, ansiedade e desespero percorrem meu corpo, do mais profundo âmago até a ponta dos dedos.

Justamente quando penso que estou superando, eu a vejo de novo. Caramba, e que visão! O cabelo dourado está mais curto, logo acima dos ombros. Ela usava uma blusa de manga comprida, então não deu para ver como estava o braço, mas a mão parecia um pouco melhor. O pescoço estava ótimo, a pele lisinha. Como será que ficaram os enxertos nas costelas e no seio?

— Para com isso, Carson, pode parar! — eu me repreendo, pressionando os punhos cerrados sobre os olhos para aliviar a dor instantânea.

Pare de pensar nela como se você tivesse o direito de se importar.

Kathleen passou a maior parte dos últimos três anos me rejeitando. Droga, isso é o triplo do tempo que ficamos juntos, e ainda assim não consigo tirar essa mulher da cabeça. Eu me apaixonei por ela no instante em que a vi pela primeira vez. Aquela noite em que nos conhecemos num evento beneficente, num encontro às cegas planejado por Gillian, selou meu destino. No momento em que a enlacei pela cintura na pista de dança, o perfume de Kat, a essência e o espírito dela se infiltraram profundamente em minha alma. E até hoje eu não consegui me libertar. Mas eu preciso. Ela deixou bem claro que não me quer mais em sua vida.

Mas, então, por que ela reagiu daquela forma quando eu a toquei?

Não sei o que deu em mim. Talvez tenha sido porque a recepcionista do laboratório ligou para avisar que os resultados do teste chegariam hoje à tarde pelo mensageiro. A ideia de perder a liberdade acendeu em mim uma espécie de ardor que ficou dormente até eu ver minha Kathleen. E daqui a cerca de uma hora vou ficar conhecendo definitivamente os resultados dos exames.

Engulo em seco e aperto o volante de couro com força.

Como fui me meter numa situação tão fodida? Perda e sofrimento, essa é a resposta. A morte do relacionamento mais importante da minha vida. Foi isso que aconteceu. E me deixou abobalhado, incapaz de pensar direito. Bebi demais e transei com a mulher errada.

A maior parte daquela noite, há dois anos, ainda é obscura na minha lembrança. Há uma espécie de névoa, com exceção da briga com Kathleen. Foi a pior noite, a noite em que perdi para sempre a mulher que amo.

— Carson, não sei quantas vezes preciso dizer... Acabou. Não tem nada que você possa fazer ou dizer para mudar isso. Eu não sou a mulher certa para você.

— Isso é besteira, Kat, e você sabe disso tão bem quanto eu!

Os braços dela estão cruzados, em um postura defensiva. Ela tem um xale sobre os ombros, cobrindo as queimaduras mais graves. Ela nunca expõe a pele à luz solar. Bem, pelo menos não na minha frente. Os cabelos dela, uma combinação dourada de loiro, castanho-claro e acobreado, são longos, caindo sobre os ombros até o meio das costas. Os olhos são de uma cor linda, me lembram balas de caramelo. A intensidade deles revela determinação e tristeza ao mesmo tempo. Eu abomino ambas as coisas, porque sei o que significam.

Detesto ver essa expressão nos olhos dela, sabendo que é dirigida a mim. Normalmente o olhar expressivo de Kat deixa de joelhos homens bem maiores e mais fortes do que eu. Em um simples momento, ela fez meu mundo desabar e deixou meu coração sangrando até a última gota.

— Não é possível que você queira terminar comigo... Você é a única para mim, Kathleen, sempre foi!

A voz dela embarga em um soluço.

— Por que você não me deixa em paz? Não existe você e eu, e já faz tempo. Por favor, pare de tentar me convencer a ver as coisas do seu jeito.

Com poucos passos eu a alcanço, levo uma das mãos à nuca de Kat e com a outra a enlaço pelo quadril. Não me atrevo a tocar seus braços.

— Kathleen Bennett, eu te adoro! Quero me casar com você, ter filhos com você... envelhecer do seu lado.

Ela balança a cabeça com veemência.

— Não. Pare. Eu não posso. — As lágrimas escorrem pelo rosto dela.

— Não entendo por que você insiste em me afastar. Eu não estou nem aí para as suas cicatrizes! Não ligo se você não suporta olhar para si mesma, porque isso não faz diferença, amor. Eu vejo você. Eu! O homem que faria qualquer coisa por você. O homem que se ajoelha a seus pés para ficar com você.

Eu me ajoelho, enlaço Kat pelos quadris e encosto o rosto no ventre dela.

— Você tem q-que... ir... embora... — Sua voz soa quebrada, fragmentada, mas convicta.

Balanço a cabeça contra sua barriga e apoio o queixo ali, erguendo os olhos para o rosto mais bonito que já vi na vida. Já beijei esses lábios rosados com tanta intensidade que eles ficaram inchados e vermelhos. Beijei esse rosto, o maxilar, o queixo, com desejo e carinho. Olhei dentro desses olhos castanhos e dei asas aos meus sonhos de uma vida juntos. E foi divino. Foi a vida perfeita. Eu sei, sem sombra de dúvida, que esta mulher é a coisa mais importante do mundo para mim. Ela é tudo para mim. É o meu destino.

— Carson... — Ela passa os dedos pelo meu cabelo e fala com uma voz tão pesarosa que me faz sentir mal. — Você merece mais, muito mais do que eu posso te dar. Eu não sou a mesma pessoa. Não sou mais a mulher por quem você se apaixonou.

Fecho os olhos e sigo beijando o abdome de Kat, passando pelo peito até alcançar os lábios. Seguro o rosto dela entre as mãos e beijo os lábios doces e macios. Minha língua se entrelaça com a dela, numa batalha que estou decidido a vencer. O gosto dela é inigualável, picante, é um sabor de esperança por um recomeço. Com o coração na mão e meus lábios sobre os dela, mostro a Kat o meu amor. Um amor dramático, alucinado, avassalador.

Kathleen desliza a mão pelo meu peito. Ao sentir aquela mão desfigurada sobre meu coração, ainda penso que talvez possamos recomeçar. Porém, enquanto eu a puxo para mim, ela me empurra. Em algum momento meu cérebro se conecta com meu corpo e registra o fato de que ela está me repudiando. Não está tentando se aproximar: está tentando me afastar. No mesmo instante eu a solto.

Eu a solto e recuo.

Kat cambaleia para trás, balançando a cabeça. Seu rosto é a imagem do sofrimento, todo molhado de lágrimas e rímel borrado. Mas eu não ligo... Minha

Kathleen é um diamante num mar de pedras. Quando está feliz, ela brilha. Só que agora suas lágrimas não são de alegria nem de reconciliação, e sim de tristeza e de aversão por si mesma.

— Não, Carson, não. Chega.

Seguro e puxo meu cabelo, querendo sentir dor enquanto ando pelo apartamento dela, aturdido.

— Não acabou...

Ela me interrompe com a voz carregada de desalento.

— Acabou. Para sempre.

Eu paro e inspiro o ar com força.

— Olhe nos meus olhos e diga que não me ama!

Suas feições se contorcem numa expressão de dor. Ela abre a boca e torna a fechá-la.

— Diga que não me ama e eu vou embora! — exclamo, me aproximando dela outra vez.

Ela morde o lábio e as lágrimas grossas rolam de seus olhos.

— Não posso dizer isso.

— Pois então! — retruco, com os dentes cerrados. — Não acabou! Logo, logo você vai se arrepender dessa decisão. Vai se lembrar do único homem que adora tudo em você. — Aponto para o coração dela. — Que adora você.

— Eu não sou mais eu.

Aperto tanto os lábios que minha boca dói.

— Se você continuar repetindo isso para si mesma, nunca mais vai se encontrar, realmente. Talvez você nem queira. Parece que fica feliz em se trancafiar dentro deste apartamento escuro, sem nem deixar a luz do sol entrar.

— Não existe mais luz do sol.

— Abra os olhos, Kat... — Seguro o rosto dela com as duas mãos. — Abra esses olhos, pelo amor de Deus! Deixe a luz entrar... Ela está ali, esperando por você. Eu estou aqui, rodeado por ela, abrindo os meus braços para você, baby. Me deixe te ajudar! — suplico.

Jesus, eu daria qualquer coisa, pularia nas profundezas do inferno, se ela me desse meia chance que fosse. A tonalidade de caramelo dos seus olhos perde a intensidade, escurece, e com isso o brilho de esperança se extingue. Eu sei que ela tomou a decisão.

— Seja feliz, Carson. É o que eu sempre desejei para você. Que você encontre alguém para dividir a sua vida. Agora me deixe em paz.

As palavras dela não passam de um sussurro, mas poderiam ter sido gritadas num alto-falante, pelo jeito como quase me derrubam.

Olho para Kat uma última vez e toco os lábios dela com os meus. Nunca vou me esquecer como estavam frios, inertes e sem reação.

— Você ainda vai se arrepender disso.

Ela fecha os olhos, recuando ainda mais.

— Eu já me arrependo. Agora vá embora.

— Você me ama, Kathleen. — *Minha voz está tão áspera que eu mesmo não a reconheceria se a ouvisse num gravador.*

Os olhos dela permanecem fechados, os longos cílios molhados de lágrimas.

— Eu sei. Mas às vezes, Carson, o amor não é suficiente. Por favor... vá embora — *ela pede, com tanto anseio na voz que sinto meu coração rachar.*

A mulher que eu amo preferiu morrer para mim, e não havia nada que eu pudesse fazer para trazê-la de volta. Dois anos depois ainda dói, como se tivesse acontecido ontem.

Balanço a cabeça enquanto atravesso de carro o centro de San Francisco, deixando a cidade em direção à chácara onde moro, à beira do Pacífico. Flashes do bar para onde fui depois que saí do apartamento de Kat espocam em minha lembrança conforme dirijo de volta para casa.

Seis doses de uísque, os copos vazios enfileirados sobre a mesa à minha frente. Uma garçonete loira de belos olhos castanhos me paquerando.

A loira me levando para um hotel do outro lado da rua.

Pagando por um quarto.

Caindo de costas na cama. Kathleen nua em cima de mim.

Kathleen não... a garçonete.

A loira cavalgando no meu pau, minhas mãos segurando seus quadris.

Precisando tanto de alívio.

Desejando que a dor desapareça.

Estocando o calor úmido da minha Kathleen, por trás.

A loira inclinando a cabeça, gritando de prazer. Cor de cabelo diferente.

Movendo o quadril e gozando dentro dela.

Caindo de volta na cama.

Acordando sozinho e de ressaca.

Eu não fazia ideia de que havia potencial naquela noite para que as coisas ficassem ainda piores do que já estavam. Por mais de dois anos eu sofri por causa de Kathleen. Claro que saí com algumas mulheres, mas foi sobretudo por sexo. Ninguém suporta uma abstinência tão longa. Exceto Kathleen Bennett.

Chase sempre me conta que ela não namorou nem saiu com ninguém desde que terminou comigo, seis meses depois da primeira fase do tratamento das queimaduras. Naquela época, eu ainda tinha esperança. E então, de repente, deparo com ela de novo. Não encontrava minha garota havia uma eternidade. E ela reagiu como a antiga Kat teria reagido. Meio tímida, doce como sempre e sem medo de que eu a tocasse. Ansiando por isso, na verdade.

Precisei usar todo o meu autocontrole para não parecer tenso ao revê-la, ao sentir seu perfume, lembrando da maciez de sua pele. Sempre adorei o cheiro de Kat, especialmente atrás da orelha, junto à linha do cabelo. Um ponto secreto para mim e uma zona erógena para ela. Como eu queria poder beijar, lamber e mordiscar aquele pedacinho de pele, colocar minha boca ali e não tirar nunca mais.

Cacete, meu pau está ficando duro só de pensar. Toquei até a mão marcada dela. Ela se retraiu, mas não se afastou. Foi a primeira vez em anos que ela não se afastou. Não houve lágrimas nem palavras ácidas. Foi quase como se estivesse em paz. Quase como a mulher que eu conheci e amei. Ainda amo, mesmo depois desse tempo todo. Vê-la novamente...

Meu Deus... o que eu vou fazer? Nada.

Até saber o resultado do teste de DNA, não posso fazer nada. Mas que emoção vê-la reagir a mim de maneira positiva. Beijá-la, mesmo que rapidamente, trouxe de volta tudo o que eu sentia por essa mulher. Anos depois ela ainda é capaz de me deixar de quatro. Se Chase e Gillian não estivessem lá, eu teria pressionado mais. Graças a Deus não fiz isso. Não tenho ideia do que está acontecendo com a minha vida neste momento.

Pelo menos eu sei que Kat está bem. Mesmo a contragosto, Chase tem me mantido atualizado sobre a vida dela, caso contrário eu não saberia nada.

Filho da mãe. Ele conseguiu se tornar bem próximo dela. A princípio, a pedido meu. Eu o fiz prometer que tomaria conta da minha garota. Cheguei a apelar para o costume antigo e o fiz cuspir na mão e apertar a minha. Tipo um pacto. Nós sempre fomos mais do que primos. Praticamente irmãos. Quando ele foi morar conosco, tão jovem ainda, a mãe em coma, minha mãe recém-

-falecida, nós desenvolvemos um vínculo fraternal que nunca mais seria rompido. E agora ele é o único elo que tenho com Kat. Se ao menos eu tivesse dito aquelas benditas três palavrinhas, talvez as coisas tivessem sido diferentes.

E, mesmo correndo o risco de perdê-la, eu não consegui dizer.

Eu te amo.

Eu te amo, Kat.

Eu te amo, Kathleen.

Por várias vezes, eu tentei. Provava a ela todos os dias com as minhas atitudes, me virei do avesso para apoiá-la e ajudá-la no período de reabilitação, mas não foi suficiente. Ela queria ouvir as três palavras, e eu não conseguia dizer. Toda vez que tentava, eu me lembrava da última vez que as havia dito, e a dor e a tristeza voltavam, roubando minha voz e me fazendo engolir as palavras.

Mas agora, depois de tudo, não sei se teria feito diferença. Se eu as tivesse dito naquela noite, quem sabe... Ela me perguntava a todo momento se eu a amava. E claro que eu a fazia dizer isso para mim. Eu precisava disso, mas não era capaz de retribuir o que ela me dava. Talvez esse tenha sido o prego no caixão do nosso relacionamento. Mesmo assim, era difícil imaginar que terminaria do jeito que terminou.

Eu a tratava bem, como a deusa que ela era. Apesar disso, depois do incêndio, alguma coisa se perdeu dentro de Kat. Foi como se o fogo tivesse roubado dela a capacidade de viver. Ela desistiu.

Nada parecia funcionar para tirá-la daquele estado de desalento em que ela mergulhou, e a cada tratamento doloroso a situação piorava. Pouco a pouco a mulher que eu amava foi definhando e desaparecendo, até eu mal reconhecer o que tinha restado.

Paro na frente da minha casa e o portão de ferro maciço começa a deslizar devagar. Enquanto o espero abrir, uma minivan branca da LabCorp Genética encosta atrás de mim.

A visão da van faz meus pelos se arrepiarem, e eu sinto uma onda de calor que me faz transpirar no alto da testa. Respiro fundo e saio do carro. Aconteça o que acontecer, vou enfrentar. Um passo de cada vez.

O motorista é um rapaz jovem, com jeito de universitário. Não deve ter mais de vinte anos. Está usando o boné do laboratório com a aba para trás, e a camisa desabotoada revela uma camiseta tingida por baixo.

— Olá, senhor, tudo bem? — ele me cumprimenta, vasculhando dentro de uma sacola.

— Tudo ótimo. Tem alguma coisa para mim aí? — pergunto.

— Pode crer... — Ele tira da sacola um envelope grande. — Aqui está!

Coloca o envelope na minha mão com mais entusiasmo do que a situação requer. Pelo menos ele gosta do que faz.

— Obrigado — agradeço baixinho.

— Opa! Um instante... Preciso da sua assinatura, senão a minha chefe me mata. Aquela lá é osso duro de roer. — Ele torce o nariz numa careta.

Sorrio, relembrando o tempo em que tinha de me reportar a um superior. Ser dono do próprio negócio me proporciona o luxo de ir e vir conforme quero e de fazer meu horário de trabalho. Nunca mais volto a ser empregado de alguém.

O rapaz me estende uma prancheta e eu assino, antes de acenar para ele, que me agradece. Entra na van e contorna a alameda circular, rumo a outros endereços, para entregar a outros clientes notícias boas ou más, dependendo do caso.

Balanço a cabeça e entro com o carro em minha propriedade.

Minha casa é enorme. Não tanto quanto o casarão onde eu cresci, mas grande demais para um homem solteiro. Eu esperava um dia trazer Kat para morar comigo, casar com ela, ter filhos. Desde muito jovem eu já sabia que queria ter uma família grande. Se eu não tivesse meus irmãos, minha irmã e Chase, a perda da minha mãe teria sido ainda mais devastadora. A presença deles deixou a energia da casa bem mais leve.

Caminho até o bar e coloco três dedos de uísque num copo. Vou precisar, para encarar seja lá o que diga este relatório.

Sem pressa, volto para o jardim para andar um pouco. Passo pela piscina e pelos estábulos, em direção ao terraço com vista para o mar. Quando comprei o terreno, mandei construir um deque junto ao rochedo, a uma distância segura do mar, mas com uma vista privilegiada e perfeita. Até instalei alto-falantes, iluminação e construí um gazebo para contemplar a vista do oceano, abrigado de qualquer clima. Hoje o dia está ensolarado, com a amena temperatura de vinte e um graus. Se ao menos o meu coração estivesse ameno também...

Bebericando meu drinque, observo as ondas arrebentando na praia e imagino como seria se aquele incêndio não tivesse acontecido. Ou se Kathleen não estivesse lá. Inúmeras vezes eu pensei nas muitas formas como aquela tragédia poderia ter terminado. Era para ela estar comigo naquele dia, se não tivesse que dar os retoques finais na última peça de roupa que estava confeccionando.

Eu devia ter insistido para ela ficar comigo. Devia ter dito que precisava dela. Cacete, eu *sempre* precisava dela.

Ela era tudo para mim. As outras mulheres murchavam em comparação com a beleza de Kat, com seu coração, seu talento. Eu me lembro de vê-la trabalhar no apartamento pequenino até tarde da noite. Caramba, às vezes a gente transava até apagar, e eu acordava no meio da noite com o barulho da máquina de costura. Eu saía da cama, ia espiar, e lá estava ela, trabalhando numa linda peça de figurino.

Eu sei que ela está fazendo design de moda, trabalhando em parceria com a minha irmã Chloe.

Mas contar com minha irmã e com ninguém para me falar de Kat é a mesma coisa. Ela se recusa, *se recusa* totalmente a tocar no assunto. Até mesmo sobre o trabalho. Chloe diz que não quer se envolver, que família e trabalho não se misturam, que não vai prejudicar uma amizade por causa de fofoca, que não vai comentar nada e pronto. Para ser sincero, isso está sendo um espinho no nosso relacionamento. Eu devia tomar providências para consertar isso, já que sou eu que estou puto com ela.

Viro o envelope de um lado e de outro, até finalmente abrir a borda. E tirar o relatório.

São várias folhas, a maioria com traços pretos. Do lado esquerdo está o meu nome, e do direito o nome Cora Duncan. À medida que folheio as páginas, uma avalanche de emoções me domina, me atingindo do mesmo jeito que as ondas quebrando na areia. É tudo um jargão médico incompreensível, até que chego à última página.

Uma carta do meu colega de faculdade, Bradley Grover, que é o dono da LabCorp Genética, conclui a série de relatórios, explicando exatamente o que preciso saber.

> Carson,
>
> Eu providenciei pessoalmente para que a minha geneticista chefe comparasse três vezes a sua amostragem de DNA com a da menina Cora Duncan. Durante a análise da reação em cadeia da polimerase, nós comparamos vinte e um marcadores genéticos, multiplicando vinte e três índices de paternidade derivados de vinte dos loci genéticos que examinamos.

Com base nos resultados dos exames anexos, a probabilidade de paternidade é de 99,9%. Isso significa que a menina Cora Duncan, de dezoito meses de idade, é de fato sua filha biológica.

Me ligue se quiser conversar. Carson, eu imagino que a situação seja um tanto intensa, mas estou aqui se você precisar de um amigo.

Brad

Bradley Grover
Diretor executivo
LabCorp Genética

Puta merda. Eu sou pai. Tenho uma filha. Cora Duncan.
Até o nome dela começa com C, conforme a tradição da minha família.
E agora? O que eu faço?

5

KATHLEEN

— *Aff... o que eu não daria para comer um donut agora!* — diz Chloe, tomando um gole do suco de clorofila.

Eu a observo engolir a mistura nem um pouco apetitosa.

— Ainda na dieta do paleolítico?

Ela morde o canudo, como se beber aquela gororoba doesse.

— Mais alguns dias e eu vou poder aumentar minha cota para mil e duzentas calorias.

Meus olhos quase saltam das órbitas.

— Aumentar? De quantas calorias é agora?

— Quinhentas — ela responde, empurrando umas folhas de papel sobre a mesa.

Acabei de mostrar a ela os modelos que desenhei para a nova linha masculina que vou passar para minha equipe.

— Parece... humm... prático — digo, a falta de sinceridade transparecendo na minha voz.

Chloe revira os olhos.

— Nós duas sabemos que eu estou praticamente passando fome para ficar esplendorosa no vestido que você desenhou para a Paris Fashion Week.

Dou risada.

— Você podia fazer algumas sessões de ioga com a Bree.

— O quê?! E ficar olhando para aquela loira escultural enquanto transpiro feito um porco, sentada numa posição que pra começo de conversa Deus nunca planejou para o corpo de uma mulher? — Ela me olha, piscando repetidamente.

A essa altura eu não aguento. Uma gargalhada escapa com tudo de dentro de mim, e eu me jogo para trás na cadeira do ateliê.

— Putz, só você pra me fazer dar risada desse jeito... — Abano meu rosto acalorado.

— Mas não é verdade? — Ela bebe o suco verde, faz uma careta e joga o copo no lixo com o conteúdo pela metade, antes de pegar uma barra de chocolate na minha mesa. — Quantas calorias você acha que tem nisto aqui? Umas dez?

Dou uma risadinha.

— Eu diria de setenta e cinco a cem.

Ela arqueia as sobrancelhas depois de dar uma dentada na guloseima.

— Os seus números estão muito inflados. Eu aposto que tem dez. O que significa que posso comer mais nove destes. — Ela dá uma piscadela e pega um dos desenhos.

— O que é isto aqui em formato de L? — Chloe aponta para um trecho do meu desenho.

Minha caligrafia com a mão esquerda melhorou razoavelmente, mas com os desenhos nem sempre o resultado é bom. Geralmente eu uso o software de voz desenvolvido pelos gênios da tecnologia da empresa de Chase. O programa grava minhas instruções e eu desenho com um dedo sobre o monitor, para depois imprimir.

— É um par de meias — respondo, com um sorriso.

Chloe dá uma mordida em outra barra de Snickers. Penso em aumentar em uns três centímetros o vestido que desenhei para ela, mas não comento nada. Afinal, para que servem as amigas?

— Meias? Desde quando nós trabalhamos com meias?

— Então, é um assunto sobre o qual eu queria conversar. Eu estive com o Chase na semana passada e reparei que ele tenta combinar as meias com a roupa. Pensei em criar meias para combinar com os nossos ternos. O que acha? Podemos criar uma linha de gravatas também, para combinar com cada terno e cada par de meias, para oferecer mais opções aos clientes.

— Como se o simples fato de ser homem já não fosse fácil demais — ela retruca, séria.

Eu espero. Por fim, os cantos dos lábios de Chloe se curvam ligeiramente, ela gesticula e desembrulha outro chocolate.

— Não, não. Tem razão. Entendi totalmente. Podemos batizar a linha de Men at Ease ou algo assim. Facilitar para os homens a tarefa de se vestir para uma determinada estação ou ocasião. Tudo pode ser intercambiável. Brilhante, Kat. Como sempre. — Ela sorri.

— Foi o que eu achei também. — Movo as sobrancelhas.

— Vamos nos reunir com a equipe de criação na semana que vem para conversar sobre isso? Que tal?

Eu aceno com a cabeça, concordando.

— Tudo bem para mim. — Aperto a tecla do ramal da recepcionista no telefone. — Jen, você pode agendar uma reunião para nós duas com o pessoal da criação? Vamos falar de um produto novo. Qualquer dia da semana que vem, duração de duas horas, mais ou menos. Pode ser na hora do almoço, assim pedimos alguma coisa.

— Boa. Ótima ideia. — Chloe faz um sinal de positivo com o polegar.

Depois que eu desligo, ela expõe seus novos conceitos sobre nossa linha feminina.

— Esta alça e o corpete não estão combinando. Tem alguma coisa errada.

Concentro minha atenção no desenho e me lembro do vestido de lantejoulas que usei na festa de aniversário do pai de Carson, anos atrás. Percorro meu dedo cicatrizado pela folha de papel. Ele estava tão lindo naquela noite, tão feliz por apresentar a nova namorada ao pai. Foi na mesma noite em que Chase pediu Gillian em casamento. Parece que faz séculos...

— Ei, Kat... Terra falando... Hello? Tiramos a alça ou deixamos?

Balanço a cabeça, e algumas lágrimas escapam dos meus olhos, caindo sobre o papel. Desvio o rosto, enxugando-as.

Chloe geme baixinho e coloca a mão no meu ombro.

— Kat, o que foi?

Dou um suspiro e levanto a cabeça, piscando para tentar reprimir as lágrimas involuntárias.

— Nada. É que... o desenho me lembrou de uma época boa. Só isso.

Ela suspira e se encosta na minha mesa.

— Pode desabafar comigo.

Dou uma tossidela para clarear a garganta.

— Não há nada para desabafar.

Ela se senta na beirada da mesa e cruza os braços e os pés, obviamente se preparando para um embate longo. Chloe é implacável quando quer alguma coisa, e neste momento o que ela quer é saber o que está me fazendo chorar em cima dos desenhos.

Homens babacas seria a resposta.

— Fugir desse jeito funciona com as suas irmãs de alma?

Balanço a cabeça.

— Não. Normalmente não.

— Então por que você acha que vai funcionar comigo? Kat... já faz dois anos que nós somos sócias, trabalhamos juntas há quase três. Eu sei quando você não está concentrada. Em geral eu não ligo, contanto que você esteja envolvida de coração e alma. Mas chorar em cima de um desenho? Se você achou o modelo tão pavoroso assim, bastava dizer.

Ela mantém a expressão séria por alguns segundos, até não aguentar mais e começar a segurar o riso.

Num gesto instintivo, cutuco a perna dela com o cotovelo.

— Pare.

— Pare você. Não, ao contrário, não pare não. Eu quero que você fale. Momento das loiras, vamos lá. — Ela passa as mãos pelos cabelos, num gesto teatral.

— Pare de tentar me fazer rir!

— Pare de se esquivar da pergunta.

Respiro profundamente e bem devagar.

— Eu estou bem. É que o desenho me fez lembrar de tempos melhores, só isso.

— Ah, sei. Por acaso tem alguma coisa a ver com o meu irmão? — A expressão em seu olhar se suaviza.

Dou de ombros.

— Sim. Eu o vi no fim de semana.

Chloe se inclina para a frente, surpresa, tocando os pés no chão, e com um empurrão no meu ombro faz minha cadeira girar cento e oitenta graus. Em seguida me dá outro empurrão, fazendo a cadeira completar a volta até eu ficar novamente de frente para ela.

— Você o viu? Quando? Como? Por quê? Vocês vão voltar? — As palavras saem aos borbotões.

Eu me reclino na cadeira, recuperando o fôlego.

— Ele foi tomar café da manhã na casa do Chase e da Gillian, e eu tinha dormido lá.

— Ah, esse meu primo, viu? Vou dar uma bronca nele por colocar você nessa situação.

— Não, ele não teve culpa. Ele já tinha combinado com o Carson uma conversa sobre negócios e nem sabia que eu ia dormir lá. Mas foi legal... Fazia um ano que eu não o via. Ele está muito bem.

Realmente. Maravilhosamente lindo.

— E aí, o que aconteceu? Vocês conversaram?

Eu me levanto e ando pela sala, tentando coordenar os pensamentos.

— Não muito. Só trocamos algumas palavras. Ele me beijou... nós tomamos café... foi isso.

— Uou, uou, uou... Calma lá, só um instante! Ele te beijou?! — Sua voz soa esganiçada, como se ela estivesse tentando conter a empolgação, igual a uma criança que acabou de saber que vai para a Disneylândia, só que daqui a uma semana.

— Sim. Do jeito que ele costumava fazer logo depois do incêndio. Bem de leve, quase nada. Ainda assim, eu senti que havia alguma coisa...

— Meu Deus! Ah, meu Deus do céu! Será que isso significa que vocês vão voltar?

Eu choramingo e jogo a cabeça para trás, olhando para o teto.

— Não, não significa nada disso. Ele está namorando.

— Ele deixa de namorar no instante em que você disser que está disponível. Esse homem está definhando por sua causa há três anos, Kat. Se você disser que está a fim de voltar, ele vai dançar na sua frente com sininhos nas mãos.

— Que nada... Ele está vivendo a vida dele, assim como eu estou vivendo a minha — respondo.

Chloe deixa escapar uma exclamação de impaciência combinada com pouco-caso.

— Eu não chamaria de viver a vida o que vocês dois estão fazendo.

— Não? Mesmo depois de tudo que nós alcançamos e realizamos nos últimos tempos? — retruco, num tom de voz ligeiramente ácido.

— Só trabalho. — Ela gesticula no ar. — Trabalhar, sim, você tem trabalhado *muito*. E muito bem, devo acrescentar. — A voz dela se suaviza.

— Obrigada.

— Mas só trabalho, sem caral... — Ela se interrompe repentinamente, com cara de paisagem.

Eu abro e fecho a boca várias vezes.

— Sem o quê?

Chloe acena com a cabeça.

— Isso mesmo, minha amiga. Termine você a rima.

Dou risada. É impossível ficar triste perto dessa mulher.

— Tudo bem, então. E qual é a conclusão depois desse encontro com um beijo mais ou menos entre você e o meu lindo irmão? — Ela bate os cílios, charmosa.

Reviro os olhos. O irmão dela é o homem mais bonito que eu conheço, por dentro e por fora. Não posso negar que rolou alguma coisa entre nós naquele dia. Será que deveríamos conversar a respeito? Ah, sei lá... Faz tanto tempo, e eu continuo desfigurada, se bem que um pouco melhor agora. Minha vida profissional está fantástica, apesar da habilidade motora prejudicada no braço e na mão. Meu relacionamento com as meninas está um pouco tenso, mas estamos resolvendo isso. *Vamos* resolver.

— Eu não tenho certeza — respondo. — Nós terminamos há tanto tempo... A possibilidade de reatar nem me passou pela cabeça.

— Mas agora passa?

— Sempre vai existir uma história entre mim e o seu irmão. Mas não sei dizer se pode haver um futuro.

— Enquanto você pensa a respeito, eu posso torcer por vocês dois?

— Tudo bem.

Chloe pega outro chocolate, e eu empurro a mão dela.

— Largue esse chocolate e coma uma maçã! — advirto.

Ela faz cara feia, mas deixa o doce sobre a mesa.

— Obrigada — resmunga, olhando para o chocolate com expressão de anseio extremo.

— Paris Fashion Week — lembro.

— Paris Fashion Week — ela repete, saindo da mesa com um suspiro.

Empurro a porta do meu pub favorito e entro. Depois de passar o dia criando e revendo novos designs, negociando com fornecedores de tecidos no exterior e checando com minha costureira chefe o progresso da confecção, estou definitivamente exausta. Luzes multicoloridas cintilam por toda parte enquanto procuro uma mesa no lugar aonde mais gosto de ir nas noites de sexta-feira. Maria e Eli me convidaram para jantar com eles, mas eu declinei. Nem sei por que, na verdade. Hoje estou com vontade de ficar sozinha, longe de tudo. Só com meus pensamentos.

Pensamentos sobre ele. Carson.

A semana inteira eu acalentei a ideia de ligar para ele, sugerir tomarmos um café. Não sei por que, também. Há dois anos eu o afastei de tal maneira que nunca pensei que um dia pudéssemos reatar. E então eu o vi, e tudo voltou como um maremoto invadindo a praia. A simples visão do meu ex fez meu coração inflar e encolher ao mesmo tempo e derrubou as muralhas que eu tinha erguido em minha mente. As muralhas que me impediam de voltar ao passado, de relembrar.

Por que agora?

Fiz a mim mesma essa pergunta a semana inteira. Quando ele teve aquele comportamento na cozinha de Gillian, foi como se nunca tivéssemos nos separado. Parecia tão... certo. Talvez seja hora de, pelo menos, voltarmos a ser amigos. Não há problema algum nisso. Eu gosto dele, sei que ele gosta de mim também. Droga, na verdade eu ainda o amo, apesar de saber que ele seguiu em frente com sua vida.

Mas, então, por que ele me beijou daquele jeito? Por que tocou minha língua com a dele? Aquele toque provocou uma corrente de eletricidade tão forte ao longo do meu corpo inteiro que acho que nunca vou esquecer a sensação.

Balançando a cabeça, olho ao redor e não vejo nenhuma mesa vaga. Até que avisto um par de olhos azuis na extremidade mais distante do restaurante. Olhos que eu reconheceria entre centenas de pessoas loiras de olhos azuis. Para mim, eles são únicos. Azuis como um céu de verão, com um aro dourado em volta das íris, como se os deuses quisessem ter dado a ele um halo perene.

Rapidamente desvio o olhar e me dirijo ao bar. O que eu faço agora? Talvez ele não tenha me visto.

Aceno para o barman. Ele me cumprimenta erguendo o queixo, já sabendo o que eu quero sem que eu tenha que pedir. Estive aqui tantas vezes que já sou conhecida pelos funcionários.

Antes que eu tenha tempo de verificar se tem algum banco vago no balcão do bar, sinto uma mão quente no meu ombro.

— Oi, bochecha doce. Achei mesmo que fosse você — diz Carson, me fazendo virar de frente para ele.

Eu me movo em sintonia com o gesto dele e com um sorriso emplastrado no rosto. Estou tão habituada a usar uma máscara para manter as pessoas a distância que esboço automaticamente esse sorriso artificial. E assim fico, sem mover um músculo, enquanto observo o cabelo loiro desalinhado, pelo qual ele certamente passou os dedos incontáveis vezes ao longo do dia, e a fina camada de barba por fazer. A camisa polo que ele está usando tem o logo da empresa do lado esquerdo, bem em cima do coração.

— Oi, Carson.

É tudo que consigo dizer, pois minha língua inchou e ressecou de tal maneira que bloqueou a saída da voz.

Calma, Kat. Calma. É só o Carson.

— Está cheio hoje, não? — ele comenta, as duas mãos enfiadas nos bolsos da calça e se equilibrando para a frente para trás sobre os calcanhares.

— Sim... Normalmente fica assim às sextas-feiras. Não costumo vir tão tarde... — Olho mais uma vez para o relógio, que já marca mais de sete horas, bem mais tarde que o horário usual. Sempre tomo um lanche reforçado e solitário por volta das cinco e meia.

Ele arqueia as sobrancelhas.

— Ah... Está esperando alguém?

— Não, não. — Por alguma razão que não entendo muito bem, me apresso a sanar sua dúvida, balançando a cabeça e olhando para baixo. — Eu costumo vir aqui às sextas, depois do trabalho. Virou rotina, já que fica no caminho e pertinho do meu apartamento.

— Kitty Kat! — O barman grita meu nome acima da multidão de frequentadores, obviamente sem se importar se está incomodando os ouvidos de alguém.

Ele está segurando um copo alto do delicioso poorman stout, mais comumente conhecido como black velvet. Minha escolha, sempre.

— Obrigada, Robbie. Ponha na minha conta! — Inclino o copo e bebo um belo gole do drinque. Os sabores nítidos de sidra de framboesa e grão de café se misturam com perfeição na minha boca. — Hum, delícia.

— Imagino — Carson murmura e desvia o olhar.

Bebo mais alguns goles, sem saber o que dizer ou fazer. Nunca me aconteceu de ficar sem palavras diante de Carson. É estranho, quase como se estivéssemos nos conhecendo agora. Acho que, depois de tanto tempo sem nos vermos, vai ser difícil retomar o clima descontraído e brincalhão de antes.

Estou pensando em alguma coisa para dizer quando ele aponta para uma mesa.

— Vamos jantar? — Seu tom é de esperança, mas com uma ponta de determinação.

Analiso minhas opções. Posso fingir que não pretendia jantar aqui hoje, o que seria mentira, e nos últimos tempos eu tenho tentado não mentir, principalmente para as pessoas por quem tenho apreço. Mesmo Carson e eu não estando mais juntos, tenho muita consideração por ele.

— Humm... — Olho ao redor, pensando desesperadamente num pretexto para recusar.

Carson cobre minha mão marcada com a dele. Eu me encolho, mas não tiro a mão. Meu terapeuta me encoraja a deixar que as pessoas me toquem, para que eu me habitue novamente ao contato com os outros. Resisto ao impulso de tirar a mão; em vez disso, aperto a mão dele, querendo sim que ele me toque. Suas sobrancelhas se erguem por um segundo e um sorriso ilumina seu rosto, tornando-o incrivelmente lindo. Eu iria até o inferno e voltaria só para ver esse sorriso. Um sorriso que neste momento está focado em mim, e eu já tinha esquecido de como senti falta disso.

— Faz tempo que nós não conversamos, Kat. Que não jantamos juntos, tomamos uma cerveja... Nós ainda somos amigos, certo?

— Somos? — O tom recatado na minha voz surpreende a mim tanto quanto imagino que a ele também.

Carson sorri outra vez, e ver os dentes bonitos e os olhos azuis é como um soco no meu coração.

— Sim, claro que somos.

— Tudo bem. Eu vim com a intenção de comer mesmo.

— Eu também. Por aqui.

Ele retira a mão de cima da minha e me conduz à sua frente com a mão nas minhas costas, do jeito como sempre fazia. Fecho os olhos, me impregnando do seu calor. No fim de semana, na casa de Gigi, foi a primeira vez que senti o toque dele depois de mais de dois anos. A primeira vez que senti o toque de um homem nesse tempo todo, verdade seja dita.

Com a mesma rapidez com que memorizei a sensação de calor, ela desaparece quando Carson puxa uma cadeira para mim. Então ele se senta e estende as mãos sobre a mesa para segurar minha mão sã.

— Me conte o que você tem feito. Eu quero saber tudo.

Ele tem um brilho nos olhos do qual me lembro muito bem. Carson é um excelente ouvinte e ótima companhia, se envolve de verdade com o que a pessoa conta para ele, seja quem for.

Não consigo conter um risinho; Carson sempre teve o entusiasmo de um filhotinho de cachorro. Cada momento da vida para ele é importante. Ele vê sempre o lado bom de tudo, vê sempre motivo para se alegrar e aproveitar. É o tipo de pessoa que não desperdiça nem um instante de felicidade, e estou contente por ver que essa parte dele não mudou.

— Bem, você sabe que eu estou trabalhando com a sua irmã Chloe.

— Sim. E eu sei que as roupas que vocês criam estão arrasando no exterior, e aqui nos Estados Unidos também.

Confirmo com um aceno de cabeça e estendo a mão com as cicatrizes para pegar o meu drinque. No instante em que levanto o copo, sinto o peso dele forçando meus nervos afetados. Assim como fez com o bule de café naquela manhã na casa de Chase e Gigi, Carson tira o copo da minha mão direita e o coloca na esquerda, com naturalidade, sem fazer nenhum comentário ou parecer consternado.

Nossa...

— Arrasando no exterior, nos Estados Unidos... — ele encoraja, retomando a pergunta anterior.

— Ah, sim... hum, pois é. Nós estamos indo bem. Trabalhar com a Chloe é um sonho realizado. Ela é muito talentosa.

Carson se reclina na cadeira e tamborila os dedos na mesa.

— Se eu me lembro bem, você também é, bochecha doce.

Um risinho disfarçado escapa dos meus lábios quando o ouço usar o apelido ridículo, mas tão familiar e acolhedor.

— Bochecha doce. Ainda? — Levanto uma sobrancelha.

Ele sorri e se inclina para a frente. Sinto o cheiro de brisa marinha em sua pele, me fazendo recordar de tempos mais felizes, quando mergulhávamos no mar e brincávamos nas ondas, na praia privativa da casa dele à beira do Pacífico.

A combinação da lembrança com o aroma provoca uma inesperada sensação entre minhas pernas, e eu as aperto, afastando a onda súbita de desejo. Mas é difícil ignorar a dorzinha resultante da mensagem enviada pelo meu cérebro às minhas partes íntimas, de que o homem que me completa está a menos de um metro de distância.

Dou um suspiro disfarçado.

— As bochechas mais doces do mundo. — Ele move as sobrancelhas de um jeito sugestivo. — Pelo menos até onde eu me lembro.

Eu balanço a cabeça.

— Já não são mais tão doces, depois das cirurgias de enxerto.

Carson não tem ideia do que eu passei. A pele do meu bumbum não é mais tão macia e perfeita como era, depois que os médicos removeram a pele saudável para cobrir as queimaduras mais graves. A parte interna das minhas coxas também. Como se eu já não tivesse cicatrizes suficientes... Reconheço que os médicos fizeram o máximo, mas a verdade é que várias partes do meu corpo ficaram lesadas, não só pelas queimaduras, mas também pela remoção de pele.

— Eu gostaria de poder julgar por mim mesmo. — Ele segura novamente a minha mão e percorre o dedo do cotovelo até a palma, desenhando círculos bem no centro. — Sempre tão macia.

O calor dele envolve minha mão, e uma corrente de eletricidade sobe pelo meu braço, provocando uma leve e agradável sensação de choque. Minhas terminações nervosas vibram e meu coração acelera dentro do peito.

— Carson...

— Sim, benzinho — diz ele, como se tivéssemos sido lançados por uma catapulta para outra época e outro lugar.

Mais de três anos atrás, para ser exata. A atmosfera é semelhante, os sentimentos são os mesmos. Tesão. Calor. Desejo. Todos atormentando a minha mente. Será que estou preparada para isso? Para esses sentimentos?

Arriscando um olhar para ele, percebo que está sentindo o mesmo que eu. Os olhos estão semicerrados, as pálpebras a meio mastro, os dentes mordiscando o lábio inferior como se ele estivesse se contendo para não dizer algo inadequado.

Devagar, retiro a mão, interrompendo o contato e a tensão sexual excessiva que nos envolve.

Por uma bênção, um garçom que eu conheço há anos se materializa ao lado da nossa mesa.

— Olá, Kat. Desculpe a demora. Vocês querem pedir?

— Sim.

Fico instantaneamente grata pela pausa na avalanche de sentimentos e sensações que me dominam, hiperfocadas no homem sentado menos de um metro à minha frente e com os olhos fixos em mim.

— Ok, já sabe o que vai querer? — o garçom pergunta para mim, mas Carson responde sem hesitar.

— Bem, *eu* sei exatamente o que quero. — Ele continua olhando para mim sem piscar. — Uma coisa que eu desejo há muito tempo — acrescenta, com a voz baixa e rouca.

As palavras dele me atingem como uma bolada, e eu prendo a respiração. A conexão, a energia sexual que sempre tivemos se incendeia na presença de Carson, alastrando-se e transbordando por todo lado.

O desejo.

A necessidade.

A emoção.

O anseio.

Tudo isso atravessa meu corpo, mente e alma como se sempre tivessem estado ali, dormentes, esperando apenas pelo momento da libertação.

Estou ferrada. Sentada ali, diante de Carson, vendo os olhos dele mais escuros que o normal e implacavelmente focados em mim, eu sei que esta noite as coisas vão mudar. Mas neste momento não faço nem ideia de quanto.

— Eu quero uma dose de Patrón, por favor — murmuro, precisando de algo mais forte do que cerveja.

— Pode trazer quatro, pra fechar. — Carson sorri, segura minha mão novamente e fica brincando com meus dedos, enquanto desenha círculos na palma.

Sinto uma onda de calor, relembrando o toque desses dedos em outras partes do meu corpo.

— Ai, meu Pai do céu... — Mordo o lábio e desvio o olhar.

— Já rezando, bochecha doce? Ainda é cedo. A noite mal começou...

Ele leva minha mão boa aos lábios. Seu olhar fixo em mim é hipnotizante enquanto ele beija a ponta de cada dedo.

Engulo o nó de secura e de anos de sofrimento que arranha minha garganta desde o instante em que o vi no bar. Estou confusa, sem saber o que fazer ou dizer. Carson me deixa emudecida e tão mexida que quase não consigo enxergar direito. Não permiti que homem algum despertasse nada parecido em mim durante todo esse tempo, e agora tudo o que Carson precisa fazer para me derreter é se sentar à minha frente em uma mesa de um pub lotado e beijar minha mão.

— O que está acontecendo comigo? — murmuro baixinho.

— Até onde eu sei, nada. Mas isso vai mudar daqui a pouco.

O garçom se aproxima e coloca os copinhos sobre a mesa antes de se afastar novamente para servir outros clientes.

— Beba, florzinha. Você vai precisar da coragem que o álcool te dá. — Ele me estende um dos copos com uma rodela de limão na borda. — Ao que poderia ser.

Em seguida dá um gole, o copo parecendo minúsculo na mão grande. Sentindo-me meio entorpecida, imito seu movimento. A bebida me oferece a sensação de calor de que preciso para continuar aqui sentada e não sair correndo feito um gatinho assustado.

Carson pega o segundo copo e eu pego o meu. A marionete obediente. Dessa vez ele faz um brinde diferente.

— Ao que *vai ser*. — Suas palavras contêm promessas que não tenho certeza se algum de nós está preparado para cumprir.

Ainda assim, eu bebo a segunda tequila. Ele levanta a mão e faz um sinal para alguém atrás de mim, mostrando quatro dedos.

— Você está tentando me embebedar? — Inclino a cabeça para o lado, mordo o lábio e estreito os olhos.

Carson abre um largo sorriso, e eu tenho noção de que é por causa do meu gesto tão familiar para ele.

— Se for preciso.

O garçom coloca mais quatro doses na mesa.

— Os pratos já estão chegando — ele avisa e se afasta com a velocidade de um foguete em direção à próxima mesa.

— Se for preciso para quê? — pergunto.

Mando ver a terceira dose, já sentindo a queimação do álcool no estômago vazio. Cada gota de bebida se espalha pelos meus membros, me fazendo sentir mais solta e relaxada. Principalmente me fazendo *sentir*. Pela primeira vez em muito tempo eu me sinto bem. *Viva*.

Por outro lado, claro que essa sensação também pode ser atribuída ao homem sorridente sentado do outro lado da pequena mesa do pub.

— Para te reconquistar. — Ele ergue o copinho e bebe de um único gole.

Faço o mesmo, sem ter certeza se entendi direito o que ele disse.

— Espera... O quê?

Pisco várias vezes. Minha visão começa a ficar leitosa nas bordas. A música de fundo toca numa cadência gostosa, e eu balanço na cadeira, no ritmo da melodia.

Carson passa a língua pelos lábios, e eu fico fascinada com o gesto discreto. Tudo que eu quero é colocar a boca sobre a dele e saborear a tequila diretamente da língua dele. Meu Deus, como foi bom aquele tempo em que estávamos juntos, quando transávamos com a cabeça leve pelo efeito do álcool. Mas isso tudo foi antes do incêndio. Antes de eu perder o corpo que ele amava. Antes de eu me perder.

— Você está tão linda, Kathleen. — Ele sorri e apoia o queixo na mão.

— Eu sinto saudade de você — admito, sob a influência do álcool, que ajuda a desinibir e me deixa mais espontânea.

Ele sorri.

— Você não precisa sentir saudade. — Sua voz está revestida de sensualidade.

— Por quê?

Pego o último copinho. Onde está o garçom, afinal? Preciso mais deste líquido milagroso.

— Porque eu estou aqui, e você sempre esteve no meu pensamento.

Ele levanta o copo na minha direção e depois bebe tudo de um só gole. Faço o mesmo, procurando em sua expressão alguma insinuação de brincadeira, de que ele não está de fato falando sério. Mas não encontro.

— Que foda. — Minha voz é quase inaudível, no esforço de lidar com o tumulto de emoções que me agita por dentro e sem saber direito como fazer isso, inebriada como estou.

Mas Carson me ouviu.

— Esse é o plano, bochecha doce. — Ele arqueia uma sobrancelha. — Eu pretendo te comer a noite inteira.

6

CARSON

O sabor dessa mulher é um misto de inferno e paraíso. Mergulho a língua mais uma vez em sua boca enquanto pressiono o corpo dela com o meu contra a porta do apartamento. Ela choraminga de desejo enquanto a agarro, cada centímetro do corpo curvilíneo se amoldando ao meu com perfeição, como se Deus nos tivesse criado para nos encaixarmos assim.

— Caramba, bochecha doce! Faz tanto tempo... — digo, a voz um pouco embargada pelo álcool.

Eu não pretendia beber tanto, mas, quando nos sentamos um diante do outro, depois de anos de afastamento, senti que precisava de alguma coisa para me dar o empurrão inicial. Os sentimentos entre nós estavam me trazendo lembranças tristes, e eu queria me focar no momento, no presente. Nela.

Minha garota estava finalmente... *finalmente...* em minha companhia. Falando comigo, curtindo uma noite de sexta-feira como nos velhos tempos. Eu estava emocionado e empolgado além da conta.

E agora... agora ela está exatamente onde eu quero. Roço a língua pelo pescoço alvo e macio... cheiroso, gostoso. Ela dá um gemido e pressiona a pélvis contra a minha. Meu pau lateja e dói a cada movimento, conforme sinto a maciez do corpo dela.

— Benzinho, me toque... por favor, me toque. Preciso sentir as suas mãos em mim — confesso, em um momento de fraqueza e sinceridade.

Mas, do mesmo jeito que era antes, não há razão para eu me sentir fraco. Kat sabe o que eu quero e preciso, porque ela sente exatamente a mesma coisa.

Ela introduz a mão sã entre nossos corpos e solta o botão da minha calça jeans com a precisão que só uma pessoa como ela, familiarizada com roupas, poderia ter. Puxa o zíper para baixo, e um breve instante de puro êxtase quase me derruba quando sinto o ar no meu pau, e então, logo em seguida, a mãozinha quente agarra toda a circunferência e desliza pela extensão, da base até a ponta.

Nirvana.

Dor e prazer se alastram por cada nervo do meu corpo, partindo da virilha para o peito, e de onde escapa para os meus lábios o mais longo suspiro de alívio da história da humanidade.

— Caraca, linda, eu adoro quando você me toca... — sussurro, lambendo atrás da orelha delicada, o que eu sei que faz os joelhos dela amolecerem e ela ficar molhada.

Ela geme e aperta os dedos ao redor, massageando habilmente para cima e para baixo, espalhando pela coroa a umidade que ela encontra ali. Os dedos de Kat manuseando meu pau me fazem mergulhar num torpor delicioso, e minha boca se enche de água, inebriado que fico com o perfume dela... aroma de praia, sol e coqueiros. A fragrância de coco é nova, mas igualmente estimulante.

Enquanto ela prossegue, ergo com as duas mãos a saia rodada que ela usa até encontrar a tira estreita de renda presa aos quadris por dois fios.

— Espero que esta não seja a sua favorita — murmuro com a boca no pescoço dela, mordiscando a pele suculenta enquanto puxo as laterais da calcinha, rasgando o tecido fino, e a enfio no bolso traseiro do meu jeans.

— Caramba, Carson... o que deu em você?

O tesão dispara com as palavras dela. Kat aperta minha ereção e eu empurro o quadril para a frente, gemendo baixo. É como se todas as sensações se concentrassem no meu pau e na mão habilidosa de Kat, que me acaricia com maestria.

— Sou eu que vou te comer, sua gostosa...

Levo a mão em concha à virilha dela e me regozijo ao sentir a umidade. Passo os dedos ao redor do clitóris e mergulho dois deles no calor acolhedor. Sinto o corpo de Kat se contrair, enquanto ela fecha os olhos e se pressiona mais contra a porta. Ela já não está segurando meu pau, está focada no próprio prazer. Adoro ter esse efeito sobre ela, deixá-la enlouquecida de tesão. Faz muito tempo que uma mulher não reage a mim do jeito que Kathleen reage. É como se a vida dela dependesse disso.

Kat é tudo para mim. A única mulher que conheço por dentro e por fora, e a única que tenho vontade de conhecer dessa maneira.

Enfio os dedos e os recuo, repetidamente.

— Você gosta disso, meu bem? Gosta que eu te coma com a mão?

Os dentes perfeitos mordiscam o lábio, os olhos estão fechados, o nariz franzido em uma expressão de concentração.

— Fique quieto, Carson... Você sabe que sim.

Ela prende o fôlego quando eu penetro os dedos mais fundo, recompensando sua sinceridade. Colo meu corpo ao dela o máximo que posso, sem parar de mover os dedos para dentro e para fora. Encosto a testa na dela, e o efeito dessa conexão me prende ali, louco de desejo de satisfazê-la.

— Eu vou te fazer gozar tantas vezes que você nunca mais vai esquecer como é bom entre nós dois.

Ela estremece e abre a boca num grito silencioso. Cedendo à tentação, percorro a língua pelos lábios inchados de tanto beijar, com gosto de tequila e limão misturado ao dela mesma... da minha garota. Magnífico.

Minhas bolas reagem, se contraindo por conta própria, se tornando mais cheias e pesadas. Esfrego minha pélvis na dela enquanto continuo com os movimentos dos dedos. A excitação percorre minha espinha quando Kat começa a tremer e se contorcer. Coloco o polegar no ponto certo e faço movimentos circulares rápidos. Ela envolve meu pescoço com as mãos e se pendura em mim enquanto o orgasmo a sacode inteira.

— Coisa linda — sussurro nos lábios dela, observando cada emoção modificar o semblante feminino antes de capturar aquela boca em um beijo intenso, prosseguindo com movimentos lentos dos dedos até ela finalmente descer das alturas. — Isso, meu bem... isso mesmo.

Kat geme baixinho, passando a língua pela minha boca e apoiando a maior parte do seu peso em mim. Com um movimento rápido, eu a pego nos braços e a carrego pelo apartamento até o quarto.

Quando chego perto da cama, deixo o corpo dela deslizar pelo meu e puxo a saia para baixo, até que se amontoe no chão. Kat percorre as mãos pela minha camisa polo, me ajudando a puxá-la para cima e a tirá-la. Então, o olhar dela se fixa no meu peito e no abdome.

— Você mudou — ela diz, com uma expressão de surpresa e admiração.

Há três anos eu era bem magro. Desde que perdi a única mulher que amei na vida, passo todo o meu tempo livre na academia, e com isso ganhei uns bons quinze quilos de massa muscular.

— Ficar sozinho e perdido muda um homem — respondo, mas me arrependo em seguida, quando a vejo se retrair e desviar o olhar.

Antes que ela tenha tempo de relembrar os maus momentos do nosso passado, eu seguro o queixo dela e a faço virar o rosto para mim. Sem dizer uma palavra, eu a beijo com intensidade, me entregando inteiramente, tentando transmitir através do beijo tudo o que eu sinto... a nossa separação, o tempo perdido, anos de saudade, de desejo e de um profundo anseio de estar perto dela. Não a deixo se afastar; em vez disso, eu a abraço e sugo a língua doce, os lábios macios, deixando afluir meu desejo de assumir o comando no calor do momento. De forma alguma vou permitir que as dúvidas e os receios dela se esgueirem entre nós e interfiram em nossa reconciliação.

Depois de algum tempo, nós dois nos afastamos, para recobrar o fôlego. Aproveito a pausa para tirar a calça, os tênis e as meias.

Os olhos castanho-claros parecem chocolate derretido à luz do luar. Ela está aqui na minha frente, o peito levemente arfante a cada respiração. É como se estivesse se concentrando, acalmando o rodamoinho vívido de emoções que nos cerca.

Levo as mãos à barra da blusa dela e começo a levantar para tirar, quando ela coloca as mãos sobre as minhas, me fazendo parar. Somente a parte inferior do corpo está nua, e é bem parecido com o que me lembro. Está um pouco mais magrinha, porém mais firme, mais tonificada. Parece que mais alguém andou malhando também, enquanto estava sozinha.

Ver a penugem dourada entre as coxas de Kat faz minha boca salivar. Mais uma vez tento puxar a blusa dela para cima, e novamente ela segura minhas mãos e eu a sinto enrijecer.

— Não. Deixe a blusa. — As palavras saem dos lábios dela em um sussurro.

— Eu quero ver você nua, meu bem. — Pressiono o pau na barriga de Kat e ela choraminga.

— P-Por favor... deixe... — O tom de voz fraco me chama a atenção.

Olho para o rosto dela, iluminado pelo luar, e ergo as mãos para acariciar a face e o pescoço. Por alguns instantes fico só olhando para ela em silêncio, querendo que ela veja o que eu vejo. Mas quando uma lágrima escorre pelo rosto lindo, seguida de outra e de mais uma súplica, eu perco a batalha. Eu a puxo para os meus braços e a aperto contra mim. Ela enterra o rosto no meu pescoço, os braços ao redor dos meus ombros. Deslizo as mãos pelas costas dela até a bunda nua. Com movimentos lentos, seguro aquela parte dela que tanto adoro.

Ela tinha razão... Posso sentir a ligeira aspereza na pele, mas isso não me desanima nem um pouco. Abaixando-me para tomar impulso, eu a levanto e no mesmo instante ela me enlaça com as pernas. Com cuidado, apoio um joelho na cama e a faço deitar de costas, me inclinando sobre ela e me posicionando entre as pernas afastadas. Apoio o peso do meu corpo nas mãos, dos dois lados dela, e a fito nos olhos, que estão brilhantes de amor, medo, ansiedade e de um desejo que ela não consegue esconder.

Ela está apavorada que eu veja seu corpo, e a última coisa que eu quero é colocá-la numa posição em que ela tenha qualquer medo em relação a mim.

— Se você quer ficar com a blusa, tudo bem. Não tem problema. Não chega a ser uma barreira... e tem muitas outras partes suas com as quais eu quero me reconectar.

Beijo o pescoço de Kat e ela suspira.

Pronto, não se fala mais nisso.

Corro as mãos pelos seios dela, puxando para baixo o sutiã através do tecido da blusa. Sei que estou trapaceando, mas onde há desejo e determinação há sempre uma maneira. Os mamilos que eu quero tanto beijar se empinam sob a blusa fina. Eu me inclino sobre o seio direito e coloco a boca sobre o tecido, molhando-o de saliva.

Kat arqueia o corpo com um gemido e segura minha cabeça. Mordisco o mamilo através da blusa, tomando cuidado para não machucar, apenas excitar. Ela esfrega as pernas nas laterais do meu corpo e vai ficando mais molhada a cada segundo.

Quando sinto o cheiro almiscarado da excitação dela se espalhando entre nós, coloco a ponta do pau na entrada inflamada.

— Ahh... isso é tão gostoso — ela murmura, movendo a cabeça de um lado para o outro enquanto vou traçando uma linha de beijos pelo corpo dela, ao mesmo tempo em que, com as duas mãos, massageio os mamilos endurecidos.

Cada nuance do corpo de Kat me transmite uma onda de desejo. Quando minha boca chega à parte superior das coxas, meus próprios membros estão trêmulos. Quero muito abrir as pernas dela e meter fundo... mas não vou fazer isso. Não antes de provar cada centímetro que ela me permita provar. Meu cérebro embriagado me lembra de que tudo isso pode terminar amanhã.

Ela pode se arrepender do que fizemos, me afastar novamente. Preciso fazê-la enxergar e sentir... dar a ela o que nenhum outro homem pode dar. Eu. Eu, inteiro, e tudo de mim.

Meu pau parece que vai explodir enquanto vou descendo pelo corpo de Kat, sentindo o frescor do lençol de algodão, até chegar à beirada da cama. Em um movimento calculado, me ajoelho, seguro os tornozelos da minha garota e a puxo para baixo até ver a pele rosada, úmida e suculenta entre as pernas.

O perfume dela me inebria, arrancando da minha garganta um som rouco e primitivo.

— Carson...

Ela prende a respiração quando seguro suas pernas abertas, proporcionando a mim mesmo uma visão esplendorosa da feminilidade dessa mulher e me sentindo no controle da situação.

— Puta merda, como eu senti falta de você... — murmuro antes de percorrer a língua por toda a intimidade de Kat.

Ela leva as mãos ao meu cabelo, segurando minha cabeça para me direcionar, mas eu não quero, neste momento, deixar que ela assuma o controle. Este é o momento em que estou me reconectando com o que é meu, com o que sempre vai ser meu, para dizer o mínimo. Seguro as mãos dela espalmadas no interior das coxas, me possibilitando controlá-las e ao mesmo tempo manter suas pernas bem abertas.

Meu pau toca a cama enquanto passo a língua por toda a área suculenta exposta aos meus olhos. Sinto o membro gotejar, mas não me preocupo em tomar cuidado para não sujar o lençol imaculadamente limpo e perfumado. Vou deixar minha marca ali também.

Engulo toda a umidade que minha língua toca enquanto Kat contorce o quadril contra meu rosto, ansiando pela libertação das sensações. Uma das muitas facetas lindas da minha garota é que ela é multiorgástica. No passado eu cheguei a contar, certa vez, dez orgasmos em uma noite. Se não estivesse tão ansioso para penetrá-la, eu estaria disposto a bater esse recorde.

Esparramo a língua contra ela e a esfrego em volta do grânulo intumescido. Ela geme, grita, choraminga, tudo ao mesmo tempo, perdida no prazer.

— Isso, benzinho... Eu te chupo. Eu. Carson. Algum homem te tocou aqui desde a nossa última vez? — pergunto, antes de introduzir a língua até onde posso dentro dela.

Ondas de êxtase envolvem minha consciência, se concentrando no meu pau duro. Cara, eu preciso comer essa mulher logo, antes que eu goze no lençol!

Ela balança a cabeça com veemência.

— Não? Eu quero ouvir você dizer que nenhum homem te tocou aqui — murmuro por entre os dentes, sem entender direito o que deu em mim.

Tudo que sei é que minha ereção está enorme, minha bunda está contraída e meu coração e minha mente estão fora de controle, perdidos na bruma da luxúria e do desejo.

— Nenhum homem, meu amor... só você... Ah, aí mesmo, bem aí... Não pare, Carson. Por favor, não pare! — ela grita e eu redobro meus esforços.

O corpo inteiro de Kat se contorce, até que eu seguro as pernas dela, imobilizando-as. Já não consigo penetrá-la com a língua, mas o glóbulo central está evidente, vermelho e protuberante, como um farol para guiar minha boca. Passo a língua ao redor, pressiono os lábios e sugo. Com vigor.

Kathleen grita quando o orgasmo a assola com violência. As mãos que eu deixei livres estão agora me segurando pelo cabelo, me forçando a pressionar mais o feixe de nervos túrgido.

Quase gozo na panturrilha de Kat. Quando ela se acalma, solto suas pernas, afasto-as e bebo da minha recompensa. Nenhuma outra mulher tem um sabor tão doce e paradisíaco como Kathleen. Acho que os homens precisam do gozo da mulher. É o néctar dos deuses.

— Que gostoso... Eu preciso te comer, linda...

Eu me deito em cima dela, adorando o movimento arfante do seu peito conforme ela retorna do clímax. Coloco as mãos embaixo dos braços dela e a suspendo um pouco, fazendo-a deitar a cabeça no travesseiro. Quando começo a me mover para baixo de novo, para beijar seu corpo inteiro, ela me detém com as duas mãos no meu quadril. Antes que eu me dê conta, a boca quente e macia está envolvendo a ponta do meu pau.

Eu me seguro com uma das mãos na cabeceira da cama, os nós dos dedos esbranquiçando com o esforço, enquanto minha garota se concentra no meu pau duro, inchado, vermelho, pronto para explodir.

Kat lambe e suga, deixando escapar murmúrios baixos enquanto toma o membro mais fundo na boca. Nenhuma outra mulher fez isso comigo, murmurar desse jeito, com tanto gosto, bem na ponta do meu pau encostado na garganta. É uma coisa que é dela, só ela faz, e eu poderia muito bem gozar na garganta dela agora mesmo, mas isso não iria satisfazer nenhum de nós dois. Preciso penetrá-la.

Esta noite eu já penetrei a boca de Kat e a saboreei com a língua, mas agora quero chegar ao coração dessa mulher. Quero batalhar meu caminho de volta até a sua alma e me enterrar ali tão fundo que ela jamais vai conseguir me afastar outra vez.

— Para, bochecha doce, ou eu vou gozar na sua boca.

Ela sussurra de novo e me chupa com força, arrastando os lábios por toda a extensão do meu membro, até soltar a ponta com um som estalado e molhado.

— Pode gozar — ela diz, ciente de que eu adoro quando ela engole meu jorro.

Todo homem gosta. É primitivo e extremamente gratificante saber que a sua mulher não tem nojo do seu sêmen.

Caraca... o pensamento me enlouquece, foder a boca desta mulher, com uma das mãos apoiada na cabeceira da cama e a outra segurando o cabelo dela pela nuca. A ponta do meu pau escorrega um pouco mais para o fundo da garganta de Kat, onde os músculos se contraem em volta da coroa. Minha cabeça gira, estrelas começam a cintilar diante dos meus olhos conforme ela me chupa, cada vez mais fundo, mais do que nunca antes na minha vida. Ela abocanha tudo, meu pau inteiro... Até mesmo quando a garganta se contrai num espasmo involuntário, ela não para; em vez disso, segura minha bunda, pressionando ainda mais.

Bem-vindo realmente de volta.

Eu não vou aguentar. Meu saco incha e se contrai, minhas bolas parecendo duas pedras batendo no queixo dela conforme vou mais e mais fundo.

— Caraca! — solto um bramido e recuo, como se tivesse me queimado.

A cabeça do meu membro pulsa e lateja. Juro que consigo sentir os batimentos do meu coração na ponta do pau.

— Eu preciso de você... preciso muito, Kathleen... — murmuro, deslizando pelo corpo dela.

Ela abre as pernas com um brilho tão resplandecente nos olhos que sinto os meus marejarem. Houve somente duas vezes em que me senti emocionado a ponto de chorar. No dia em que minha mãe morreu e no dia em que vi minha garota enrolada em bandagens, ferida pelo incêndio que quase a levou de mim.

Caramba, eu estou de quatro por esta mulher.

Eu me sento sobre os calcanhares e posiciono o pau entre as coxas de Kat, ajudando com a outra mão sob a bunda dela, suspendendo-a. Depois acaricio o rosto tão lindo e querido... Com os olhos fixos nos dela, eu a penetro.

Apertada... molhada... quente... Eu me sinto abrigado, me sinto em casa.

Quando estou inteiro dentro dela, envolto pela única mulher que amei na vida, eu me deito sobre ela.

— Levante a blusa... Quero sentir sua pele tocando a minha, de cima a baixo.

Lágrimas rolam pelo rosto de Kat enquanto ela morde o lábio e assente. Em seguida introduz as mãos entre nossos corpos e eu a ajudo a tirar a blusa. Com a mão sã, ela solta o fecho frontal do sutiã. Novamente eu a ajudo, livrando-a da peça de lingerie.

Não olho para baixo depois que ela está completamente nua. A última coisa que quero neste momento é que ela ache que estou inspecionando suas cicatrizes, que eu sei que ela considera grotescas. Em vez disso, no instante em que os seios dela se libertam do sutiã, colo meu peito ao dela. Cada centímetro da minha pele está encostado em cada centímetro da pele dela, na medida do possível. Meu pau se alarga dentro dela.

— Eu preciso me mexer.

— Então se mexa. — Ela engole em seco.

— Eu preciso te mostrar...

Ergo o quadril, recuando até a ponta, e arremeto novamente. Kat prende a respiração e inclina a cabeça para trás. Aproveitando a posição, eu sugo e mordisco a pele alva do pescoço. E então vejo a pele marcada no ombro direito. Ela já não tem aquela curva arredondada delicada que eu costumava beijar quando fazíamos amor. A visão me entristece, e então eu mudo de lado, passando para o ombro esquerdo.

As mãos de Kat se enterram no meu cabelo.

— Sim... — ela murmura, num sopro de voz. — Mostre...

Envolvendo meus braços ao redor dos ombros dela, eu curvo as costas e arremeto repetidas vezes, comendo minha garota do jeito que eu gosto e preciso. A cada penetração eu chego bem no fundo, querendo mais, precisando ir mais fundo ainda. Quero deixar uma marca dentro dela, de tal modo que ela jamais se esqueça de como a nossa conexão é perfeita.

— Nunca se esqueça disto, Kathleen. Não se esqueça de como nós somos juntos. Tão bom... tão certo. — Arremeto novamente.

Ela ergue as coxas e as entrelaça ao redor do meu corpo, levantando o quadril, se movendo comigo. As unhas de uma das mãos se enterram nas minhas costas, enquanto a outra apenas me abraça.

— Eu nunca te esqueci, Carson. Nunca consegui te esquecer — ela sussurra na minha boca antes de me beijar.

O beijo é diferente dos anteriores, quando buscávamos apenas saborear e nutrir um ao outro. Este é mais que isso, muito mais.

Nossas línguas se entrelaçam vagarosamente enquanto continuo a penetrar o corpo dela, seguidamente. A cada estocada ela geme, a cada recuo ela choraminga. A união dos nossos corpos é linda. Perfeita. Nós fomos feitos um para o outro. Somos destinados um ao outro.

Percebo o momento em que algo muda para Kathleen, porque ela deixa escapar um gemido mais grave e intenso; é quase uma lamúria, um som de desespero, de ânsia. Meu pau reage de imediato. É a hora.

O corpo de Kathleen começa a tremer, suas pernas me apertam para que eu permaneça onde estou, onde ela quer que eu fique. Ela se agarra a mim, inteiramente focada na libertação, focada em mim, neste poder que cresce entre nós. É algo que abala o nosso mundo, mas abala de um jeito belo, incrível.

Quando chega o auge, é diferente de tudo que eu já senti. Meu corpo inteiro é avassalado por uma sensação tão intensa que chega a me cegar, tão gloriosa que não parece ser deste mundo. Minha mente está anuviada. Kathleen grita quando o orgasmo se apodera de seu corpo, e me aperta com tanta força que não quero nunca mais sair dali. É como se a essência da alma dela se entrelaçasse com a minha, nos unindo de uma forma que vai mudar nossas vidas para sempre. Estamos vinculados; minha alma e a dela decidiram por nós. Não pode mais haver uma Kathleen e um Carson. Está decidido. Nossas almas se conectaram e decretaram. Estamos unidos, juntos, por toda a vida.

Meu corpo inteiro se incendeia, ao mesmo tempo em que uma espécie de grito de guerra feroz escapa das profundezas da minha garganta. Movo o quadril alucinadamente, arremetendo para dentro da única mulher com quem tive vontade de estar pelo resto da vida.

Ela me aceita plenamente conforme me lanço para dentro de seu corpo. Minha semente percorre meu pau e explode, preenchendo-a de vida, de amor, da minha própria essência.

Quando as últimas vibrações do nosso orgasmo simultâneo se extinguem, estendo um braço e seguro o rosto de Kat. Os olhos cor de caramelo estão iluminados, brilhantes de lágrimas incontidas. Ela está permitindo que eu enxergue dentro dela, que eu compreenda o sofrimento, o anseio, a necessidade de estar comigo.

— Eu te amo, Kathleen — digo, pela primeira vez.

Ela arregala os olhos, e no mesmo instante um fluxo abundante de lágrimas escorre pelo seu rosto, molhando minhas mãos. Seguro o lábio inferior dela entre os dentes, enquanto seco algumas lágrimas com os polegares e outras com a boca, beijando-as, bebendo do sentimento dela.

Levanto o rosto apenas o suficiente para que ela possa me ver. Para que possa acreditar em cada palavra. Neste momento estou me abrindo para ela, me doando por inteiro.

— Eu te amo tanto que chega a doer — falo, com a voz engasgada. Não pronunciava essas três palavrinhas desde o dia em que minha mãe morreu.

Foram as últimas palavras que eu disse para minha mãe antes que a vida deixasse o corpo dela para sempre, e agora eu as dedico à única mulher que mereceu ouvi-las desde então.

— Eu sempre vou te amar, Carson — diz Kathleen, um segundo antes de eu mais uma vez cobrir os lábios dela com os meus.

7

KATHLEEN

A noite de ontem foi mágica. Não existe outra palavra para descrever. Depois de três anos de dor, angústia e sofrimento, me sinto livre. Livre para ser uma mulher apaixonada, para enxergar a luz no fim do túnel, para acreditar que tem muita coisa boa à minha espera. Não estou inválida. Só porque estou cheia de cicatrizes, marcada de um jeito quase insuportável, não significa que tudo esteja acabado. Eu não desapareci, não morri. Ontem à noite Carson provou isso para mim. É o que as minhas irmãs de alma têm repetido incansavelmente para mim, e o que Chase sempre me fala.

Eu sou muito mais do que a minha pele marcada. As cicatrizes são parte de mim agora, uma parte da qual não posso me livrar. Na última conversa com a equipe médica, eles disseram que fizeram o máximo que existe atualmente para melhorar a estética das cicatrizes. Meu braço, a lateral do corpo e o lado direito posterior do seio direito vão continuar deformados. É assim que é, e não posso mudar isso. Chegou a hora de aceitar o que aconteceu comigo e seguir em frente. Parar de viver no passado, parar de querer ter um corpo diferente. Eu sou quem eu sou. Esta sou eu agora.

Eu não sou um monstro. Sou Kathleen Bennett. Uma sobrevivente.

Sobrevivi a um incêndio horrível. Perdi a vontade de tudo e, com isso, o desejo de me apegar à felicidade. De alguma forma, eu distorci as coisas de modo a acreditar que meus ferimentos me tornaram feia, repulsiva, desprezível. Principalmente porque foi assim que eu me senti quando vi as cicatrizes. Toda vez que tirava a roupa e olhava meu reflexo no espelho, eu não reconhecia a pessoa que estava ali olhando de volta para mim. Suponho que seja assim que as pessoas se sentem quando ficam mais velhas ou engordam. Com o tempo, tudo muda. Algumas coisas mudam para melhor, outras nos são impostas pela vida e temos que ir levando; é o que eu tenho feito nos últimos três anos; estou levando. Não vou mais empurrar minhas necessidades e desejos para um canto para não precisar olhar para mim mesma, ou, pior, para que ninguém precise olhar para mim.

Eu mereço ser feliz.

O pensamento se infiltra no meu cérebro como um caleidoscópio de borboletas coloridas batendo todas as asas ao mesmo tempo.

A felicidade é uma escolha. Ao longo dos últimos três anos eu escolhi não ser feliz. É natural; qualquer pessoa no meu lugar também teria passado por um período de luto. Eu sofri muito, pela perda da minha capacidade de costurar, pela perda da minha força e mobilidade. Mas, acima de tudo, eu lamentei e sofri pela perda de Carson. Eu não acreditava que um homem jovem e viril, com a vida inteira pela frente, pudesse amar ou querer ficar com uma mulher desfigurada. Dei tanta importância à minha aparência e ao nosso relacionamento físico que deixei em segundo plano nossa conexão mental e emocional, deixei de dar o devido valor a esse aspecto. Em algum canto da minha mente, eu acreditei que não era digna de ter a meu lado um homem tão bonito e especial se importando comigo e me acompanhando ao longo dessa fase difícil. Em vez de enfrentar as mudanças e desafios, eu tomei a pior decisão da minha vida.

Eu afastei Carson. *Eu* fiz isso, não minhas cicatrizes. Fui eu mesma.

Eu te amo, Kathleen.

Ele me ama.

No calor do momento, Carson Davis disse as três palavras que eu sempre quis ouvir. *Eu te amo, Kathleen.* Tecnicamente, quatro palavras. E que palavras lindas! No momento em que ele as pronunciou, alguma coisa dentro de mim mudou. Acendeu, curou. Sem Carson na minha vida, eu estava perdida. Ia levando apenas, vivendo em preto e branco. Minha vida não tinha mais cor. Ele traz cor ao meu mundo.

Cabelos da cor do trigo.

Olhos azuis luminosos.

Dentes brancos perfeitos.

Pele bronzeada, dourada.

Toda essa beleza é minha.

Nós não conversamos sobre nossa situação depois que fizemos amor ontem. Não. Após nos limparmos, foram só sorrisos e afagos entre nós. Durante a noite Carson me acordou e nós fizemos amor de novo. Três vezes. Ele disse que estava compensando o tempo perdido.

Quando penso nisso, vejo que temos uma vida inteira para recuperar o tempo perdido.

Deitada de lado, eu o observo dormir placidamente. Cada respiração que sai pelos lábios dele levanta de leve os fios de cabelo que caíram em sua testa.

Quantas manhãs eu acordei sozinha, assustada e com medo de encarar o dia sem esta força que me move e me faz plena como pessoa? Agora eu entendo por que as pessoas chamam sua alma gêmea de sua outra metade. Carson sempre preencheu os espaços vazios dentro de mim. Quando eu o fiz se afastar, pedaços e fragmentos do âmago dele caíram também, deixando buracos no meu coração e na minha mente, onde antes havia a essência dele.

Eu não fui feliz nos últimos três anos. Todos os dias eu acordava e pensava: *Eu vou conseguir viver o dia de hoje.* Mas era sempre colocando um pé à frente do outro, meio que me arrastando.

Por que alguém deveria "conseguir" viver cada dia?

O dr. Madison, meu terapeuta, disse que era depressão e que eu precisava trabalhar esses pensamentos de uma maneira saudável, preencher o vazio dentro de mim com alguma outra coisa. O problema é que não funcionou. Era sempre Carson. Ele havia cavado aqueles espaços dentro de mim antes de mais nada, e se enterrado fundo, até ocupar um lugar que era dele. E ele é o único que pode juntar meus pedaços de novo. A noite de ontem foi um longo passo nesse sentido.

Estou me sentindo mais inteira agora, mais completa. Tem uma leveza no meu coração que eu não sentia há anos, uma tranquilidade que eu espero que se prolongue além de apenas uma noite.

Será que ele vai querer me ver de novo?

Solto o ar demoradamente, soprando a franja da testa. *Kat, seja razoável.*

Ele disse que me ama. Que queria que eu nunca esquecesse como é bom entre nós dois. Como se fosse possível esquecer...

Será que isso significa automaticamente que nós reatamos? Que eu quero me abrir e me entregar de novo, voltar a amar este homem?

Claro que eu nunca perdi o amor que sinto por ele. Foi a única faceta minha que permaneceu ao longo da terapia e da angústia mental que se seguiu a um ferimento como o meu, que transforma a vida de maneira tão radical. Pelo menos eu havia tido um amor. Um amor que depois perdi, mas eu procurava pensar que havia tido essa sorte. Eu *tenho* sorte.

Mas e agora, o que vai acontecer?

O toque do telefone interrompe meus pensamentos.

Carson abre os olhos. Eu permaneço onde estou, segurando o fôlego, contemplando a visão esplendorosa desse homem deitado na minha cama pela primeira vez depois de anos. Os lábios dele se curvam num lindo sorriso.

— Bom dia, bochecha doce — ele murmura, me abraçando pela cintura e me puxando para perto de seu corpo nu.

No instante em que minhas pernas encostam nas dele, um calor reconfortante se infiltra até meus ossos. Ele não se deu o trabalho de vestir alguma coisa para dormir. Pela força do hábito, coloquei uma camisola de mangas compridas depois do nosso último round de sexo.

O telefone para de tocar enquanto Carson esfrega no meu pescoço o queixo com a barba por fazer e o nariz, como se estivesse inalando meu perfume. É um gesto que reverbera no meu corpo inteiro, fazendo vibrar até a alma.

Carson está na minha cama. Em carne e osso. Me abraçando.

Eu te amo, Kathleen.

Eu não paro de escutar mentalmente essas palavras, o tempo inteiro. Elas me dão a capacidade e a coragem de me aconchegar a ele e simplesmente respirar. Curtir o momento, o dia seguinte. A manhã seguinte.

Só que desta vez é a manhã seguinte com o homem que eu amo.

Eu te amo, Kathleen.

Ele disse as palavras, e eu acreditei.

O celular toca outra vez, interferindo na minha boa vibe com seu som persistente.

Carson geme, franze a testa e então rola na cama, estendendo o braço para o chão. Ele é tão alto e tem os braços tão longos que seu poder de alcance é incrível.

Ele pega o telefone que não para de tocar e olha para o visor. A ruga em sua testa se aprofunda, e ele estreita os olhos e aperta a tecla de "ignorar".

Não tenho certeza, mas me pareceu que o nome da pessoa que estava ligando era Michelle... ou Missy, ou Misty.

E então a ficha cai. Lembro o que Chase me disse na semana passada, sobre achar que a mulher que Carson estava namorando não era boa para ele ou algo assim. Para falar a verdade, não prestei muita atenção, porque se tivesse prestado eu teria me odiado por ter deixado Carson partir.

O corpo dele enrijece quando se vira para o lado. No instante em que os olhos dele encontram os meus e aquele sorriso encantador retorna ao seu rosto, o celular toca pela terceira vez.

Ele se senta na cama, resmungando e deixando o lençol escorregar para as pernas. Senhor do céu, como ele é sexy, todo bronzeado e com o corpo atlético em forma! Tudo que eu quero é me enroscar nele e lamber cada músculo daquele abdome para provar que de fato existe um contorno chanfrado em volta de cada um.

— Puta merda! — Ele aperta, irritado, a tecla de atender e se vira para o lado da cama, se curvando para escutar. — Eu disse que ligaria no momento certo.

A voz dele é quase raivosa. Não parece o homem alegre e de bem com a vida que eu conheço, ainda mais depois de uma noite de sexo ardente e de reencontro com o amor perdido.

O corpo inteiro de Carson fica visivelmente tenso. Percebo pelos músculos das costas se contraindo.

— Cacete! Ela está bem?

Ele se levanta abruptamente, se inclina, pega a cueca boxer e se enfia dentro dela, sem largar o celular. Se eu não estivesse preocupada com a reação dele, a respiração acelerada, a expressão nitidamente apreensiva, ficaria admirando extasiada a visão desse homem, centímetro por centímetro. Em vez disso, eu me sento na cama e o observo andar de um lado para o outro no quarto, só escutando. Ele passa os dedos pelo cabelo, num gesto nervoso. Essa é definitivamente uma característica dos homens da família Davis. Chase faz igual, o tempo todo. Até o pai de Carson faz; eu já vi, uma ou duas vezes.

O rosto dele é uma máscara de irritação quando se vira de frente para a cama.

— Ãhã... Você o quê? Não, eu não estou em casa. — Ele levanta a cabeça abruptamente e olha para mim com expressão alerta. E então parece se retrair. — Em lugar nenhum.

Meu Deus, algo muito sério deve ter acontecido.

— Mas como isso é possível? Ninguém da família? Nem amigos? — Ele balança a cabeça, desvira a camisa polo que estava do avesso e a enfia pela cabeça e pelos braços com movimentos bruscos. — Droga. Eu vou dar um jeito. Chego aí em meia hora.

Carson se senta na cama e pega as meias, com o celular entre a orelha e o ombro. Algo não muito fácil de fazer com um iPhone. Ele poderia colocar no viva-voz. Secretamente eu gostaria que ele fizesse isso, para aliviar minha preocupação por vê-lo tão apreensivo e ansioso.

— Sim, meia hora... Não interessa onde estou. — Ele me olha de soslaio antes de esfregar o rosto. — Eu disse que vou praí, e vou.

Sem se despedir, ele desliga na cara de seja lá quem for.

Devagarinho, eu me movo para perto dele na cama e coloco a mão no seu ombro. Ele estremece num sobressalto, até se dar conta de que sou eu.

— O que foi? — pergunto.

Carson passa a língua pelos lábios e desvia o olhar, abaixando a cabeça para calçar os tênis.

— Há... nada. Eu preciso ir embora.

Ele termina de amarrar os tênis e fica de pé.

— Quem era no telefone? — O tom da minha voz aumenta, assim como o medo no meu coração.

— Ninguém — ele responde, sem expressão.

Inclino a cabeça para o lado e cruzo os braços.

— Não parecia ser ninguém. Carson... — Por um segundo penso em dizer que o que tivemos esta noite não pode ir adiante se ele não for sincero comigo. Mas, em vez disso, sigo a voz do meu coração. — Me conte — insisto.

Ele engole em seco e em seguida respira fundo.

— Não posso. Ainda não. Eu... tenho que resolver algumas coisas — ele responde, enigmático.

Engatinho na cama e saio, até ficar de pé diante dele. Seguro o queixo que pinica minha mão com a barba da véspera, e ele se apoia ali por um instante antes de fechar os olhos.

— Que coisas? Me deixe te ajudar. É óbvio que esse telefonema te perturbou. O que aconteceu? Converse comigo, Carson.

Ele segura meu pulso e leva minha mão aos lábios, beijando a palma.

— Kat, esta noite foi tudo de bom. Mais do que eu poderia esperar, mas eu preciso ir. Podemos conversar numa outra hora?

Alguma coisa nos olhos dele revela uma urgência genuína. Ele está batalhando com alguma coisa que não quer me contar.

— Outra hora? — Engulo a emoção que sobe instantaneamente para minha garganta.

— Sim, hum... quem sabe hoje à noite, ou amanhã?

Percebo um misto de esperança e desorientação na voz dele.

Sem esperar por uma resposta, ele se desvencilha de mim e se concentra em localizar a carteira e as chaves. Enfia a carteira no bolso traseiro da calça e franze a testa. Então, traz a mão de volta à frente, segurando uma tira de renda na ponta dos dedos.

A ruga na testa se dissipa, seu rosto se ilumina num amplo sorriso e ele dá uma tossidela.

— Eu vou guardar isto, ok?

Ele move as sobrancelhas, e o gesto quase dissolve o picador de gelo enterrado no meu coração. Tento pegar minha calcinha, mas ele afasta a mão.

— Me dá! Está rasgada...

— Não faz mal. Quero ficar com ela assim mesmo. Vai ser o meu amuleto da sorte de hoje — ele declara, recuando pelo corredor, andando de costas em direção à porta da frente.

Dou risada e o alcanço.

— Hum... esta noite foi... — começo, fazendo uma última tentativa, mas ele me interrompe segurando meu pescoço e me dando um beijo rápido na boca.

— Eu já disse. Esta noite foi tudo de bom. Eu só preciso ir resolver um assunto. Você entende isso?

— Por que você não quer me contar do que se trata? Quem sabe eu possa ajudar? Eu quero te ajudar em tudo o que puder.

Minha voz soa carregada de preocupação e frustração. Muito tempo se passou entre nós, e agora ele está saindo apressado para resolver um assunto que obviamente o deixou bastante agitado, e está me deixando em segundo plano.

— Nisto não dá para você me ajudar. Desculpe, eu preciso mesmo ir. Uma... uma amiga... — ele enfatiza a palavra "amiga", como se se sentisse pouco à vontade para pronunciá-la — ... precisa de mim.

O desconforto dele dispara um alarme estridente na minha cabeça.

— Escute, nós não conversamos sobre se você está saindo com alguém antes de... você sabe. — Gesticulo na direção do quarto.

— Ela não é minha namorada. — A reação dele é instantânea e veemente.

— Tudo bem, mas você vai sair correndo para ir ajudar uma mulher! Que perguntou onde você estava. Isso parece mais do que uma coisa sem compromisso, na minha opinião.

Carson fecha os olhos e suas narinas se dilatam. Por alguns segundos ele não se move.

— Eu não posso explicar agora, Kathleen. Não posso. Preciso ir. Eu te ligo.

Carson me beija rapidamente antes de partir com a velocidade de um raio.

— Você me liga — repito para a porta fechada, me sentindo sozinha e vazia de novo.

Balanço a cabeça, pensando que é bem possível que eu tenha entrado numa zona de limbo. Tem uma única coisa que eu preciso agora.

Reforços.

※

— ¿Ahora lo que dijo? — Maria fala, com uma voz tão alta que eu preciso afastar o telefone do ouvido.

— Ria, em inglês, por favor.

— *Lo siento*. Desculpe. Ele disse *o quê* agora? — ela repete.

— Disse que vai me ligar. — Fecho os olhos e pressiono o polegar e o dedo indicador na têmpora.

A situação toda parece ridícula, até para mim mesma.

— E não foi uma ficada?

Eu suspiro.

— Maria, fazia três anos que eu não transava. A última vez que eu transei foi com o Carson. *Não foi* uma ficada.

— Hummm... — ela murmura do outro lado da linha, como se estivesse pensando a respeito. — Então ele deu mais importância ao telefonema do que a você, foi isso?

Outro suspiro entrecortado escapa dos meus lábios.

— Sim. E agora eu não sei o que fazer.

— Como ele ficou quando recebeu a ligação?

— Agitado. Irritado. A impressão que me deu foi de que a pessoa não deveria ter ligado. Mas isso não faz sentido também. Se era a tal mulher misteriosa que o Chase mencionou na semana passada, por que ela não poderia ligar? Concorda?

— *Sí*. Mas, se ele ficou irritado, pode ser que ele tenha terminado com ela recentemente, aí reencontrou você, teve a melhor noite da vida dele, reconquistou a bochecha doce dele e não quer mais saber da tal popozuda.

Dou risada. Maria tem um jeito peculiar e divertido de analisar as situações.

— Pode ser. Ah, meu Deus, sei lá... Mas foi estranho. O que você acha que eu devo fazer?

— Por mais que eu quisesse poder te dizer outra coisa, espere. Se ele não te ligar até de noite, você vai saber que alguma coisa está acontecendo. Ele é homem, e os homens fazem coisas estranhas o tempo todo. Outro dia mesmo eu vi o Eli andando pela casa carregando uma mochila. Quando perguntei o que tinha na mochila, ele ficou todo atrapalhado. *Estúpido*. Se uma mulher pergunta alguma coisa, ainda mais se for uma coisa que a pessoa não quer que ela saiba, não deve reagir dessa forma estranha.

Eu me encolho.

— E o que tinha na mochila?

— Armas — diz ela, com naturalidade.

— Armas?! — grito no telefone e olho ao redor, como se a simples menção das ditas cujas pudesse por mágica fazê-las se materializar no meio da minha sala.

— *Sí*. Mas calma... — ela me repreende. — Ele estava levando as armas para esconder lá fora no barracão, para um velho amigo que vinha buscar, porque ele devia um favor a esse amigo.

Ele devia um favor ao "amigo". Eu vi a série *Sons of Anarchy*. Esse tipo de favor é sempre alguma coisa escabrosa que caras apavorantes chamados Butch, ou coisa parecida, exigem em troca de algo que fizeram a você no passado.

— Puta merda, ele devia armas para alguém? Tipo... um bandido? — Seguro a respiração, cobrindo a boca com a mão.

Descobrir os detalhes minuciosos do casamento de sua amiga com um caçador de recompensas fodão nem sempre são flores. Armas? Jesus! Agora tenho duas preocupações para me atormentar a cabeça... O comportamento estranho de Carson depois de uma noite que eu acreditava ter sido o nosso recomeço, e Maria e o marido escondendo armas em um barracão. Que raio de coisa está acontecendo?

— *No se preocupe*. Não é nada de mais. Um amigo dele do FBI precisava delas para uma missão. Ele mesmo as conseguiu de um outro caso, então elas iam voltar para as mãos dos federais. Mas por baixo do pano. Sabe, como os italianos falam...? Mercadoria fria — diz ela, sem inflexão na voz.

— Italianos? — digo, com a voz trêmula. — Você quer dizer a máfia?

— *Sí, sí.* Agora você está prestando atenção. Mais ou menos isso... só que os caras do bem.

Esfrego a têmpora dolorida.

— Maria... em que isso tudo vai me ajudar?

Tenho vontade de dizer que ela conseguiu exatamente o contrário, me dando um baita susto e quase me matando do coração.

— Basicamente, o que eu estou dizendo é que os homens fazem coisas idiotas. Agem como se fosse o fim do mundo, quando na verdade só estão deixando armas num barracão para o FBI.

Pisco várias vezes. Nada disso faz sentido, mas tudo bem.

— Ah... obrigada, Maria. Você ajudou muito.

— Legal, *mi gatita.*

Dou um sorriso quando ouço o apelido que ela usa comigo.

— Me liga para contar as novidades, *sí*?

— Claro.

— *Besos* — diz ela.

— *Besos.*

Largo o celular no colo. De que maneira esconder armas em um barracão para o FBI tem a ver com Carson me deixar em segundo plano, dizer que vai me ligar e sair correndo para ajudar uma mulher sobre quem ele não quer falar?

Ah, que frustração... Eu nem sei como lidar com isso. Com Carson. Quero ligar para ele. Gritar com ele, dizer que ele é um idiota por me deixar confusa e me fazer tirar conclusões sobre tudo o que aconteceu entre nós, no passado e no presente.

Mais do que isso, quero ligar para ele, dizer que o amo e beijá-lo até tudo isso passar.

Bem, Maria já foi. Hora da opinião número dois. Fico em dúvida se ligo para Gillian ou para Bree. Olho para o relógio e vejo que é hora do intervalo das aulas de ioga.

Bree... sua vez!

8

CARSON

A minha raiva é tanta que me sinto um vulcão prestes a entrar em erupção. Viro na esquina da rua dela como se estivesse pilotando um carro de corrida.

Um incêndio, puta merda!

Eu precisava ver de perto para acreditar. Um incêndio já arruinou minha vida uma vez. Achei que fosse como um raio, que não cai duas vezes no mesmo lugar... mas estava enganado.

Esta rua no centro da cidade tem o calçamento muito ruim, cheio de buracos. Para o meu carro com tração nas quatro rodas é fácil passar, mas como Misty consegue trafegar aqui com aquele Honda detonado, com pneus carecas e todo enferrujado?

Sim, eu observei os detalhes do carro dela na última vez em que nos encontramos. Afinal, era o veículo que transportava minha suposta filha por aí. E a menina *é* minha filha. Cacete... ainda não consigo encarar essas palavras com naturalidade. É um conceito estranho para mim, uma coisa com que nunca pensei que teria de lidar. Pelo menos, não desta forma. Eu sempre vislumbrei minha vida com Kathleen, casado com ela, tendo nossos filhos. Nunca me imaginei correndo da companhia da mulher que amo para ir ao encontro de outra mulher que é a mãe da minha filha.

Sinto o suor escorrer pelas costas enquanto dirijo. Esta área da cidade é conhecida por ser frequentada por gangues de rua e traficantes de drogas. Que lugar para alguém morar com uma criança!

Conforme me aproximo do endereço dela, vejo caminhões de bombeiros e carros de polícia alinhados no meio da rua, bloqueando o trânsito, as luzes azuis e vermelhas piscando alucinadamente. Estaciono em frente a uma casa caindo aos pedaços e avisto duas cabeças loiras, uma maior e outra menor. Mãe e filha estão sentadas no meio-fio. Os olhos castanhos de Misty se focam em mim no instante em que abro a porta do carro.

Ela se levanta, segurando a menininha nos braços. Meu coração dispara enquanto me forço a sair do carro. Cada passo que dou na direção delas retumba mais alto nos meus ouvidos, e parece que meu coração vai pular pela boca.

Então a garotinha vira a cabeça e eu estaco no meio da rua. Meu coração dá um salto dentro do peito conforme deparo com as bochechas gorduchas, os cabelos loiros e a boquinha perfeita. Ela é igual à minha irmã Chloe quando pequena. A semelhança é impressionante. Se eu a tivesse visto antes de pedir o teste de paternidade, nem precisaria ter feito. Não tenho dúvida alguma de que essa menina é minha filha.

Minha filha.

Sem pedir permissão para a mãe, estendo os braços, me sentindo instintivamente atraído por alguém que é parte de mim. A menina sorri e seus olhos brilham, numa expressão que interpreto como um misto de curiosidade e alegria.

— Carson, ela costuma estranhar... — Misty me avisa.

No instante em que aninho o corpinho de Cora no meu peito, toda a apreensão, preocupação e pensamentos negativos que tive sobre esta situação se evaporam. Estou abraçando minha filha, e ela é perfeita.

— Olá, bebê! Eu sou o seu papai — falo, com a voz embargada, e roço meu nariz no dela.

Ela dá uma risadinha, e meu mundo inteiro se ilumina. Eu já amo esta criança. Um riso infantil espontâneo foi tudo o que bastou para eu cair de amores. Eu a seguro bem perto, sinto o cheirinho doce e fecho os olhos, gravando este momento na memória. As sirenes, os policiais e bombeiros gritando ordens... tudo fica em segundo plano conforme entro em contato pela primeira vez com esta criança que é sangue do meu sangue.

— Cora — digo o nome dela, e o som já soa familiar para mim, especial mesmo.

— Au-au — ela fala, com sua vozinha infantil, apertando minhas bochechas.

Misty sorri.

— Não, Cora, ele é o seu papai — ela diz.

— Pa-pa, pa-pa.

Eu me desmancho em sorrisos e a aperto nos braços. Ela cheira a talco de bebê, e também sinto a fragrância floral que associo com Misty.

— Sou o seu papai, bebê — repito, com o coração desenfreado.

Respiro fundo e deixo que este momento chegue até meu coração e se instale ali para sempre... O dia em que conheci minha filha.

Então, olho ao redor. Os bombeiros ainda estão apagando as últimas chamas. O edifício está todo queimado. Restou apenas a estrutura carbonizada.

— Você morava aí?

Os olhos de Misty se enchem de lágrimas.

— Sim... Eu perdi tudo. — Ela soluça e cobre a boca com a mão, enquanto as lágrimas escorrem pelo rosto e caem sobre a camiseta cor-de-rosa. — Não sei o que fazer agora, para onde ir... Não posso pagar outro lugar, e a Cora precisa de fraldas, de um lugar para dormir, de comida... — À medida que ela fala, sua voz vai se elevando para um tom de histeria.

Sinto o corpinho de Cora enrijecer nos meus braços enquanto olha para Misty e estende os bracinhos para ela.

— Ma-ma, ma-ma!

Não quero soltá-la, mas sinto orgulho da minha filha. O instinto imediato ao ver a mãe chorando foi querer confortá-la. Isso já diz muito sobre a índole da garotinha. Com uma ridícula ponta de ciúme, passo Cora para o colo de Misty.

— Você vai ficar comigo — digo, antes mesmo de refletir sobre as implicações dessa decisão.

— Mas eu não sei quanto tempo vai demorar até eu conseguir alugar outro apartamento.

Fecho as mãos em punhos e olho para o rosto angelical da minha filha. Ela vai ter tudo. Nada vai faltar para ela na vida, não vai passar a menor necessidade. Em silêncio, faço para mim mesmo um juramento de que vou fazer esta criança ser feliz e proporcionar a ela a melhor vida possível. Para começar, ela precisa de um lar, e minha casa está praticamente vazia.

— Eu vou cuidar dela, e de você também, sem limite de tempo definido. Isso significa que você vai ter um teto, alimentação, roupas, tudo o que precisar para ter uma vida saudável e feliz. E a minha filha nunca mais vai passar necessidade. A segurança dela é a minha prioridade número um — declaro, com uma sinceridade que permeia todas as fibras do meu ser.

— E a creche, enquanto eu estou no trabalho? A sua casa fica muito longe... — diz Misty, enquanto as levo para meu carro.

— Você vai pedir demissão do emprego. No momento, o seu emprego é cuidar da Cora. Depois eu arrumo alguma coisa para você em uma das minhas empresas ou da família. Vocês nunca mais vão voltar para este lugar. Onde está aquela lata-velha que você chama de carro? Preciso pegar a cadeirinha.

— Eu perdi também! — ela exclama, chorando enquanto abro a porta do passageiro do meu carro.

— O quê?

— O carro estava estacionado no pátio dos fundos. Todos os carros que estavam lá viraram cinza. Talvez tenha sobrado alguma coisa, mas não sei... Não podemos ir lá agora.

Os olhos castanhos se arregalam de medo e desalento, enquanto as lágrimas continuam a rolar pelo rosto transtornado.

Fecho os olhos e contraio o maxilar.

— Tudo bem. Vamos parar para comprar uma cadeirinha de carro e os itens mais essenciais. Caramba, que situação caótica... — digo, sem intenção de aumentar ainda mais o desespero de Misty, embora aconteça exatamente isso.

— Sinto muito, Carson. Eu sei que não era nestas circunstâncias que você queria conhecer a Cora, mas não tive outra opção. Ela é sua filha... quer dizer, sua e minha. Eu tomo conta dela sozinha há dezoito meses. Já era hora de você ajudar... — ela desabafa, e o vulcão dentro do meu peito explode.

Ela está certa. Cora é minha responsabilidade. Se eu tivesse descoberto antes, nada disso teria acontecido. Ela já faria parte da minha vida e estaria a salvo e protegida.

Dou a volta no carro e me sento ao volante. Misty está com nossa filha no colo. Cora está quietinha, quase pensativa. Que menina adorável... Ela sabe que alguma coisa não está certa, mas reage com serenidade.

Observo as mãozinhas brincando com o cabelo comprido da mãe enquanto apoia a cabeça no peito dela. Quando ela enfia o dedão na boca, eu me derreto inteiro. Como será a sensação de niná-la para dormir, dar banho, dar uma comidinha que eu mesmo tenha preparado para ela? Em breve vou vivenciar tudo isso, muito antes do que sonhei.

As compras na Target foram uma loucura. Para começar, era a segunda vez que eu ia a esse supermercado. A primeira vez tinha sido com Kat, há três anos. Sem querer parecer arrogante, na nossa casa sempre tinha quem saísse para comprar os suprimentos do dia a dia, e eu ainda tenho, até hoje; a moça que trabalha em minha casa faz todas as compras de supermercado.

É impressionante a quantidade de coisas de que uma criança pequena precisa.

Mesmo Misty me garantindo que um carrinho era suficiente por enquanto e que o que compramos daria para alguns dias, estou perplexo. Alguns dias? Para mim, parecia que tinha coisas ali para um ano. Também, como eu poderia saber? Minha vida é completamente diferente da de Misty. Vida de solteiro, sem filhos, e enquanto isso ela se matando de trabalhar num bar decadente, deixando minha filha aos cuidados de Deus sabe quem.

Mas isso acabou. As únicas pessoas que vão cuidar da minha filha daqui em diante serão a mãe dela, eu, alguém da confiança da minha família, ou uma babá com referências sólidas. E, mesmo assim, depois de ser investigada e entrevistada à exaustão. Por enquanto eu vou arcar com todas as despesas de Misty, até as coisas se assentarem.

Quando chegamos em casa, levo as sacolas para dentro e as deixo na sala de estar. Não faço a menor ideia do que fazer com tudo isso. Graças a Deus, Misty assume a tarefa como uma profissional. Eu a observo separar as fraldas, os lencinhos umedecidos, sabonete e xampu de bebê e creme contra assaduras. Depois ela começa a organizar suas próprias coisas, principalmente artigos de higiene. Fico imaginando o banheiro de hóspedes. Será que vai ter espaço suficiente para essa tralha toda?

— Acho melhor vocês duas ficarem na suíte principal — falo sem pensar, novamente me surpreendendo com minha falta de filtro.

Misty sorri com doçura.

— É muita gentileza sua, mas nós vamos ficar bem no sofá. Como eu já disse, não vamos ficar aqui para sempre. Podemos nos arranjar em qualquer lugar. Já fizemos isso antes.

As palavras dela me irritam profundamente.

— Misty, eu acho que você não está entendendo. Assim que eu segurei a Cora nos braços, ela passou a ser minha filha no sentido mais completo possível. Você, como mãe, é uma extensão dela, portanto eu vou cuidar de você também.

Ela engole em seco e desvia o olhar.

— Eu tentei dar o máximo para ela — Misty murmura, com a voz trêmula. — Posso não ter uma casa grande como esta, nem o dinheiro que você tem, mas fiz o melhor que pude. — Ela funga e seus ombros sacodem com os soluços silenciosos.

Sentindo-me um babaca, vou até onde ela está, chorando com o rosto enterrado nas mãos. Eu a abraço e falo baixinho:

— Olha, está tudo bem... Vai dar tudo certo. Eu vou providenciar tudo o que for necessário, ouviu? Você cuidou muito bem da Cora. Ela é perfeita, Misty... Olhe só para ela.

Cora está do outro lado da sala, entretida em tirar um livro de cada vez da minha estante. Não é nada com que ela possa se machucar, e eu posso arrumar tudo depois, então a deixo brincar. Além disso, ela está se divertindo. Cada vez que um livro cai da prateleira para o chão, ela solta um gritinho de alegria.

— Ela é perfeita, graças a você! Você a fez assim.

A mão pequena e delicada de Misty cobre a minha.

— Nós fizemos, Carson. Você e eu. E você tem razão: ela é perfeita.

O clima fica estranho. Sinto um arrepio subindo pelas costas enquanto abraço Misty, a mãe da minha filha. Não é nada comparado à paz sublime que me envolve de corpo e alma quando abraço Kathleen, no entanto existe algo bastante íntimo aqui também. Com uma tossidela, eu a solto e recuo um pouco.

— Bem, então... me mostre para que serve tudo isso e me avise se precisar de mais alguma coisa. — Eu realmente quero saber o que é essa tralha. Se eu vou ser pai, preciso aprender, e rápido. — Eu já me sinto atrasado.

Misty estende a mão e segura a minha.

— Você já está sendo incrível por aceitar a Cora na sua vida — ela diz, com um sorriso. — O resto você vai aprender com o tempo. E não se preocupe: eu vou estar sempre por perto para te ensinar.

— Puta que pariu, velho. Eu não acredito! — Chase vocifera do outro lado da linha.

Eu me encolho e fecho a porta do quarto para que Misty e Cora não me escutem.

— Pode acreditar — falo, com a voz grave e rouca.

Aconteceu muita coisa hoje. Comecei o dia em paz e aquecido na cama de Kathleen, e num piscar de olhos minha vida mudou, mexendo com minha cabeça e meu coração.

Eu disse a ela que a amava. Finalmente consegui dizer as benditas palavras, pela primeira vez em toda a minha vida adulta... E agora? Agora eu não sei mais nada, o que é em cima ou embaixo, direita ou esquerda. Agora eu tenho uma filha e preciso tomar conta dela. E da mãe. Quando me lembro de Misty colocando a mão sobre a minha, sinto medo. Pelo amor de Deus, espero que ela não esteja achando que vou ser algo mais além do pai da nossa filha! Só porque eu a trouxe para minha casa não significa que vou ficar com ela. Minha intenção é apenas que minha filha e a mãe dela fiquem em segurança, longe do perigo das ruas.

Deus do céu, como é que eu vou explicar isso para Kathleen agora?

A voz agressiva de Chase me chama de volta ao presente.

— Isso é loucura! Você tem uma filha? De um ano e meio? E não sabia? Como é possível?

Respiro fundo e aceito a repriminda.

— Eu te falei... Foi naquela noite em que eu perdi a cabeça, sei lá. Eu nunca mais vi a garota. Isto é, até voltar a entrar naquele antro onde ela trabalha. Trabalhava, quer dizer. Ela não vai mais voltar para aquela espelunca.

— Mas que merda... Nem sei o que dizer. — Depois de alguns minutos ele suspira alto e longamente. — E a menina? Como ela está?

Querer saber da criança é um comportamento bem previsível de Chase, o Pai do Século.

— Só um instante. Vou te mandar uma foto...

Encontro no celular a foto que tirei dela brincando com os livros, envio para Chase e volto o telefone ao ouvido. Escuto a exclamação de seu espanto.

— Mãe do céu, ela é igualzinha à Chloe! Caramba, a genética dos Davis é forte... Ela é linda, Carson, uma graça mesmo!

Sinto o peito inflar de orgulho. Uma sensação incomum para mim, mas é boa.

— Ela é, sim. Mas agora eu preciso da sua orientação. Não só preciso do apoio da família neste momento como de ajuda também. Por exemplo, eu preciso que você me empreste alguma coisa para a minha filha dormir. Nós fomos ao supermercado e compramos pijaminhas e uma cadeirinha para o carro, mas a Cora já estava ficando cansada e nós viemos embora só com as coisas essenciais. Não compramos berço nem nada.

— O nome dela é Cora? — Chase pergunta, num tom mais ameno, o mesmo que estou habituado a vê-lo usar com a mulher e os filhos.

Sorrio, feliz, apesar do enrosco em que me encontro. Meu primo pode ser um empresário enérgico e um pai de família superprotetor, mas no fundo é antiquado e bastante sentimental.

— Sim... Destino, não?

Eu o ouço respirar do outro lado da linha.

— Baby, nós precisamos conversar.

— Ah, benzinho... Eu não sabia que você gostava tanto assim de mim — digo, sabendo que ele não está mais falando comigo.

— O Carson tem novidades. — Escuto a voz dele mais ao longe, percebendo que afastou ou abafou o celular.

— O que foi? — Ouço a voz de Gillian e percebo o tom de preocupação.

— Eu já te conto, amor, mas primeiro... você pode pegar o bercinho portátil no armário embaixo da escada?

— Sim, claro. Mas por quê?

— Já te explico, meu amor. E vista uma roupa informal. Nós vamos dar uma saída. Desculpe, Carson. — Ele volta a falar comigo. — Vamos estar aí em uma hora. Vou levar algumas coisas para você se arranjar por enquanto.

Sinto um alívio imediato. Minha família vai me ajudar a passar por isso. Não estou sozinho. Nunca vou estar.

— Obrigado, cara! Ah, Chase... aconteceu outra coisa.

— O quê? — ele pergunta, novamente tenso.

Fecho os olhos e me lembro da noite de ontem e da sensação gloriosa e inacreditável de estar de volta aos braços de Kathleen. Lembro perfeitamente como me senti quando penetrei no calor do corpo dela e de finalmente conseguir dizer que a amo. E agora acontece isso...

— Eu passei essa noite com a Kathleen — digo num só fôlego, como se o fato de falar de uma vez de alguma forma fizesse tudo parecer certo e natural. Chase não vai ficar bravo, eu não vou precisar lidar com uma paternidade não planejada, e Kathleen e eu vamos sair cavalgando juntos ao pôr do sol.

— Como é que é?

— A Kat e eu ficamos juntos. Quer dizer, não só ficamos... Nós...

— Vocês transaram? É isso?!

O tom de acusação seria esperado de um pai ou de uma mãe, não de um primo que é meu melhor amigo.

— Sim, mas não foi só...

— E agora você levou uma mulher e a filha dela para morar na sua casa?

— Minha filha, Chase — lembro.

— Putz... E agora, o que você vai fazer com a Kathleen?

Eu suspiro e seguro meu cabelo, puxando-o pela raiz até sentir dor.

— Não sei. Eu tive que sair correndo por causa do incêndio, a Misty e a Cora naquela situação, precisando de mim. Eu disse à Kat que ligaria depois para explicar, mas agora não sei o que fazer. Estou com outra mulher na minha casa e com a minha filhinha que precisa de mim.

— Caraca, você se meteu numa tremenda de uma enrascada, hein? Bem, daqui a pouco eu chego aí e nós conversamos. Por enquanto, tente ficar frio e raciocinar com clareza. Comece a pensar no que você vai fazer a seguir com a Misty e a Kathleen. Ela não merece isso depois de tudo que passou.

— E eu mereço? — A raiva sobe e desperta dentro de mim um dragão que sai cuspindo fogo. — Quantas vezes eu me joguei aos pés dela, implorando para ela voltar para mim? Eu cheguei a suplicar de joelhos, Chase! E então, quando finalmente, *finalmente* o universo decide conspirar a meu favor, pimba! Sou jogado num poço sem nenhuma escada. Eu não sei o que fazer... Ainda estou tentando assimilar tudo isso. A última coisa que preciso agora é você me julgando. Eu não pedi para isso acontecer! Foi um acidente! Eu fiz merda, tudo bem, mas estou me esforçando para reparar o erro. Me dê algum crédito para que eu consiga pôr a cabeça no lugar e enfrentar tudo isso.

Chase murmura algo ininteligível e então:

— Você está certo. Não tenho o direito de te julgar.

— Chase... você sabe o que a Kathleen significa para mim. Você sabe...

Ouço uns ruídos na linha, e então Chase responde:

— Eu sei, sim. — Ele suspira.

— Antes de saber de tudo isso, ontem à noite, eu finalmente consegui dizer para a Kathleen as palavras que ela tanto queria ouvir. Velho, foi uma sensação muito boa!

— Pode parar! Você vai me deixar bravo de novo — diz Chase, seco.

— Por quê?

— Porque eu gosto da Kathleen! Me preocupo com a saúde física e mental dela. Ela mal começou a voltar a ser a pessoa que era, e agora acontece isso? Você diz pra ela que a ama, transa com ela, faz parecer que a vida é um mar de rosas, e agora vai despejar essa notícia em cima dela? Sinceramente, não sei como é que ela vai lidar com isso.

— Não conte nada, por favor! — eu me apresso a dizer.

— Cara, isso é inaceitável...

— Chase, a vida é minha. Eu é que tenho de contar.

— Sei... Então por favor me diga como é que você pretende esconder isso da minha mulher. Jamais, nem em um milhão de anos, eu vou mentir para ela. E de qualquer forma ela vai descobrir tudo assim que chegarmos aí. Você precisa da experiência dela para te ajudar. Sem contar que ela vai pirar quando descobrir que tem outra sobrinha. A minha mulher é louca por novas ligações familiares. Os Davis e as amigas dela são a única família que ela conhece. Ela vai querer subir no telhado da nossa cobertura e espalhar a notícia para o mundo inteiro.

É verdade. Chase não está brincando. Gillian nasceu para ser mãe de família.

— Pode deixar. Eu falo com a Gigi. Só me dê um tempo para contar à Kathleen do meu jeito, no momento certo. Eu é que tenho que contar. Senão vai tudo por água abaixo de novo. Tudo bem? Promete?

Chase suspira alto, evidentemente contrariado.

— Tudo bem. Você tem uma semana. Não vou conseguir segurar minha mulher por mais tempo que isso. O relacionamento das quatro é muito especial, não dá para a gente interferir. Vai ser complicado convencer a Gigi a guardar segredo por uma semana. Acredite em mim.

— Tenho certeza que você vai encontrar uma maneira de distrair a atenção dela. — Dou risada para aliviar um pouco a tensão da conversa.

— Você está insinuando que eu uso artifícios de sedução para induzir a minha mulher a fazer o que eu quero?

— O quê? Está perdendo a manha, Chase? Problemas na cama depois de dois filhos e com um terceiro a caminho?

— Vou fazer de conta que você não disse isso. A minha mulher está bem satisfeita. Aliás, sempre esteve e sempre vai estar. Não consigo tirar as mãos de cima dela.

— Então não deve ser difícil para você ganhar um tempinho até eu resolver essa situação, antes que a Gillian vá correndo contar para a Kat.

— Está bem. Vou ver o que posso fazer, mas não vou forçar a minha mulher a mentir para a amiga. E não vou me esforçar para acobertar a coisa. Você está sozinho nessa.

— Tudo bem, já estou acostumado — resmungo, desanimado.

Desde que Kathleen me rejeitou, estou sozinho. Só que agora tenho uma coisinha pequena, perfeita e adorável a quem me dedicar.

— Até daqui a pouco, então. — Ouço gritinhos de bebê vindo do outro quarto.

— Até mais — retruca Chase, em tom formal.

9

KATHLEEN

> Desculpe por não ter ligado. Você não imagina como eu lamento. Estou com saudade.

Uma mensagem de texto? É sério isso? Três dias sem dar sinal de vida, nada, nada... Ele não ligou, então no dia seguinte eu telefonei, contrariando o conselho de Bree de que eu deveria dar um gelo até que ele viesse rastejando de volta. Segui a voz do meu coração e liguei. E para quê? Para ele ignorar minha ligação e me mandar uma mensagem de texto?

Estou com saudade.

— Mas o que é isso?

Meus dedos se movem o mais rápido que consigo no teclado do meu iPhone.

> Isso é tudo o que você tem a dizer depois do que aconteceu na sexta à noite? Você disse que me amava.

Deixo escapar um grunhido de raiva e aperto a tecla "enviar" com tanta força que meu dedo chega a doer.

Cretino. Quem ele pensa que é? Olho para o celular e vejo os três pontinhos no campo abaixo das minhas palavras malcriadas, que indicam que ele está digitando. Reviro os olhos e espio para fora, prestando atenção na rua movimentada de San Francisco. Os aromas de café e bolinho de canela pairam no ar, fazendo meu estômago roncar. Estou sentada no meu canto favorito da cafeteria, do outro lado da praça em frente à casa de Maria e Eli. Ela deve chegar a qualquer instante para nossa conversa matinal diária. Isso faz parte do meu plano de voltar a ser eu mesma, a mulher que eu era, ou pelo menos chegar próximo disso. O principal fator do processo de me reencontrar é restabelecer a convivência que deixei de ter com minhas irmãs de alma. Eu realmente não sou eu mesma sem elas.

Meu celular bipa.

> Eu te amo mesmo. Só me dê um tempinho. Estou resolvendo uns assuntos.

Ele está pedindo para eu dar um tempo? Como assim? Três anos não foram tempo suficiente? Tomo um gole de café com leite, que queima minha língua.

— Puta que pariu! Que merda! Droga! — exclamo baixinho, mas com muita raiva, batendo o copo na mesa com força.

Um pouco do líquido sai pelo buraquinho da tampa e respinga na minha frente.

— Parece que eu cheguei na hora certa. — Maria levanta as mãos, as palmas viradas para mim. — Estou desarmada! Não espirre em mim essa sua arma de líquido quente. — Ela sorri, joga a longa trança preta por cima do ombro e se senta de frente para mim.

— Oi, Ria, desculpe — falo baixinho, um pouco sem graça.

— Pelo visto você estava se divertindo com o seu café. Pode me contar a razão de toda essa braveza? Você não costuma xingar desse jeito, *gatita*.

Eu me jogo para trás na cadeira e passo os dedos pelo cabelo.

— O Carson me mandou uma mensagem.

Maria cruza os braços sobre o peito, a jaqueta de couro moldando sedutoramente os braços e a parte superior do corpo. Essa minha amiga é muito sexy. Metade italiana, metade espanhola, uma dançarina com corpo curvilíneo, seios grandes e pernas lindas, que deixa os homens encantados. Lembro, chateada, que não posso usar roupas coladas como as dela porque arranhariam a pele sensível do meu braço.

— E o que o fofo disse? *¿El se pidió disculpas?*

— Não exatamente. Ele insistiu que me ama e disse que precisa de um tempo porque está resolvendo uns assuntos.

— Ah, sim, deve estar dispensando alguma putinha de quinta. — Ela franze o nariz e faz uma careta exprimindo irritação.

Eu respiro fundo e devagar.

— Sei lá. Quem sabe...

Maria se inclina para a frente, sobre a mesa.

— Já sei! Sei exatamente quem deve saber! — Ela sorri, animada, a expressão do rosto se transformando.

De repente, nós duas falamos o mesmo nome ao mesmo tempo:

— Chase!

Rimos da nossa sintonia de pensamento, até que me dou conta de que não posso fazer isso com Chase. Não posso tirar proveito da nossa amizade. Ele me deu todo o apoio numa época em que eu não permitia que mais ninguém se aproximasse. Derrubou minhas barreiras e me ajudou a sair do fundo do poço. Ele não é apenas meu amigo e marido da minha melhor amiga: ele é o meu salvador.

Balanço a cabeça.

— Não, não. Não vou envolver o Chase nisso. Não seria justo. O problema é meu. Eu só não achei que teria de lidar com isso de novo. Quer dizer, esperar que depois de três anos tudo voltasse a ser como era seria demais, não? Talvez eu tenha que me sentir grata? Afinal, ele acendeu uma fogueira dentro de mim naquela noite.

Maria dá risada.

— Acendeu uma fogueira no meio das suas pernas, isso sim! *Bastardo. Eso no es bueno*. Isso não é legal. Ele não deveria ter começado alguma coisa com você se não pretendia continuar.

Apoio o braço na mesa e a mão no queixo, me inclinando para a frente.

— Será que eu não deveria dar a ele o benefício da dúvida? Fui eu que quis terminar tudo, e depois que nós terminamos ele passou um ano inteiro tentando reatar. Então talvez eu simplesmente mereça isto que está acontecendo agora.

Maria inclina a cabeça para trás.

— Nada disso. De jeito nenhum. Você merece ser feliz, *gatita*. Eu sei que o Carson te faz feliz. Mesmo estando puta com ele, eu gosto dele, muito. Por você. Vocês dois são *perfectos* juntos.

Eu suspiro e olho para a praça. O sol está radiante, o dia está limpo, sem a habitual névoa de San Francisco, mas a brisa ainda está geladinha. Tem crianças correndo, brincando de pega-pega. Alguns garotos maiores chutam preguiçosamente uma bola de futebol um para o outro. Um casal segura as mãos de uma criança entre eles, levantando-a no ar a cada dois ou três passos, enquanto caminham na calçada. E aqui estou eu, imaginando se o homem que eu amo está com outra pessoa.

Pego o celular e começo a digitar.

— O que você está fazendo?

— Respondendo a mensagem dele.

Maria esfrega as mãos e dá um sorrisinho maroto.

— O que você vai dizer? Vai dar uma dura nele pela mancada?

— Não — respondo, balançando a cabeça. — Vou convidá-lo para jantar no fim de semana.

Maria franze a testa.

— Desculpe, não entendi. De que forma isso compensa a mancada dele?

— Ora, se ele for jantar comigo não vai ser mancada, concorda?

Ela passa a mão no queixo, pensativa.

— *Cierto*... mas eu ainda acho que seria melhor você amarrá-lo pelos *cojones*. — Ela simula um sorriso sinistro, meio ameaçador.

> Vamos jantar, então.

Espero com o coração batendo na garganta até os três pontinhos aparecerem no visor. É como se o tempo tivesse parado, ou pelo menos como se estivesse se arrastando lentamente. Se ele negar um pedido tão simples como esse, então está claro que nunca vai dar certo entre nós. Isso é muito importante para mim, e ele precisa saber, principalmente depois do que me disse enquanto fazíamos amor.

> Onde? Quando? Você sabe que eu andaria milhares de quilômetros...

Um misto de risada e soluço escapa da minha boca, e eu a cubro com a mão. Fico olhando tanto tempo para as palavras no visor que elas começam a se embaralhar, e meus olhos se enchem de lágrimas.

The Proclaimers... "500 Miles".

Carson dizia que era a música dele para mim. Toda vez que tocava no rádio ou no CD — às vezes repetidamente, de tanto que ele gostava — ele cantava bem alto, apontando para mim nas partes mais significativas, para que eu soubesse o que ele sentia. Cantávamos juntos o refrão, *da dut da, da dut da*, bem alto, descontraídos, rindo e nos beijando entre os versos.

Maria cobre minha mão com a dela, e surpreendentemente eu não me retraio. Ao contrário, aceito o gesto com naturalidade, pelo que ele é e representa: conforto. Algo que, neste momento, eu preciso muito receber de minha melhor amiga.

— Você está bem?

— Estou — respondo, assentindo. — Acho que vai dar tudo certo. Talvez não hoje nem amanhã, mas vale a pena esperar por ele, Ria. Vale mesmo. Não sei o que está acontecendo na vida dele, mas ele concordou em jantarmos juntos.

— Sem dúvida, é um bom começo.

— É, sim.

Pego o celular e começo a digitar.

> Na sua casa? Eu cozinho.

Espero alguns segundos e a resposta chega:

> Na sua. Eu vou até aí. Foi onde tudo começou... de novo.

> Te espero na sexta, então. Às 6.

> Eu levo o vinho.

— E como você está se sentindo com esse jeito evasivo dele, Kathleen? — O dr. Madison me olha por cima dos óculos, como se estivesse analisando minha linguagem corporal e cada gesto meu, por menor que seja.

Eu suspiro e desvio o olhar para a janela. Já anoiteceu, mas a lua está brilhando, refletindo um lindo feixe de luz na baía.

— Desconfortável. Perdida. Desprezada.

Os fiapos de lã da manga do meu suéter desfiam ainda mais à medida que os puxo.

— Por que perdida?

Fecho os olhos e penso nos últimos dois anos.

— Porque não quero mais ser aquela mulher.

— Que mulher?

— Aquela que não se importa consigo mesma nem com os outros... que apenas se deixa levar pelo fluxo da maré para viver dia após dia. Agora eu sinto que... — Balanço a cabeça, permitindo que as emoções aflorem até não conseguir mais segurar, deixando-as transbordar como água fervente de um caldeirão. — Sinto que, se o Carson e eu ficarmos juntos de novo, se eu conseguir focar em tudo de bom que nós temos, vou ser eu mesma de novo. Vou ser a verdadeira Kathleen.

As lágrimas fazem meus olhos arderem. Sinto o braço direito latejar quando cerro as mãos em punhos com força, a dor subindo e se espalhando para o resto do corpo.

— Kathleen, olhe para mim — diz o dr. Madison, o tom de voz sério porém reconfortante.

Aperto os lábios e deixo as lágrimas rolarem sem controle, enquanto olho para ele. Seus olhos são bondosos e amáveis, revelando que é um homem amoroso e autêntico. Um cara do bem. Talvez até um anjo enviado por Deus com a missão de recuperar almas perdidas como a minha.

— Você percorreu uma longa jornada até aqui, desde o incêndio, Kathleen. Passou pelo inferno. Por que é que, depois de passar uma noite com o Carson, por mais importante e significativo que tenha sido, você atribui a isso o seu equilíbrio emocional?

Respiro fundo e penso na pergunta do dr. Madison. Passei anos superando a dor e a perda, e Carson não estava lá enquanto eu lutava contra a depressão, a revolta e o medo.

Ele estaria se você não o tivesse afastado.

Minha consciência não está ajudando muito.

— Kathleen, eu entendo que essa noite com o Carson tenha sido um momento decisivo para você e fico feliz por isso. Mas você não pode deixar que o sucesso ou a derrota dessa circunstância em particular seja um parâmetro para o seu progresso terapêutico. Independentemente do Carson, ou do resultado disso que aconteceu, você já está diferente. Está melhor, mais feliz... Não concorda?

Mais feliz.

— Sim, acho que sim.

— Aliás, você está num momento excelente da sua carreira, melhor até do que antes de se ferir no incêndio, mesmo ainda precisando superar alguns obstáculos na execução dos seus desenhos. Correto?

— É verdade. O Chase mudou a minha vida quando sugeriu à Chloe que fosse trabalhar comigo e assumisse as despesas iniciais. Que eu paguei com juros, diga-se de passagem...

O dr. Madison sorri e assente.

— Isso mudou tudo. Agora eu estou fazendo exatamente o que quero, só não estou costurando ainda.

O dr. Madison inclina a cabeça e cruza as pernas.

— E a mobilidade da mão melhorou, tanto que você já consegue segurar objetos pequenos.

Abro um sorriso contente.

— Sim. — Passo a mão esquerda de leve sobre a outra mão e antebraço. — A medicação e a fisioterapia finalmente estão começando a fazer efeito. Os médicos disseram que quando eu tiver filhos vou poder segurá-los no colo sem problemas.

— Isso é ótimo, Kathleen. Estou feliz por você.

— Obrigada.

— Agora me conte como está se sentindo em relação ao que aconteceu com o Carson. Vocês jantaram, beberam bastante e depois passaram a noite juntos.

Faço que sim com a cabeça.

— Foi mais que isso, doutor. Pela primeira vez, ele disse que me amava.

— E você receia que ele tenha dito isso só porque estava sob o efeito do álcool? Que não teria dito se estivesse sóbrio?

— Não, não. O Carson e eu já bebemos outras vezes. Eu já o vi ficar bem alto com a bebida, e ele nunca disse essas palavras. Dessa vez foi diferente. Me pareceu que ele finalmente se sentiu pronto para falar... quase como se não pudesse deixar de falar.

O dr. Madison faz uma anotação no bloquinho em seu colo.

— E como foi a noite antes disso, até esse momento?

Dou um sorriso e passo a mão pelo cabelo, pensando nas risadas que demos, na alegria que sentimos no restaurante, no jeito brincalhão como ele me provocou.

— Normal, como sempre foi. Ele se comportou do mesmo jeito de sempre, como quando a gente namorava. Havia mulheres no restaurante, mulheres bonitas até, mas ele nem prestou atenção, nem olhou para os lados. Estava inteiramente focado em mim.

— E o que você acha que mudou em você? Por que você concordou em jantar com ele depois desse tempo todo?

Encolho os ombros.

— Talvez eu esteja pronta para entrar num relacionamento de novo... Será que é isso?

— Que você poderia ter começado com qualquer outro. Mas você voltou para o mesmo homem que decidiu afastar, supostamente para o bem dele. O que mudou?

O que mudou...?

Estou mais parecida com quem eu era?

Na verdade, não. A maior parte das cicatrizes no pescoço foi removida, mas meu braço direito inteiro, do ombro até a ponta dos dedos, está deformado, assim como a lateral do corpo e do seio direito. Não que a pele esteja escura: ao contrário, está descolorida, esbranquiçada, longe de ser esteticamente agradável.

E eu ainda sinto dor. E tenho pesadelos. Se bem que, verdade seja dita, não tive pesadelos na noite em que Carson dormiu lá em casa. Mas talvez seja porque ele me acordou mais de uma vez para transar, e com isso eu não tenha atingido um grau de sono suficientemente profundo para sonhar.

— Eu não sei — respondo, balançando a cabeça.

— Kathleen...

Pelo tom de voz do dr. Madison, percebo que ele quer que eu me aprofunde na resposta.

— Se você ainda não aceita as mudanças que ocorreram com você, como pode aceitar o que mudou no Carson? Ele seguiu com a vida dele nesses dois anos, algumas coisas inevitavelmente devem ter mudado. É provável que essa seja uma das razões pelas quais ele tem se esquivado desde a noite do reencontro.

— Você acha? O Chase me disse que ele está namorando, mas o Carson nega de pés juntos. Mas tem, sim, uma mulher envolvida na história. Foi ela que ligou para ele naquela manhã. Ele não quis me contar nada, mas saiu correndo para ir resolver algum problema. Só pode ser ela a razão de ele não ter mais falado comigo.

— Pode ser. Ele também pode estar se reorganizando. A conexão de vocês se restabeleceu muito rápido. O relacionamento de vocês mudou da água para o vinho em uma única noite. É possível, e até provável, que ele tenha algumas pontas soltas que precise solucionar a fim de ficar livre para você. Pode ser uma mulher, pode ser trabalho, amizades, família, compromissos... Se você não conversar com ele, vão ser sempre apenas suposições, e isso não é saudável, Kathleen.

Não consigo deixar de fazer uma expressão bicuda.

— Acho que eu sempre presumi que, quando chegasse o momento de reatarmos, ele largaria tudo para ficar comigo. Bobagem minha. Isso é pensamento de adolescente, não de uma mulher de trinta anos. Mas o que nós tivemos foi uma conexão do tipo eterno.

— Kathleen, você o afastou... durante dois, três anos. Existem consequências para cada decisão que tomamos. Esta durou um período de tempo muito longo. É provável que ele te conte coisas que você não goste de ouvir. A maneira como você vai lidar com isso e seguir em frente é o que importa.

— Então, o que você está me dizendo é para não ter uma reação precipitada, ou impensada, como eu tive quando ele precisou sair correndo naquele dia.

O dr. Madison assente e sorri.

— Ela está aprendendo...

— Depois de três anos... é o mínimo, não? — retruco, com uma risadinha.

Sem olhar para o dr. Madison, eu suspiro e tamborilo os dedos nos lábios. Será que Carson é o mesmo homem que era há três anos, quando nós namorávamos? Eu sei que *eu* não sou a mesma pessoa, por mais que eu queira. Que segredos será que ele guarda hoje? Se é que já não guardava quando estávamos juntos. O ano em que aconteceu o nosso relacionamento foi o melhor da minha vida. Nunca fui tão feliz como naquela época. Eu tinha um namorado bonito, educado, carinhoso, que transava feito um garanhão e me tratava como uma rainha. Ele trabalhava muito, eu também, e nós nos encontrávamos de noite para nos aninharmos um ao outro no nosso pequeno ninho de prazer. Quando estávamos com nossos amigos, nos divertíamos pra valer. Até Daniel McBride interferir na vida de todos nós, causando o maior estrago.

Olhando para trás, é difícil entender direito por que eu me empenhei tanto em afastar Carson. Claro que eu me sentia feia, sem atrativos, mas, principalmente, eu estava fragilizada. Arrasada mesmo, física, mental e emocionalmente. Eu não queria que ele se prendesse a uma mulher que tinha todas as possibilidades de ficar danificada para o resto da vida. No meu modo de pensar, eu achava que ele merecia mais. Ainda merece. Mas eu me esqueci de um detalhe... uma faceta muito importante do nosso relacionamento que nunca poderia ser substituída por outra pessoa.

Nenhuma outra mulher poderia amar Carson Davis com todo o seu ser, de corpo e alma, do jeito que eu amava. Do jeito que eu amo e continuo amando. O meu amor por ele me preenche por inteiro, cada espaço dentro de mim, cada poro da minha pele. Por esse motivo eu nunca consegui ficar com ninguém depois dele. Não existe outro homem para mim, simplesmente porque ele é a minha outra metade. Quando pedi que ele fosse embora, metade de mim foi com ele, morreu com o nosso namoro.

Parece tão sem sentido agora... Como eu poderia voltar a ser eu mesma com metade de mim faltando? Mas será que ele sente a mesma coisa? Sentiu naquela época? Terá sido por isso que ele quis tanto voltar?

Mais uma vez as lágrimas escorrem pelo meu rosto e caem sobre minhas mãos entrelaçadas no colo.

— O que foi, Kathleen? Vejo que você está sofrendo. Desabafe...

— Como é possível uma pessoa se recuperar quando perde a sua alma gêmea? — pergunto em meio aos soluços, secando as lágrimas com a mesma rapidez com que elas escapam dos meus olhos.

— Ele não está perdido. Acredito que esteja esperando ser encontrado.

— E se alguém o encontrou primeiro e ele me disser que não podemos ficar juntos?

— Se fosse assim, não creio que ele teria passado a noite com você, nem dito que te ama. Mas concordo com você que tem alguma coisa atrapalhando o caminho. Não é muito comum um homem se distanciar dessa forma depois de declarar seus sentimentos. Pela minha experiência, ele ficaria ansioso para dar continuidade ao que começou, ou recomeçou, portanto existe um motivo, sim. E é possível que seja algo difícil para você aceitar.

Balanço a cabeça com veemência.

— Não. *Eu* o afastei. A culpa é minha por nós não estarmos juntos. Só minha. Eu tenho que assumir a responsabilidade pelo que fiz, pelos erros que cometi.

Minha convicção é tão forte que o peso na consciência me esmaga o peito e aperta o coração, reforçando minha determinação de batalhar para ter

Carson de volta. No que depender de mim, vou lutar para recuperar minha outra metade.

— Seja qual for o empecilho ou obstáculo que esteja entre nós dois, estou disposta a ajudá-lo a superar.

— Me parece um plano excelente. E é claro que eu estarei sempre aqui quando você precisar conversar ou resolver alguma situação difícil. Tenha em mente que, aconteça o que acontecer, você está mais forte do que nunca. E se lembre de dar um passo de cada vez.

— Um passo de cada vez...

Eu posso fazer isso. E pode ser que cada passo me leve para mais perto do homem que eu amo. O homem que estou disposta a lutar para recuperar.

10

CARSON

— *Pa-pa, pa-pa, pa!* — *Uma vozinha estridente, acompanhada de* um beijo molhado, me acorda.

Eu me sento e tento segurar o pacotinho irrequieto sentado em meu peito.

— Minha bebezinha — exclamo, segurando o corpinho de Cora.

— Pa-pa! — Cora me dá uma cabeçada quando a puxo mais para o alto do meu peito nu a fim de vê-la melhor.

— Oi, menininha! O que você está fazendo aqui? — pergunto, com a voz doce.

Minha garotinha... Ainda é uma sensação estranha, mas que a cada dia vai se tornando familiar. Faz uma semana que eu sou pai, e, por mais difícil que seja, é a experiência mais compensadora e gratificante da minha vida. A única coisa que falta é a mulher que eu quero ao meu lado enquanto vivencio tudo isso.

— Já faz duas horas que ela acordou e não para de chamar você — diz Misty, sentada na poltrona do lado oposto à minha cama. — Como você dormiu até mais tarde, eu achei que podia deixar a Cora te acordar. Espero não ter sido inconveniente.

Olho na direção dela e vejo que está recostada na poltrona, usando um robe de algodão roxo com acabamento em renda, curtinho, batendo no meio da coxa. Está desabotoado, proporcionando uma visão privilegiada dos seios sob a camisola transparente. Misty brinca com as pontas da faixa que deveria estar amarrada na cintura, enquanto caminha até a cama com passos lentos, lembrando os de um felino. Seguro Cora e faço cócegas no pescoço dela com o nariz, embora meu olhar ainda esteja focado na mãe dela. Assim que chega ao lado da cama, Misty encosta a perna nua na beirada do colchão.

— Ah, eu... fiquei trabalhando até as três da manhã. — Minha voz soa grossa e rouca. Voz de quem acabou de acordar.

Misty balança os cabelos.

— Não tem problema. Eu fiz café. Ainda está quentinho, te esperando. Um homem grande e forte como você precisa se alimentar. — Ela desliza a ponta dos dedos pelos seios e sorri.

Sinto a penugem atrás do meu pescoço se eriçar, mas disfarço e tento afastar a sensação incômoda. Ela deve estar querendo ser simpática. Só isso.

— Ah, tudo bem. Muita gentileza sua. Obrigado.

Levanto Cora nos braços e vou até a beirada da cama para me levantar. Ainda bem que não capotei nu ontem à noite. Desde que as hóspedes chegaram, tenho usado a calça do pijama para dormir. Não é lá muito confortável, mas é mais apropriado, já que estou com uma mulher e uma criança em casa.

— Fico feliz em ajudar. Você está sendo tão bom para mim e a Cora... Só quero retribuir o favor como eu puder.

Eu me levanto e abraço minha filha. Misty coloca a mão no meu peito nu e se aproxima mais do que eu esperava. Sinto o perfume floral fresco se sobrepondo ao cheirinho de bebê da minha filha.

— Você sabe que pode contar comigo para o que precisar, não sabe? — Ela percorre meu peito com os dedos e os desliza até a cintura, onde massageia a pele de leve. — Os homens têm certas necessidades, e, assim como antes, eu estou mais que disposta a satisfazer as suas. Na verdade, eu adoraria.

Quando ela passa a língua pelos lábios e suas pupilas dilatam, eu coloco nossa filha entre nós dois e dou um passo para trás.

— Imagine, não vai ser necessário. Eu nunca me aproveitaria de você, Misty. Nós somos praticamente desconhecidos. Só porque você está atravessando um momento difícil, não significa que tem que me oferecer alguma coisa em troca da minha ajuda. Eu gosto de cuidar do que é meu, e a Cora é minha filha. Ela é uma Davis e vai ser criada de acordo, mas você não me deve nada em troca. Entendeu?

Sei que estou com uma expressão mais que séria, quase carrancudo, pois sinto a pressão na testa aumentar conforme contraio o rosto.

— Humm, eu... Sim, entendi. É que... eu estou feliz por estar aqui. Com você. Como uma família.

Família.

Droga. Tudo o que eu sempre quis na vida, ter minha própria família. Agora eu tenho, mas com a mulher errada.

— Vou dar uma olhada no seu café, ver se ainda está quente — ela diz, apressada, e se vira para sair do quarto, o robe esvoaçando conforme se afasta.

Cora enrosca os dedos no meu cabelo e puxa.

— Ai, bebê! — Dou risada e ela também. — O que nós vamos fazer com a sua mamãe, hein?

— Pa-pa! — Ela dá um tapinha no meu rosto, se inclina para a frente, dá um beijo molhado na minha boca e depois começa a morder meu queixo.

Fecho os olhos, sentindo cócegas e um pouco de aflição com essa baba toda, apesar de estar imensamente feliz com a rapidez com que Cora me aceitou e gostou de mim. É como se ela me conhecesse desde sempre, como se eu nunca tivesse estado ausente de sua vida. E vice-versa, devo dizer. Não vejo a hora de Kat e ela começarem a conviver. Kat vai se apaixonar de imediato, assim como aconteceu comigo, tenho certeza. Ela adora os sobrinhos postiços e vai amar Cora.

— Eu sei que a Kat vai te amar muito, bebê. Ela vai te ensinar a costurar e vai fazer muitos vestidos lindos pra você.

Eu só preciso contar a ela. Mas como vou explicar que, no dia em que terminamos definitivamente, eu fui para a cama com uma mulher e a engravidei, e que dois anos depois acabei descobrindo que tinha uma filha? Talvez o melhor seja colocar Cora no colo dela e deixar que a bebê a conquiste.

— Hum, boa ideia. Você quer conhecer uma amiga especial do papai? Ela é a única mulher que eu amo. Além de você, filhinha, claro. Um dia você vai conhecer a Kathleen e vocês vão ser muito amigas.

Levo Cora até o closet e a coloco no chão para brincar com meus sapatos, que estão alinhados na prateleira. Se tem uma coisa que aprendi sobre minha filha ao longo desta semana é que, se uma coisa está arrumada e em ordem, é para lá que ela vai, com sua capacidade de bagunçar tudo em um minuto.

Enquanto pego uma camiseta, ela já tirou dois pares de sapatos da prateleira e jogou no chão. Balanço a cabeça e sorrio para minha menininha. Ela é arteira, mas é minha.

Depois de me vestir, eu a pego no colo e vou para o terraço. Quando entramos na cozinha, Misty já está com meu café da manhã numa bandeja, passando pela porta de correr.

— Uau.

Ela vai até a mesa no terraço e coloca a bandeja ali. Uma caneca de café fumegante está ao lado de um prato contendo uma omelete recheada, fatias de bacon, frutas picadas e uma torrada.

— Obrigado.

— Eu sei que você gosta de comer assim que acorda. — Ela sorri, alegre, e puxa minha cadeira.

Eu me sento e coloco Cora no meu joelho esquerdo para poder comer com a mão direita. No mesmo instante ela tenta pegar a xícara de café, que eu tiro do seu alcance e troco por um pedaço de torrada. A garotinha pega a torrada e a põe direto na boca, murmurando enquanto mastiga.

— Obrigado. Está incrível — falo, saboreando um pedaço de omelete. Os ovos com espinafre e queijo, combinados com tiras crocantes de bacon, são deliciosos. — Você cozinha muito bem! — exclamo, tomando um gole de café.

— Eu quero te agradar. Quero te ver feliz. — Misty sorri, me observando comer.

É estranho e encantador ao mesmo tempo. Eu nem sempre consigo interpretar Misty e as coisas que ela diz e faz. Ainda estamos nos acostumando a dividir o mesmo espaço, mas até agora tem sido bom. Ela adora cozinhar e faz isso muito bem. Nossa filha é uma criança saudável e feliz. E o mais importante: as duas estão tranquilas e em segurança. Aqui eu posso ficar ao lado delas e protegê-las.

— Já que nós estamos aqui, tem uma coisa que eu quero conversar com você.

Sento Cora na outra perna e limpo as migalhas de torrada que caíram na minha calça de pijama. Ainda bem que estamos comendo aqui fora; uma bagunça a menos dentro de casa.

Outro detalhe no qual eu nunca tinha pensado e que não planejei: crianças pequenas fazem bagunça e sujeira, apesar de Misty sempre deixar a casa brilhando. Ela chega ao ponto de lavar minha roupa. Na verdade, eu só fiquei sabendo disso porque a diarista reclamou que não tinha muita coisa para fazer.

— O que é? — Misty pergunta, franzindo o cenho.

— Bem, duas coisas. Primeiro, a questão do nome da Cora.

— Você não gosta de Cora? — Ela leva a mão ao peito, como se tivesse sido atingida por uma flecha.

Dou risada e cubro a mão dela com a minha. Misty segura minha mão com força, como se eu pudesse de repente sair voando feito um balão.

— Eu adoro o nome Cora. Você nem imagina como eu fico feliz que o nome dela comece com a letra C. É uma tradição na família Davis.

O sorriso de Misty me faz perceber como ela é sensível. Preciso tratá-la com delicadeza, mais do que imaginei.

— Então, qual é o problema?

— Eu quero que ela tenha o meu sobrenome. Tudo bem para você se eu der entrada na papelada com o advogado para mudar o sobrenome dela de Duncan para Davis?

Misty abre um sorriso radiante, espontâneo e autêntico.

— Seria incrível! — Sua expressão é de encantamento.

Não entendo muito bem o motivo de tanto entusiasmo, mas fico feliz por ela concordar tão prontamente e não criar caso com a troca do sobrenome.

Então ela segura a mão de Cora.

— Está vendo, meu amor? O seu papai já te ama muito! Ele quer que você tenha o sobrenome dele. Quem sabe um dia eu tenha a mesma sorte...

Humm, espera aí... o que foi que ela disse? Antes que eu pergunte, Misty se levanta e pega minha xícara de café.

— O papai precisa de mais café — ela diz e no instante seguinte se afasta, praticamente saltitando.

Fico olhando para o mar, mas minha atenção está em Cora, para que ela não engasgue com a torrada.

— Não tenho muita certeza do que acabou de acontecer aqui. Mas vou me concentrar no fato de que você vai ser uma Davis, bebê. Tudo bem pra você?

Eu a viro de frente para mim e a seguro no alto. Cora dá risadinhas de alegria.

— Pa-pa! — Ela põe a mãozinha babada e melada de manteiga no meu nariz. — Pa-pa!

Dou risada e beijo as bochechas gorduchas e fofas.

— Isso mesmo. Eu sou o seu papai e logo o mundo inteiro vai saber que você é minha filha. Cora Davis. Não é bonito?

— Eu, pelo menos, acho — Misty se intromete, colocando a xícara na mesa. — O que era a outra coisa que você queria me dizer, Carson?

Misty é toda sorrisos, trejeitos e cílios batendo.

— Eu consegui um trabalho para você.

O semblante dela se ilumina novamente.

— É mesmo? Já?

— Sim. É para começar daqui a duas semanas, e só se você achar que o emprego é bom. A secretária particular do meu pai vai se aposentar.

— Eu aceito — ela responde prontamente.

— Mas você nem sabe ainda o que vai fazer... — Enrugo a testa.

— Se você acha que é um bom emprego para mim, eu acredito. Afinal, você cuida bem do que é seu, né?

— Bem... hum... sim, mas... Misty... você não é mi...

— E eu vou ter a chance de conhecer o avô da Cora! — Ela bate palmas de alegria. — Não acredito! Vai ser muito legal! Eu trabalhando com o seu pai, ajudando a família Davis. — Misty une as mãos diante do peito. — Você é bom demais pra ser verdade, Carson Davis. Mais do que nós duas poderíamos ter sonhado!

Ela segura meu rosto com as duas mãos e cobre meus lábios com os seus. Antes que eu consiga me desvencilhar, começa a lamber e beijar minha boca. Eu me sinto como se estivesse sendo sugado por um aspirador. Enquanto me agarro a Cora para não cair da cadeira, tento me afastar de Misty, mas ela interpreta o movimento como se eu quisesse me aproximar mais. Pressiono a cabeça para trás, querendo pedir que ela pare, mas, no instante em que consigo um espaço para respirar e abro a boca para falar, sua língua entra na minha boca e eu sou beijado com uma força de sucção inacreditável.

Quando finalmente consigo recuar e recobrar o fôlego, Misty começa a dar pulinhos.

— Que emocionante! Não vejo a hora... Vou precisar de roupas novas para trabalhar, mas eu te pago assim que receber o meu primeiro salário. — Ela fala rápido, sem parar para respirar.

— Não precisa. Claro que eu vou ficar feliz em...

— Porque você é o melhor homem que uma mulher pode querer! Você ouviu isso, Cora? O papai arrumou um emprego novo para a mamãe. Agora nós dois vamos trabalhar e colaborar com a família! — Ela gira na ponta dos pés e o robe se abre de novo, mostrando bem mais do que preciso ver.

Fecho os olhos.

— Talvez seja melhor você se vestir.

Ela para e olha para mim com um sorriso nos lábios.

— Ah, entendi... Você não quer que ninguém mais veja o que é seu, não é? — Misty amarra a faixa do robe e se dirige apressada para a porta de correr.

— Não, não é nada disso...

Mas é tarde demais. Ela já entrou e está seguindo pelo corredor em direção ao quarto.

— O que deu na sua mãe, bebê?

— Ma-ma — Cora balbucia e enfia na boca um punhado de bacon e omelete.

— Putz, não! Você pode comer bacon?

Um calafrio de medo percorre minha espinha enquanto ela mastiga, com a boca cheia. Gotículas de suor porejam na minha testa, e eu prendo a respiração. Por fim Cora sorri e pega mais um pedaço de omelete.

— Não, não, não... sua danadinha! Que tal ir até a praia? Eu estou precisando de um mergulho para descarregar esta energia estranha. Vamos?

— Aga-ga! — Ela aponta para o mar.

— Isso, água. — Dou um sorriso.

Cora é inteligente. Fico imaginando se o vocabulário dela é maior que o da maioria das crianças da mesma idade. Preciso pesquisar a respeito ou perguntar para Chase. Meu primo sabe tudo sobre crianças. Impressionante.

Eu me levanto e desço os degraus, passando pela piscina, para chegar até a praia. Assim que piso na areia, Cora pede para ser posta no chão. Obedeço, mas fico por perto, de olho nas ondas que arrebentam a poucos metros.

Ela se senta no chão, longe o suficiente das ondas, e enfia as mãozinhas na areia molhada.

— Boa ideia, nenê. Vamos fazer um castelo.

Se há uma coisa que vai me distrair da conversa que preciso ter com Kat esta noite e das coisas estranhas que Misty disse hoje, é construir um castelo de areia com minha filha pela primeira vez.

Kathleen é uma visão e tanto quando abre a porta. O cabelo dourado brilha na iluminação indireta da sala, e ela mordisca o lábio de maneira sedutora. Que belos lábios, carnudos e macios. Ali mesmo eu já perco o controle. Antes que ela tenha tempo de dizer qualquer coisa, entro no apartamento, fecho a porta com o calcanhar e a tomo nos braços. No segundo seguinte estamos nos beijando, e a única coisa em que consigo pensar é que estou em casa. Kat me passa essa sensação acolhedora, de lar. O perfume de sol e coqueiros acalma o estado de nervos em que vivi a semana inteira.

Ela inclina a cabeça para o lado e entreabre os lábios, e eu brinco com a língua em seus dentes, provocando. O gemido de frustração que ela deixa escapar quando não aprofundo o beijo me faz sorrir, sem afastar os lábios dos dela. Desgrudo o suficiente para enterrar o rosto no seu pescoço e inalar o cheiro da pele macia, a sensação gostosa que ela me transmite, a energia luminosa. Kat é minha paz, minha serenidade, a calmaria depois da tempestade. Eu não tinha me dado conta de como estava estressado, de como minha alma estava sofrendo. Estar nos braços de Kat, sentindo sua essência me envolver, ameniza todos os tormentos que me afligem.

— Meu Deus, como eu senti a sua falta. — Solto todo o ar dos pulmões, abraçando-a apertado, amoldando meu corpo ao dela.

Ela passa as mãos pelas minhas costas, em carícias suaves.

— Eu senti a sua também. Mais ainda.

Sorrio e beijo a pele macia do pescoço e do ombro esquerdo, onde sei que ela se sente mais confortável. Kat fica tensa por causa das cicatrizes, e não quero isso, nem para ela nem para mim. Neste momento, senti-la relutar nos meus braços acabaria comigo. Já basta o fato de a semana ter sido longa demais, depois do que aconteceu entre nós na última sexta-feira.

Kat acaricia minhas costas outra vez e enterra os dedos no meu cabelo, passando as unhas de leve no couro cabeludo. Depois se afasta um pouco para me olhar nos olhos.

— O que foi, Carson? Você está diferente.

— Como você pode saber? Já faz anos, Kat. — Sem querer, a resposta sarcástica escapa da minha boca.

Eu a sinto enrijecer, mas ela se mantém firme. Não me solta nem se afasta. Isso sim é incomum da parte dela.

Ela fecha os olhos e suspira.

— Acho que eu mereci ouvir isso.

Eu me sinto péssimo por tê-la magoado... de novo... e saber que estou prestes a magoá-la mais ainda me deixa nervoso e inquieto.

— Não, amor. Não era essa a minha intenção. Me desculpe. É que tem muita coisa acontecendo. Aconteceram coisas nesse tempo em que estivemos separados, e algumas delas... Bem, não vai ser fácil falar a respeito.

Por fim, sou eu quem se afasta primeiro. Eu me viro e vejo a mesa arrumada, enfeitada com velas acesas e um arranjo de flores. Há também duas taças e uma garrafa de vinho, já aberta.

— Que droga. — Balanço a cabeça. — Você fez um jantar romântico, e eu fui um cretino egoísta. — Cerro os dentes e fecho as mãos em punhos ao lado do corpo. Não sei como iniciar a conversa, e isso está me consumindo. Apesar disso, ela ainda é a minha Kathleen e se deu o trabalho de preparar uma noite especial. — Vamos sentar e comer.

Um sorriso tímido, quase forçado, realça a sombra de tristeza que substituiu a alegria que vi no seu rosto quando cheguei.

— Eu fiz o seu prato favorito. Lasanha. — Kat vai até a mesa e puxa a cadeira da cabeceira. — Sente aqui.

Só então percebo o aroma, uma combinação de orégano, manjericão, molho fresco e alho. Sinto a boca salivar e o estômago roncar.

— Nossa, o cheiro está muito bom! Quase tão bom quanto o seu. — Dou uma piscadela.

Kat sorri e seu rosto fica vermelho conforme ela se vira para ir à cozinha. O apartamento tem uma sala ampla, no estilo loft. Os armários da cozinha têm portas de vidro e retroiluminação, para deixar a louça em evidência. As bancadas são de granito cinza com veios dourados e pretos. Material da melhor qualidade, com certeza. Claro. Eu não esperaria menos que isso de um imóvel do meu primo.

Olho ao redor do apartamento, analisando, observando... Não como da última vez, quando a pressionei contra a porta e a levei para a cama, antes de precisar sair correndo na manhã seguinte. Noto que este lugar combina com ela, no entanto tem algo que não encaixa. Kat o encheu de enfeites, porta-retratos, objetos de decoração, almofadas confortáveis em tons terrosos, mas falta alguma coisa que eu estava acostumado a ver. Em um dos cantos há uma mesa com desenhos, retalhos de tecido, livros e revistas de vários estilistas e tendências de moda. Normal. Em outro ambiente da sala, um grande sofá roxo, substituindo o antigo e surrado que ela tinha quando namorávamos.

Muita coisa que ela possuía antes não está mais aqui, nem na sala nem no quarto, pensando bem. Na noite que passei aqui com ela, nada no quarto me lembrou do passado.

E então me dou conta... Ela se livrou de quase tudo que tinha no outro apartamento. A decoração é diferente, os quadros e móveis são outros, as fotos nos porta-retratos não são de nós dois juntos. São das amigas e das crianças. Nem mesmo os pequenos presentes que lhe dei durante o ano em que ficamos juntos estão aqui. Que coisa estranha... Vasculho a sala à procura de resquícios da mulher por quem me apaixonei há três anos, mas não encontro nada. Nem parece que ela mora aqui.

Sinto um golpe no coração ao compreender que ela se desfez de tudo o que se relacionava a mim e ao tempo em que namoramos.

E eu achando que tinha sido doloroso o fora que ela me deu naquela noite, três anos atrás. O que dizer disto agora, então... Descobrir que ela proposital e conscientemente tirou de sua vida todos os vestígios da nossa vida juntos, descartou tudo o que a fazia lembrar de mim.

Vazio. Não existe outra palavra para descrever como um homem se sente ao compreender que a mulher que ele amou, que ainda ama, seguiu em frente com sua vida tão completamente que não sobrou nenhum sinal do passado. E agora, quando consegui abrir uma frestinha para voltar ao coração e à vida de Kat, vou magoá-la mais uma vez. Ela vai me mandar embora de novo. Não vai me querer mais. Afinal, viveu três anos sem mim; por que não conseguiria agora? E desta vez vai ser ainda mais fácil, porque só tivemos uma noite juntos.

Merda.

Não posso contar a ela sobre Cora e Misty. Ainda não. Preciso de mais tempo. Tempo para reconquistá-la e fazê-la se apaixonar totalmente por mim de novo, caso contrário vou perdê-la para sempre. Uma segunda chance só acontece uma vez. Esta é a minha segunda chance, e eu não vou pôr tudo a perder antes de dar um passo à frente de verdade. Não mesmo.

Kat volta para a sala com as mãos enfiadas em grandes luvas vermelhas e segurando uma travessa de vidro que exala um aroma divino, um misto de tentação e pecado com massa e queijo gratinado.

Ela coloca a travessa na mesa, tiras as luvas e serve o vinho. Percebo que sua mão esquerda está um pouco trêmula, mas no geral Kat se adaptou bem a não ter mais o uso pleno da mão direita.

— Obrigado.

Ela se senta e ergue a taça.

— E, então, a que nós vamos brindar? — Os lindos olhos castanhos brilham de animação e uma sombra de malícia.

— A nós dois. Não existe nada mais importante. — *E uma bebê de um ano e meio com os meus olhos azuis e um gosto especial por bagunçar tudo o que estiver arrumado e onde suas mãozinhas alcancem.*

Mais ou menos o que poderia acontecer se meu segredo fosse revelado antes da hora. Guardo para mim esta última parte e toco a taça dela com a minha.

Nós dois tomamos um gole de vinho e Kat murmura baixinho, apreciando o sabor. Eu me lembro dos barulhinhos que Cora faz quando come, "humm" e "oohh", como se cada refeição fosse uma surpresa.

Kat serve a lasanha e uma salada, e eu começo a comer sem saber direito como vou fazer para reconquistá-la e mantê-la em minha vida sem que a notícia do meu novo status de pai de família a abale drasticamente.

— E então... me conte o que aconteceu esta semana que te manteve ocupado a ponto de não poder me ver.

A pergunta me atinge como uma martelada, tão forte que um pedaço de lasanha desce pelo lado errado e eu engasgo. Tomo um bom gole de vinho, que desce queimando pela garganta. Bem feito para mim.

Em vez de confessar logo toda a verdade e esperar que ela entenda, fico na minha e mudo de assunto, segurando sua mão direita... a que tem as cicatrizes, e que sei que ela prefere que não seja tocada... e deslizo os dedos por toda a extensão até o pulso.

— Por que você não me conta o que fez nos últimos dois anos? Vamos começar do começo e percorrer o caminho todo até agora. — *Por favor, Deus, faça Kat esquecer o que perguntou*. Uma pontada de culpa espeta meu coração, e eu esfrego o peito com a outra mão.

Ela observa meu gesto, provavelmente percebendo que mudei de assunto. Quando acho que Kat me pegou no pulo, sou surpreendido.

— Bem, depois que nós terminamos...

— Você quer dizer depois que *você* terminou — eu a interrompo sem pensar, a ferida ainda aberta no meu subconsciente. Mas me arrependo no mesmo instante. — Desculpe, bochecha doce...

Ela balança a cabeça e puxa a mão.

— Não, não. De novo, eu mereci. Mas, se este reencontro tem alguma chance de se prolongar, Carson, você tem que encontrar uma maneira de esquecer o passado. — Ela me olha com expressão de apelo.

Aceno com a cabeça.

— Vou tentar. Por você. Por nós. Continue.

Kat bebe um gole de vinho e leva um pouco de lasanha à boca. Eu a imito. A segunda garfada dessa delícia italiana espalha um sabor incrível pela minha boca. Estou cheio de apetite, engolindo quase sem mastigar antes de pegar outro bocado.

Kat ri e me serve mais sem perguntar. Olho para ela e sorrio, grato por ela me conhecer tão bem.

— Você sabe que eu fiquei mal quando nós terminamos. Foi bem difícil. Eu não quis a ajuda de ninguém, e paguei o preço por isso. Não vou entrar em muitos detalhes.

Tecnicamente ela não precisa, pois Chase me atualizava diariamente sobre o que estava acontecendo. Fiquei sabendo sobre a noite em que ele a encontrou desmaiada no apartamento e foi hospitalizada, quando mais uma vez se recusou a me ver. Cheguei a ajudar Chase a trazer as coisas dela para este apartamento. Grande coisa, já que ela pelo visto se livrou de tudo. Taí algo que eu quero muito perguntar a ela.

— Na verdade, depois de tantos tratamentos e de passar por tudo sozinha, fiquei bem deprimida e afastei todo mundo.

Não consigo deixar de arquear uma sobrancelha, surpreso.

— É verdade, não foi só com você. Eu mal falava com as meninas, não deixava que elas me ajudassem.

— Mas o Chase você deixou — retruco, contrafeito.

Esse foi um ponto delicado entre mim e meu primo, mas eu confio demais em Chase, claro que sei que nunca aconteceria nada entre eles. Sem falar que seria uma traição dupla, pois ele tem Gillian e é apaixonado por ela, jamais a magoaria. Confesso, porém, que eu sentia o peito queimar só de pensar em todas as vezes que ele saiu correndo para ajudar Kat quando ela precisou. Eu queria ser o único a ajudá-la a superar aquilo tudo. Ela era responsabilidade minha, mas eu não podia estar por perto, e isso me deixava arrasado.

Ela retorce uma mecha de cabelo entre os dedos.

— Deixei, sim. Demorou, mas acabei deixando. Ele foi um anjo. Forçou, pressionou, até eu ceder. Hoje eu não consigo imaginar a minha vida sem a amizade do Chase. Ele tem sido meu confidente, uma pessoa que parecia não ter pena de mim, ao contrário das meninas. Eu não queria que elas me achassem fraca. E continuo não querendo. — Ela franze a testa.

Eu me inclino para a frente e passo a mão no seu braço.

— Elas jamais pensariam isso de você. Como poderiam? A ligação de vocês é linda e rara, uma coisa para ser valorizada e mantida para sempre. Não entendo por que você acha que elas te veriam de outra forma a não ser como a mulher mais forte do mundo. Você sobreviveu a tanta coisa... um incêndio, ferimentos, a explosão que quase matou o Phillip, o rapto da Gigi, a morte do Tommy... — Balanço a cabeça e aproximo o rosto do dela. — Minha querida, se você procurar a palavra "sobrevivente" no dicionário, vai encontrar uma fotinho de vocês quatro, sorridentes. É sério, eu nunca conheci mulheres mais fortes. E você é a líder do grupo.

— Obrigada. É muito importante saber que você nos enxerga assim. — Os olhos castanhos grandes e expressivos brilham com lágrimas contidas, até que ela passa a mão pelo nariz e afasta o cabelo para trás com um sorriso doce, sem desviar o olhar do meu rosto.

— Você, bochecha doce. Eu enxergo *você* assim. Não importa onde eu estiver, ou onde você estiver, eu só tenho olhos pra você.

11

KATHLEEN

— *Chega de falar de mim.* — *Gesticulo com a mão no ar, me recosto e cruzo os braços.* — Eu não sei quase nada do que você andou fazendo.

Carson limpa a boca depois de terminar a segunda porção de lasanha, se recosta também e passa a mão no rosto. Ele parece cansado, abatido por alguma coisa que não quer dividir comigo. É difícil aceitar que o homem que nunca deixei de amar não quer me contar o que o está corroendo e permitir que eu alivie o peso em seu peito. É como se o fantasma da nossa união estivesse batendo na porta e nenhum de nós tivesse coragem de abrir.

— Bem, no trabalho eu estou investindo em alguns empreendimentos novos. Recursos ambientais que podem afetar o estado da Califórnia, reduzindo a nossa pegada de carbono de maneira inédita.

— Ah, é? — A preocupação com o meio ambiente é algo que Carson e eu sempre tivemos em comum.

— Isso mesmo. A empresa para a qual eu estou trabalhando quer imitar o sistema sueco de eliminação de resíduos. Eles têm um processo para queimar o lixo não reciclável e produzir vapor a partir da umidade dos resíduos. O vapor movimenta uma turbina que cria energia útil. E o melhor é que a fumaça emitida é noventa e nove por cento não tóxica. É realmente genial.

— Sério? — Apoio os cotovelos na mesa.

Carson confirma com um movimento de cabeça.

— Os americanos são líderes mundiais em desperdício de energia. Esse sistema pode diminuir os aterros de resíduos em quarenta e oito por cento nos primeiros dez anos.

O timbre provocante da voz de Carson e a paixão que ele demonstra enquanto fala do novo projeto despertam em mim uma sensação física, uma espécie de corrente elétrica suave e excitante que me atravessa e se concentra no meu baixo-ventre. Sempre fui apaixonada pela inteligência dele, tanto quanto pelo corpo, coração e alma.

— Uau... Que incrível. Você está financiando o projeto?

Ele encolhe os ombros.

— Sim, eu já investi bastante. O Chase e o meu pai também. É preciso fazer alguma coisa a respeito, e esse projeto pode trazer para o nosso estado... caramba, para o país... uma nova perspectiva para dois dos maiores problemas ambientais: gestão de resíduos e geração de energia.

Passo o dedo pela borda da minha taça, pensando em como isso pode, além de tudo, beneficiar Carson financeiramente, já que ele investiu na criação do produto ou do sistema.

— Aposto que várias das quinhentas empresas da revista *Fortune* precisam de uma ideia excepcional para investir e colocar o selo verde. — Esboço um sorriso, imaginando o bônus desse projeto genial com o qual ele está envolvido.

Carson abre um sorriso de orelha a orelha.

— Tem isso também.

Ele passa o polegar sobre o lábio inferior. O que eu não daria para ser aquele lábio agora. Só o fato de estar sentada aqui na frente dele faz meu coração bater mais forte e aguça meu tesão, a ponto de eu sentir a calcinha ficando úmida.

— Você sempre foi muito esperta — diz ele.

Abro um sorriso, tentando disfarçar a necessidade física que estou sentindo de Carson neste momento. Estar tão perto dele, ainda mais depois de ter tomado algumas taças de vinho, só aumenta meu desejo.

— Fico feliz por você e a sua família estarem encontrando meios novos e criativos de priorizar o meio ambiente e fazer mudanças efetivas.

Ele ergue a taça com o restinho do vinho.

— Fico feliz que você aprove, bochecha doce.

Fazemos mais um brinde e damos um gole em seguida. De repente me dou conta de como é fácil conversar com Carson. Independentemente do que esteja escondendo agora, ele é uma pessoa com quem eu sempre pude falar sobre os acontecimentos do dia a dia, sobre seus investimentos, e seja qual for o assunto nós dois sempre opinamos com sinceridade e bom senso. É reconfortante.

— Eu sinto falta disso — ele diz, de repente.

Estreito os olhos.

— De quê?

— De ficar com você. Jantar, terminar o dia com uma conversa interessante... É muito bom. Fazia tempo que isso não me acontecia.

Carson gira a haste da taça para um lado e para outro. Depois bebe mais um gole de vinho e olha para mim por sobre a borda, com a expressão pensativa.

— É bom, sim. Mas você não tinha com quem conversar? Não me diga que ficou sozinho esse tempo todo.

Meu coração se aperta com a ideia de que ele pode ter tido outras mulheres enquanto eu estava sozinha. É doloroso, mas é uma parte do nosso passado que eu não posso mudar. O que importa agora é seguir adiante.

Carson suspira e move a cadeira, chegando mais perto; sua mão está a poucos centímetros da minha.

— Não posso dizer que fiquei sozinho. Mas você precisa saber que eu não tive nenhum relacionamento sério. Só uns casos superficiais e sem envolvimento.

Sua sinceridade me surpreende. É difícil acreditar que este homem, este cara lindo, uma raridade, não tenha se interessado por ninguém em dois anos. Ele não é do tipo mulherengo, daquele que leva uma mulher para a cama por uma noite e depois a dispensa. Pelo menos não era.

— Sério? Não houve ninguém especial?

Num gesto espontâneo, ele segura minha mão e passa o dedo pela palma. Sinto a familiar faísca subir pelo meu braço e mordo o lábio para reprimir um gemido.

— Kathleen... — Carson aproxima o rosto do meu, tão perto que respiramos o mesmo ar. — O que nós dois temos só acontece uma vez na vida. Não é uma coisa fácil de ser substituída. Não que eu quisesse. Se bem que teria sido mais fácil seguir em frente se eu tivesse conseguido te esquecer.

Aperto a mão dele instintivamente.

— Então você... não conseguiu? — pergunto num fio de voz, quase sem respirar.

Engulo em seco, sentindo um nó na garganta.

Carson fica em pé abruptamente e me puxa para seu peito. Meus seios ficam quase esmagados contra o torso musculoso. Nossos quadris estão alinhados, e eu sinto o pau dele enrijecer e crescer. Sem dizer uma palavra, ele enfia os dedos no meu cabelo, e com a outra mão segura com firmeza minha bunda e me levanta um pouco, para que eu sinta toda a extensão de seu pau ereto. É reconfortante saber que ele reage a mim da mesma maneira que eu a ele.

Então, todos os meus pensamentos ficam enevoados quando os lábios firmes descem sobre os meus, e um turbilhão de emoções me envolve. Ele cobre minha boca com a dele, e eu sinto o sabor do vinho tinto que bebemos, misturado à essência única de Carson. Enterro os dedos no cabelo dele e o puxo para mim, inclinando a cabeça para aprofundar o beijo, cada vez mais. A língua dele é incansável, explorando avidamente minha boca. Estou tão sôfrega quanto ele, lambendo e sugando com a mesma volúpia.

Quando Carson se afasta para respirar, aninha a cabeça no meu ombro e passa a língua por toda a extensão do meu pescoço. Eu me arrepio inteira e aperto as pernas, gemendo pelo prazer que esse gesto tão simples me proporciona.

— Eu nunca vou te esquecer, Kathleen. Nem em um milhão de anos. E vou te provar isso.

Ele mordisca meu pescoço e eu solto um gritinho, numa sensação de prazer e dor da qual senti tanta falta, por tanto tempo.

Com um gesto rápido, Carson me levanta e apoia minhas pernas ao redor de sua cintura. Em seguida, dá alguns passos até alcançar o sofá e me senta ali. Pressiono sua bunda com os calcanhares, amoldando meu corpo à ereção sólida. Ele geme e segura minhas coxas, deslizando as mãos até minha cintura e depois até os seios, que ele segura com as mãos em concha.

— Caramba, como eu senti falta disso. — Ele me acaricia por cima da blusa e por fim enfia a mão pelo decote.

Com dedos ágeis, desabotoa a blusa o suficiente para acessar o fecho frontal do sutiã. Em um segundo ele o solta e coloca a boca sobre um mamilo, enquanto acaricia o outro com o polegar. Eu suspiro e arqueio o corpo para aproveitar ao máximo cada carícia, cada toque dos dedos e da língua que me leva às alturas.

Sentindo a excitação crescer, começo a mover os quadris, roçando a pélvis no pau dele através da calça jeans e do tecido vaporoso da minha saia, numa fricção perfeita.

— Você acha que vai continuar mexendo gostoso assim até gozar, moça bonita? Eu sei que você tem mais alguma coisa em mente — ele fala, antes de mordiscar um mamilo intumescido.

Choramingo e movo os quadris em círculos.

— Por favor... — imploro.

Carson ama quando eu imploro, e a minha inibição é zero quando se trata de chegar ao orgasmo. Eu imploraria a noite inteira, se fosse para gozar mil vezes.

Ele segura minha bunda com as duas mãos, solidificando nossa conexão, e começa a mover os quadris num ritmo provocante, depois ri baixinho com a boca no meu pescoço quando começo a tremer.

— Implorando já, Kat? Ah, você sabe como eu gosto disso... Mas você vai ser recompensada.

Ele começa a traçar um caminho de suaves mordidinhas ao longo do meu pescoço, cada uma delas se refletindo entre minhas pernas, até chegar ao espaço entre meus seios, onde continua a lamber e sugar a pele macia de um lado e de outro por algum tempo, e então se afastar e sorrir, com ar satisfeito.

Olho para baixo e percebo uma marca avermelhada no meu seio esquerdo. Antes que eu possa comentar qualquer coisa, ele me puxa do encosto do sofá, me vira de bruços e se inclina sobre mim. Quando me dou conta, minha saia está levantada até a cintura, minha calcinha está nos tornozelos e minha bunda, nas mãos dele.

— Caramba, o seu traseiro é o mais lindo que eu já vi, Kat. — Ele percorre as mãos de alto a baixo e afunda os dedos nos meus quadris. — Não vejo a hora de te foder aqui de novo, mas não hoje.

Enquanto me livro da calcinha, empurrando-a com os pés, ele levanta minha blusa e desenha uma trilha com a língua pelas minhas costas. É provável que ele veja parte das cicatrizes, mas não muito. Não o suficiente para que eu o faça interromper o que está fazendo.

Percebo que ele está tirando a camisa e a calça; o ruído do zíper se abrindo parece tão alto quanto as golfadas de ar que exalo dos pulmões.

— Não, eu não vou esperar. Vou te comer aqui mesmo, enquanto admiro essas bochechas doces incríveis. — Ele passa as mãos na minha bunda novamente antes de empurrar meus tornozelos com os pés, me forçando a abrir as pernas.

Sem nenhum aviso prévio, Carson espalma a mão possessivamente entre minhas coxas, esfregando a umidade que encontra ali.

— Sempre molhadinha pra mim... só pra mim, não é, Kat? Será que algum outro te deixa assim tão excitada? — ele murmura, orgulhoso, para minhas costas.

— Não... não... ninguém — respondo, balançando a cabeça. — Só você.

— Só eu. E vai continuar assim, não é, bochecha doce? Este corpo lindo é só meu, pra tocar, beijar e transar. Não é assim?

As palavras dele têm o efeito de querosene no fogo, inflamando as labaredas de desejo que me consomem.

— Por favor... — suplico.

— Isso... Eu adoro quando você me pede pra te comer. — Ele me penetra com dois dedos de uma vez.

A sensação inicial de ser penetrada pelo meu namorado, que parece estar sempre ligado no 220 volts, deixa minha mente deliciosamente entorpecida. Meu sexo se contrai automaticamente e se umedece de excitação.

— Ai, isso... — Solto o ar que estava segurando, enquanto me contorço debaixo do corpo de Carson. — Sim...

— Isso, Kat. Trepe com a minha mão, minha linda. Mostre como você gosta que eu te toque.

Ansiando por mais, apoio as mãos no sofá e me pressiono contra seus dedos, arqueando o corpo para trás e me movendo debaixo dele, numa posição que vai me fazer gozar em breve. Ele me toca com habilidade, tocando e estimulando, me fazendo gemer e soltar gritos roucos e abafados. Sempre foi assim entre nós dois, *sempre*... Uma experiência fenomenal toda vez.

Um murmúrio rouco escapa da garganta de Carson quando ele pressiona o pau entre minhas nádegas. Seu membro está duro, grande, a ponta úmida. Empurro para trás, forçando, querendo que ele me penetre mais fundo, querendo pressionar meu clitóris nele, querendo me unir a ele o máximo possível.

Ele aprofunda os dedos, para a frente e para trás, num ritmo crescente e intenso. Eu correspondo, pressionando mais a cada arremetida. Carson introduz os dedos o mais fundo que pode, o que me faz ansiar pelo seu pau dentro de mim.

— Mais... — suplico.

— Você vai ter mais, muito mais... mas no momento certo — ele diz e então me dá um tapa na bunda.

Não tenho tempo nem de assimilar a dor quando ele dá um tapa do outro lado, e mais um novamente na outra nádega, e na outra, alternadamente.

— Bundinha gostosa! Está ficando cor-de-rosa, marcada pela minha mão.

Ele me penetra por trás, ao mesmo tempo em que continua enfiando e tirando os dedos de dentro mim. O ardor dos tapas causa um calor diferente e surpreendentemente prazeroso na minha pele.

Dou um gritinho quando ele bate mais uma vez em cada nádega. Os tapas estalados fazem alastrar com mais intensidade as ondulações de prazer no meu corpo. Sinto a pele se arrepiar e uma onda de calor me percorrer.

— Ah, eu vou gozar... — digo, meu pensamento focado unicamente na nuvem de êxtase que me envolve.

No instante em que os primeiros espasmos do orgasmo começam a me sacudir, Carson tira os dedos de dentro de mim. Eu protesto, sentindo necessidade dele com todas as células do meu corpo, disposta a qualquer coisa para tê-lo de volta, inteiro dentro de mim, me preenchendo por completo. Mas não era preciso temer, porque Carson está aqui comigo, e no instante seguinte sou penetrada pelo pau grosso, duro e pulsante.

Abro a boca, mas nenhum som escapa da minha garganta enquanto contraio os músculos internos ao redor do colosso que me invade.

— Isso, me aperta... Caramba, como é bom...

Ele tira minha blusa pela cabeça, em seguida a saia também vai parar no chão. Então me envolve em um abraço forte, de forma que eu fico pendurada em seu pau. Meus pés levantam do chão e meus dedos mal tocam o encosto do sofá. Os braços dele estão em volta da minha cintura e do meu peito enquanto Carson esfrega o nariz e a boca no meu pescoço, a respiração arfante. Eu não consigo respirar direito, nem pensar, só consigo sentir... Sinto seu pau rijo entre minhas pernas, me abrindo ao máximo, começando a me penetrar e roçando meu clitóris, me levando a uma sensação de plenitude irresistível.

O orgasmo continua a me sacudir, me fazendo tremer de dentro para fora, até que Carson me coloca em pé de novo, me curva para a frente e puxa o pau quase inteiro para fora, para depois meter de novo com mais força. Eu me sinto como se estivesse no espaço sideral, voando entre estrelas e cometas para outra dimensão.

Carson enfia a mão entre meu peito e o sofá e a desliza até meu pescoço, me forçando a inclinar a cabeça para trás e me envolvendo inteira em seu abraço possessivo. Com o rosto atrás de mim, dá beijinhos carinhosos nas minhas costas molhadas de suor.

— Eu vou te comer de um jeito que você nunca mais vai pensar na possibilidade de ficar sem mim — ele promete, antes de passar a outra mão pelo meu quadril, retraindo e continuando a me estocar, num ritmo alucinante.

Viajo enquanto Carson assume todo o controle, me movendo para um lado e para outro, garantindo a penetração mais profunda possível. Nossa transa é primitiva, quase selvagem. Sinto o suor dele caindo nas minhas costas enquanto ele trepa comigo de um jeito totalmente novo. Estou tão entregue que nem questiono quando ele levanta minha perna e a apoia no encosto do sofá, a fim de chegar mais fundo. E, quando por fim sinto que alcançou a minha alma, me dou conta de que estou chorando, as lágrimas escorrendo do meu rosto para o peito, em um misto de alívio e plenitude. É uma felicidade que eu não esperava voltar a sentir, que na verdade nunca tinha sentido antes. Um esplendor físico e emocional que nenhuma palavra é capaz de descrever. Ele toca em todas as partes do meu corpo, partes que pertencem a ele, que já pertenceram e agora voltam a pertencer.

Os sons do sexo nos rodeiam, os sons do contato físico, os gemidos roucos, quebrando o silêncio como uma melodia carnal deliciosa. Carson continua a me penetrar fundo, gemendo, quase grunhindo, em um ritmo cada vez mais frenético. O simples pensamento de que ele vai gozar dentro de mim faz meu clitóris latejar. Deslizo a mão pelo meu corpo até a virilha e encontro o grânulo túrgido, circundando-o na mesma cadência das investidas de Carson.

— Você é tão linda, Kathleen... — Ele percorre a mão pela lateral marcada do meu corpo, sobre o seio, passando pelo ombro e descendo pela pele lesionada do braço.

As lágrimas caem em abundância, tão incontroláveis quanto o momento transformador que nós dois estamos vivendo.

— Vou fazer você enxergar o seu corpo do jeito que eu enxergo: lindo, sexy... o único que eu quero tocar, pelo resto da minha vida.

As lágrimas se transformam em soluços de prazer conforme Carson move os quadris e alcança um ponto dentro de mim tão profundo que chega a desafiar as leis da física e da razão. Por alguns segundos ele fica ali, enquanto uma espécie de grito de guerra ecoa do fundo do seu ser. A coroa alargada do pau me pressiona por dentro, me lançando numa espiral de euforia. Ele afunda os dedos em mim enquanto passo as unhas pelas suas pernas, pelos braços, por todas as partes que alcanço, à medida em que somos transportados para o olho de um furacão que nos proporciona espasmos deliciosos.

No final, Carson se deita sobre as minhas costas, soltando meu seio e beijando cada pedacinho da minha pele suada.

— Juntos... — ele exala o ar com força — ... juntos, nós sempre conseguimos nos desligar do resto do mundo e existir só um para o outro. Fico feliz em ver que isso não mudou.

Passo a língua nos meus lábios secos.

— Sim... — é tudo o que consigo balbuciar.

Meu cérebro está confuso depois de dois orgasmos intensos seguidos. Parece que meus membros amoleceram, como se meu corpo tivesse hibernado por dois anos e só agora voltasse à luz do sol, após uma longa pausa.

Carson dá uma risadinha às minhas costas e lentamente sai de dentro de mim. Sinto a combinação de nossos fluidos escorrer pela minha perna.

— Caramba, isso é um tesão.

Suspiro e me levanto do sofá.

— Não é um tesão. É nojento.

— É um tesão, sim.

— Isso não é legal — digo e caminho com a maior dignidade possível ao longo do corredor até o banheiro da suíte.

— Claro que é legal. É coisa de homem. — Ele vem atrás de mim.

— Como é que os fluidos sexuais podem ser coisa de homem?

Abro a torneira do chuveiro e entro no box. Carson entra atrás de mim, parecendo um deus dourado em contraste com o fundo de azulejos brancos. Murmuro de satisfação ao sentir a água quente cair sobre meu peito e o calor de Carson me abraçando pelas costas. Como consegui passar tanto tempo sem esse homem? Parece até um sacrilégio.

— Você mesma acabou de responder. — Os braços dele me envolvem de um jeito sensual. — Pergunte a qualquer cara... as palavras "sexo" e "fluidos" chamam atenção em qualquer conversa masculina.

Puxo os cabelos molhados para trás.

— Mas o que tem de tesão nisso?

— Hum... sexo e fluidos. Não sei por que é tão duro entender. — Ele desliza as mãos pelo meu corpo e segura meus seios, o pau duro me pressionando novamente por trás.

— Por falar em coisas duras... — Arqueio uma sobrancelha, me inclino para trás para que ele me beije e deslizo a mão entre nós dois até alcançar seu pau. — Como é que pode você já estar duro de novo? Faz dois segundos que transamos...

— Vinte — ele me corrige. — Vinte segundos.

Carson beija meu pescoço e eu seguro o pau dele, envolvendo-o firmemente entre os dedos.

— Que sejam vinte... — Eu me viro e o encosto contra a parede do box. — Ainda assim, é uma recuperação bem rápida.

Ele sorri e segura minha cabeça e minha bunda.

— Bochecha doce, eu passei tempo demais sem você. Até o meu pau sentiu a sua falta. — Ele me afasta ligeiramente para poder olhar para baixo e me ver manuseando seu membro. — Está vendo? Ele está até chorando!

Dou risada e encosto no seu peito.

— Ah, que fofo...

Ele ri também, mas o riso se transforma em gemido conforme ele relaxa contra a parede.

— Caramba, Kat... eu daria qualquer coisa pra sentir a sua boca no meu pau agora.

Essa é uma das coisas que eu sempre amei em Carson. Ele nunca deixa de expor o que sente e de pedir o que quer, seja um prato, um filme ou suas preferências na cama. Com ele, nunca precisei adivinhar: ele sempre foi bem explícito.

— Ah, é? Qualquer coisa mesmo?

Ele sorri, certamente relembrando o joguinho que costumávamos fazer. Então morde o lábio e eu o beijo por cima, sugando, imitando o que poderia fazer com seu membro.

— Qualquer coisa, é? — repito a pergunta.

Ele respira fundo.

— Qualquer... — Então me segura pelos ombros e me pressiona para baixo, para que eu fique de joelhos. — O que você puder imaginar...

Dou um sorrisinho maroto e pego o tapetinho pendurado no gancho para me ajoelhar em cima.

— Isso vai te custar caro.

Os olhos dele brilham, escurecendo de luxúria. A água escorre sobre seu nariz, caindo sobre o pênis ereto. Passo a língua pela ponta, lambendo os pingos de água, e ele deixa escapar um gemido.

— Não tem preço...

Levanto a sobrancelha, abro a boca e chupo apenas a ponta do pau, girando a língua pela circunferência intumescida. Em seguida me afasto.

— Tem certeza?

— Qual é o preço, sua diabinha? — Ele enfia os dedos no meu cabelo molhado e segura minha cabeça no lugar.

— Café da manhã...

— Combinado. — Ele pressiona mais minha cabeça, mas eu me afasto de novo.

— ... na cama.

— Cacete... — Ele tenta me aproximar outra vez. — Tudo bem.

Eu torno a me afastar.

— E você tem que me servir completamente nu.

Ele ergue as sobrancelhas, surpreso.

— Fechado. — E dá uma risadinha que se transforma num som sibilante quando o abocanho inteiro de uma vez. — Caramba, Kat... ninguém chupa um pau como você.

Disfarço um sorriso e redobro os esforços.

12

CARSON

Um calor aconchegante me envolve da ponta dos dedos até o alto do peito conforme sinto o peso bem-vindo do corpo de uma mulher nua entrelaçado ao meu. Percorro os dedos pelas costas macias e encontro algumas áreas mais ásperas quando alcanço as costelas. Ao abrir os olhos, me deparo com os dela, que se assemelham a profundas piscinas cor de âmbar, a tonalidade caramelo intensificada pela luz da manhã.

Como eu senti saudade disso! Saudade dela...

— Bom dia, bochecha doce — murmuro, a voz ainda rouca de sono.

Ela roça o rosto no meu peito e dá vários beijos sobre meu coração. Minha Kat nunca foi de muita conversa pela manhã. Ela é mais de atitudes. Eu me lembro de incontáveis vezes em que, em vez de acordar com um bom-dia, despertei com ela chupando meu pau. É a melhor maneira de acordar, se bem que abrir os olhos e tê-la a meu lado é quase tão bom quanto.

— Humm... — Ela suspira e fecha os olhos, como se estivesse curtindo o momento.

Eu certamente estou usufruindo cada segundo.

— Nada como ver a mulher que eu amo nua e feliz depois de uma noite de sexo sensacional. — Eu me enrosco nela, entrelaçando braços e pernas no corpo macio e gostoso.

Kat dá uma risadinha, levanta a cabeça e apoia o queixo no meu peito.

— Concordo com a parte do sexo bom — ela responde, com o rosto corado.

Esta mulher transou comigo de seis jeitos diferentes de domingo até ontem e ainda assim fica vermelha feito uma adolescente. Kat tem muitas facetas...

— Acho que eu falei sensacional. — Seguro a bunda gostosa com as duas mãos e a puxo para mim, pressionando meu pau duro nela.

Ela geme.

— Não, pare! Seu peste... — Ela se senta e apoia o corpo no meu abdome, um pouco acima de onde eu gostaria. — Estou até dolorida. Preciso de um tempo. — Os seios sobem e descem a cada respiração, os mamilos rosados e túrgidos no friozinho da manhã.

A claridade que se infiltra através das cortinas me permite ver seu corpo inteiro, inclusive o que ela tenta esconder desde o incêndio.

— Querida... — sussurro, deslizando as mãos pelo ombro direito de Kat, pela lateral das costelas e do seio.

Ela reage no mesmo instante, tentando se cobrir, mas eu a impeço segurando sua mão.

— Me deixe ver você. Permita que eu te ame por inteiro. — Sinto um nó fechar minha garganta e engulo em seco para não demonstrar a emoção.

Kat é a única mulher que eu amei na vida além de minha mãe. E agora, vendo-a morder o lábio, tensionar o maxilar e deixar os braços pender para o lado, eu a amo mais ainda, de uma forma que vai além da minha compreensão. A força dessa mulher, a determinação, as inseguranças, tudo isso fica muito evidente para mim, mas eu sei também que ela está enfrentando e conseguindo a cada dia superar um pouco mais. Esse é um lado de Kat que ela me permite ver; não é uma coisa que ela deixe qualquer um perceber. Devagar, levanto as mãos, querendo... querendo não, *precisando* que Kat entenda que para mim continua a mesma. A pele está marcada? Está. Isso me incomoda? Nem um pouco.

— Kathleen, essas cicatrizes... — passo a ponta dos dedos pelo seu ombro e pela lateral do corpo — ... são uma prova de que você está viva.

Eu me sento e puxo nós dois para trás, de modo que ela fica no meu colo e eu, encostado na cabeceira da cama. Propositalmente, aproximo o rosto do seu ombro, o mesmo lugar que eu costumava beijar, lamber e sugar quando transávamos.

Eu a trago para mais perto e pressiono os lábios sobre a pele marcada. Percebo que Kat prende a respiração e fecho os olhos, dando a ela o tempo de que precisa para se acostumar a ser tocada ali outra vez.

Com determinação, passo o braço esquerdo pelas costas de Kat e espalmo a mão em sua nuca, forçando-a a olhar para mim. As lágrimas escorrem pelo seu rosto. Beijo uma a uma antes de colocar a mão direita no seu ombro e deslizá-la devagarinho pelo braço, até entrelaçar meus dedos nos dela.

Kat abre os olhos marejados de lágrimas, com uma expressão tão carregada de tristeza que sinto o impulso de desviar o olhar, mas não faço isso. Ela precisa que eu seja forte nesse seu momento de fraqueza.

Então, levo sua mão aos lábios e beijo cada um dos dedos e o centro da palma, sem me importar com a pele enrugada.

— Eu amo cada uma dessas marcas, Kat. Sabe por quê? Porque elas são a prova de que você está viva. Está aqui, comigo... e não vai embora nunca mais.

Ela abre a boca para falar, mas a voz falha e as lágrimas grossas caem.

— Eu te amo — ela diz, entre soluços, antes de me beijar. Então me puxa para mais perto, segurando minha cabeça com as duas mãos e pressionando as pernas no meu corpo, como se quisesse se fundir comigo. — Me perdoe, Carson... me perdoe por ter afastado você de mim.

Ela beija meus lábios com ternura, e eu correspondo. Em seguida beijo cada lágrima; elas são minhas, assim como ela.

— Kathleen... — Eu seguro o rosto dela e a forço a erguer o queixo. — Acabou. Daqui em diante somos só nós dois, eu e você. Vamos enfrentar qualquer coisa juntos.

Ela assente e passa a língua pelos lábios.

— Juntos.

※

— Caramba, mulher, você cozinha muito!

Coloco na boca mais uma garfada de waffle com calda de pêssego. Já estou no segundo waffle e sinto que comeria outros dois facilmente.

Kat dá uma risadinha e se apoia na bancada do outro lado da cozinha, usando apenas uma blusinha e o short de pijama mais curto já visto pela humanidade. Não posso dizer que acho isso ruim, pois, toda vez que ela se vira e se inclina o mínimo que seja, eu vislumbro um pouquinho daquela bunda tão bem delineada. Eu sempre adorei o traseiro de Kat.

— Quer mais? — ela pergunta, me olhando por cima da borda da caneca de café.

Respiro fundo, levanto os braços e me espreguiço. Kat observa cada movimento com tanta intensidade que chego a imaginá-la passando a língua pelo meu peito nu.

— Se você continuar a me olhar assim, nós vamos acabar trepando aqui mesmo, em cima da bancada da sua cozinha.

Ela faz biquinho, mas ergue a sobrancelha de um jeito sensual, como se pensasse na possibilidade. Passo a mão no peito e dou um tapinha na barriga.

— Acho que eu comeria mais um, sim. — Dou um sorriso. — Se bem que era eu quem tinha que fazer o café e levar pra você na cama. Vai ficar para o próximo fim de semana.

Ela ri e balança a cabeça antes de colocar a caneca na bancada e ir rebolando até a máquina de waffle. Com a habilidade adquirida ao longo de anos de prática, abre a tampa, coloca mais massa, fecha e prepara mais um waffle divino e cheio de carboidratos para o seu homem.

— E então, qual é o plano para hoje? — pergunta.

Hoje é domingo, e normalmente minha ideia seria mantê-la dentro do apartamento o dia inteiro, nua, mas já estou fora de casa desde ontem à noite, o que me lembra que desliguei o celular quando cheguei aqui, porque não queria que nada atrapalhasse meu encontro com Kat. Demos um grande passo ao transpor a barreira das cicatrizes; agora tenho que enfrentar a realidade e contar a ela sobre Cora.

O sentimento de culpa me castiga como uma brisa gelada num dia quente. Levanto do banco, pego minha jaqueta e tiro o celular do bolso.

— Hum... ainda não sei o que eu vou fazer hoje. — Prefiro dar uma resposta vaga, não querendo levantar nenhuma suspeita.

Droga, não gosto de mentir para ela. Omitir a verdade não deixa de ser uma mentira também, e esta é das grandes.

Ligo o celular.

— Preciso ver umas coisas... E você, o que vai fazer?

Meu celular ganha vida, e quando digo isso significa que começa a apitar feito louco com notificações de mensagens. Mensagens de texto e de voz, um monte delas, todas do mesmo número: Misty.

— Puta merda! — xingo e começo a ler.

> Onde você está? Eu fiz o jantar. Está te esperando no forno.

> Vamos comer sem você 😞

> Pelo visto você não vem jantar. A Cora está com saudades do pai. E eu também.

> São duas da manhã. Estou preocupada. A Cora não está muito bem.

> A Cora vomitou a noite toda. Onde você está?

— Cacete! — Passo a mão no cabelo e começo a andar de um lado para o outro quando vejo as mensagens seguintes:

> A Cora está mal. Nós precisamos de você.

> Venha para casa, por favor. Não sei o que fazer. Ela quer o pai.

> Carson, eu estou com medo.

> Carson, a Cora precisa ir para o pronto-socorro.

> Carson! Onde você está? Por favor, venha para casa! Por favor!

Os waffles deliciosos agora pesam feito chumbo em meu estômago. Sinto as mãos de Kat nas minhas costas.

— Ei... ei... o que aconteceu? O que foi?

Engulo em seco.

— Ela está doente. Eu preciso ir embora. Preciso ir imediatamente — repito com mais ênfase, me desvencilhando dela e procurando minha camisa.

Finalmente a encontro e visto, depois calço os sapatos sem meias. Não faço a menor ideia de onde estão minhas meias e não tenho tempo para procurar.

— Quem está doente? O que está acontecendo? — A voz de Kathleen fraqueja enquanto pego minhas chaves.

— Me desculpe. Eu não posso explicar agora. Preciso ir! — exclamo, quase ríspido, a mão já na maçaneta da porta.

Kathleen empurra a porta, fechando-a, e coloca a mão no meu peito.

— Carson, você não vai fazer isso comigo de novo. Me conte o que está acontecendo!

Sua voz soa carregada de aflição, refletindo a expressão do olhar. Ela está furiosa e magoada, mas não há nada que eu possa fazer neste momento para resolver isso.

Eu a abraço e a beijo, tentando com isso expressar que está tudo bem entre nós dois, e então abro a porta.

— Baby, confie em mim. Eu te ligo mais tarde — digo, já saindo.

— Carson! Carson! — ela grita quando as portas do elevador se fecham, abafando sua voz.

Os pneus do carro guincham sobre o concreto quando paro diante de casa, pulo para fora e subo os degraus de dois em dois. Assim que abro a porta, escuto as vozes das duas. O choro de Cora reverbera pelas paredes da casa, e eu sigo a direção do som.

— Está tudo bem, bebê. Está tudo bem. O papai já vai chegar. Ele te ama — Misty fala, confortando a menina.

Entro no quarto feito um furacão.

— O que aconteceu com a minha filha? — pergunto, me apressando na direção dela.

Cora está só de fralda e estende os bracinhos para mim. Eu a pego no colo e o choro começa a abrandar.

— Onde você estava? — Misty pergunta, a voz estridente de raiva, de um jeito como eu nunca a ouvi falar antes. — Eu passei a noite em claro cuidando da nossa filha doente! E você, onde estava? Hein?!

Ignoro o descontrole de Misty e dou um beijo no rosto da minha filha, concentrando toda a atenção nela.

— O que você tem, filhinha? Está dodói? — Eu a beijo várias vezes no rosto e na testa, que está fervendo. Cora enfia o dedo na boca e se aninha no meu peito. — Por que ela está tão quente?

— Porque ela está com febre! Passei a noite tentando fazer a febre baixar. Não que você esteja preocupado, claro.

Cerro os dentes, tentando me manter calmo, dando um desconto por saber que ela está cansada e preocupada.

— Você deu algum remédio para ela? Na semana passada, quando a Gillian trouxe os remédios, disse que seria bom alternar Tylenol e ibuprofeno, porque isso baixaria a febre rápido. Vou ligar para ela.

— Estou dando Tylenol de quatro em quatro horas. Só isso. Enquanto você estava por aí fazendo sabe lá o que com sabe lá quem, a sua filha estava em casa doente!

Misty está definitivamente furiosa. Seu rosto está vermelho de raiva, os lábios trêmulos, a respiração ofegante.

— Por que você não vai tomar um banho e relaxar um pouco? Deixe que eu cuido da Cora. Depois nós conversamos.

Ela cruza os braços sob os seios, fazendo-os subir e revelando mais do que eu quero ver pelo decote da blusa.

— Você estava com outra mulher?

Outra mulher? Que raio de pergunta é essa?

— Sim, Misty. Eu estava com uma mulher. A *minha* mulher. Tudo aconteceu rápido demais, e eu não tive tempo de contar a você sobre a Kathleen. Eu nem sei se você também tem alguém na sua vida. Não sei se você percebeu, mas nós passamos as duas últimas semanas aprendendo a viver juntos e a cuidar da nossa filha.

Os olhos dela se enchem de lágrimas. Ah, merda... de novo?

— Você... você... tem namorada? — ela pergunta com a voz fraca, o lábio inferior ligeiramente trêmulo.

Dou um suspiro. Kathleen é muito mais do que simplesmente minha namorada. Ela é minha alma gêmea, caramba. É tudo para mim.

— É. Pode-se dizer que sim.

— Pode-se mesmo, tanto que eu já disse. — Ela aperta os lábios numa linha fina e empina o queixo.

— Escute, vá tomar um banho. Enquanto isso eu vou ligar para a Gillian e contar o que está acontecendo com a Cora. Para mim ela parece estar bem, a não ser pela febre e por ter vomitado. Quanto tempo faz que ela vomitou?

— Umas duas horas, mais ou menos.

— E quando você deu o Tylenol?

Misty aperta os olhos, se concentrando.

— Um pouco depois... Depois que eu a limpei e troquei toda a roupa pela centésima vez. *Sozinha.*

Dizendo isso, ela se vira e sai pisando duro na direção do banheiro.

Respiro fundo e devagar para controlar minha frustração. Ela só está brava porque teve que passar por tudo isso sozinha. Mas, afinal, é o que ela tem feito há quase dois anos, sem a minha ajuda. Balanço a cabeça, me recusando a seguir essa linha de raciocínio, já que isso só vai me fazer sentir ainda mais culpado.

Cora balbucia alguma coisa e eu olho para baixo. Minha garotinha está dormindo no meu colo, mas sua pele está impressionantemente quente. Pego o telefone e ligo para a casa do meu primo.

— Bom dia. Residência dos Davis.

— Olá, Summer. Aqui é o Carson. Eu preciso falar com a Gigi. Ela está?

— Sim, a sra. Davis está na sala com as crianças. Um momento.

Com meu precioso pacotinho nos braços, eu me sento no sofá da sala. Cora está dormindo profundamente, ressonando; o dedo escorregou da boca e ela está babando um pouquinho. Enxugo seu rosto com a mão e limpo os dedos na minha calça, antes de continuar a afagar as costas dela, num gesto que para mim é instintivo e natural. Cara, como eu queria que Kathleen estivesse aqui. Ela saberia o que fazer, já que se vira muito bem com os sobrinhos postiços. Leva jeito com crianças, é calma, sensata e amorosa.

— Alô? — Gigi fala ao telefone, num tom mais alegre do que eu esperava.

— Oi, Gigi, eu preciso de uma orientação. A Cora está doente.

— Ah, não. O que houve com a minha querida sobrinha?

— Ela está com febre... está bem quente. A Misty deu Tylenol para ela há umas duas horas, mas disse que ela vomitou a noite toda.

— Quantas vezes? — ela pergunta.

Passo a língua nos lábios ressecados e suspiro.

— Não sei... hum... eu não estava aqui. Eu estava com a Kat.

Silêncio total.

— Gillian, por favor... eu preciso da sua ajuda com a Cora. Preciso que você me diga o que fazer.

Escuto Gigi suspirar alto do outro lado da linha.

— Você ainda não contou a ela, não é?

— Não. Eu vou contar. Juro. Mas agora me ajude, por favor...

— Bem, a primeira coisa a fazer é medir a temperatura dela. A Misty mediu a febre?

— Não sei. Ela está tomando banho, mas eu vi o termômetro na bancada. Espere que eu vou pegar.

Gillian me explica como usar o termômetro digital. Eu me sinto um herói por conseguir fazer isso sem acordá-la.

— No visor está marcando trinta e nove e meio. É febre alta, né? A temperatura normal não é até trinta e sete? Gigi, diga que a minha bebê vai ficar boa. — Agora sou eu que estou desesperado. Merda, eu deveria ter ficado em casa.

— É alta, mas em crianças pequenas é normal. Ela tem algum dentinho nascendo?

Lembro que Misty comentou qualquer coisa um dia desses sobre novos dentes despontando.

— Sim... acho que sim.

— Ah, então provavelmente é isso. Você precisa dar um pouco de ibuprofeno e depois baixar a temperatura do corpo dela.

— Como eu faço isso?

— Tem que colocá-la na água morna por alguns minutos.

— E se ela começar a chorar de novo? — Estou parecendo um idiota inútil.

Ainda bem que Gillian fica com dó de mim.

— Entre na banheira ou no chuveiro com ela. O Chase costuma fazer isso quando um dos gêmeos está com febre. Ficar nos braços do pai ajuda. Faz eles se sentirem amados e seguros.

Chuveiro. Água morna. Certo, entendi.

— Obrigada, Gillian. Eu te devo essa.

— Cuide dela direitinho. Eu ligo mais tarde para ter notícias.

Desligo o telefone sem nem me despedir. Usando uma mão apenas, encho o conta-gotas com ibuprofeno e ajeito Cora melhor para ela engolir o remédio. Ela toma tudo sem reclamar. A coitadinha está exausta, caidinha, a cabeça apoiada no meu peito.

Misty ainda está no banho, então vou ter que me arranjar sozinho mesmo. Vou para meu quarto e coloco Cora na cama enquanto tiro a roupa, ficando só de cueca. Corro até o banheiro, ligo o chuveiro e volto para tirar a fralda dela. Então, com a menina em meus braços, entro debaixo do chuveiro. Ela acorda no mesmo instante e começa a chorar.

— Shh... shh... shh... está tudo bem, bebê. O papai está aqui com você. Nós precisamos esfriar o seu corpinho, meu amor.

As lágrimas cessam e ela apoia o rosto no meu peito. Não existe sensação melhor no mundo do que sentir que você é o universo inteiro de alguém, de um serzinho que confia plenamente em você para cuidar dele. Sentir minha filha tão dependente e com tanta confiança em mim me faz me apaixonar mais ainda por ela.

— O que você está fazendo? — Misty abre a porta do box de repente. Cora olha para ela por um momento, mas volta a se aninhar no meu peito, deixando que a água morna arrefeça a temperatura de seu corpo.

— Estou fazendo isso para baixar a febre. Foi a Gigi quem disse para eu colocá-la na água morna. Dei um pouco de ibuprofeno também.

Misty arqueia as sobrancelhas.

— Sério? Você fez tudo isso sozinho?

— Sim, eu fiz. Ela é minha filha e estou cuidando dela. Pode fechar a porta, por favor? Ela está tremendo. O bom é que está funcionando. Ela está ficando mais fresquinha.

Misty pisca algumas vezes, inclina a cabeça para o lado e me olha de cima a baixo, bem devagar. Por um breve instante os olhos dela escurecem. Eu conheço esse olhar. Esta noite mesmo eu o despertei tantas vezes quanto possível enquanto fazia amor com Kathleen. É um olhar de desejo, puro e desenfreado.

— Misty, a Cora está com frio.

Ela balança a cabeça e fecha a porta sem dizer nada.

Seguro Cora de maneira que a água caia sobre a cabeça e o corpo dela, mas não no rosto. Depois de uns dez minutos, sinto que ela já não está quente. Graças a Deus.

Tentando não fazer movimentos bruscos, fecho a torneira e abro a porta do box. Misty está logo ali, segurando uma toalha, pronta para pegar a bebê.

— Me dê aqui que eu vou vestir um macacãozinho limpo nela.

— Obrigado. Eu quero deitar com ela — digo, sentindo uma necessidade urgente de ficar perto de Cora. O instinto de abraçá-la e protegê-la é muito forte, quase incontrolável.

Misty faz que sim com a cabeça e sai do banheiro, levando a menina. Visto só a calça do pijama. Minha filha gosta de deitar no meu peito nu. Afasto as cobertas e me deito.

Minutos depois, Misty entra no quarto, trazendo Cora e um copinho de alças e canudo contendo um líquido cor-de-rosa.

— O que é isso?

— Pedialyte. É para repor o líquido do organismo.

Ela coloca Cora no meu peito e eu a abraço com uma mão, enquanto com a outra pego o copinho.

— Pode deixar que eu dou. Você pode ir descansar. Eu quero ficar um pouco aqui com ela.

Misty aperta os lábios, numa expressão contrariada, e seus ombros se curvam numa atitude que eu interpreto como de derrota.

— Tudo bem. Eu estou no outro quarto descansando. Não dormi nada essa noite. — Ela se vira bruscamente e eu me sinto um merda.

— Misty! — chamo.

Ela para na soleira da porta.

— O que foi?

— Me desculpe por não estar aqui. Nós vamos ter que conversar sobre a Kathleen e como ela se encaixa nessa situação toda.

Faço um sinal para que ela veja Cora esticando os braços para segurar as alças do copinho; ela agora está bem acordada e evidentemente com sede.

Misty solta um suspiro, mal-humorada.

— O nome dela é Kathleen, então? Hum... Quer saber, Carson? Só existe uma resposta possível. Ela não se encaixa nessa situação.

É a última coisa que ela diz antes de fechar a porta e me deixar sozinho com Cora.

Suspiro e ajeito a menina em uma posição em que ela possa se recostar em mim e tomar o remédio. Parece que a febre cedeu, mas ela ainda parece fraca, sem a energia habitual. Depois de beber metade do remédio, os olhinhos começam a ficar pesados; sonolenta, ela continua a chupar o líquido pelo canudo apenas de vez em quando, até parar de vez.

Tomando cuidado para não perturbá-la, retiro o canudo da sua boquinha e coloco o copo no criado-mudo. Em seguida deito sua cabeça no meu peito, do mesmo jeito que fiz com Kathleen esta manhã. Dois cenários totalmente diferentes, mas igualmente preciosos. Passo a mão na cabeça de Cora, afagando o cabelo macio.

— Como é que eu vou contar para a Kathleen sobre você? Hein, Cora? Eu sei que ela vai cair de amores por você, mas superar o choque inicial vai ser uma batalha com a qual eu não estou preparado para lidar. Sabe, eu quero que ela esteja tão apaixonada por mim a ponto de não conseguir nem pensar em me afastar de novo... e não querer ficar longe de nós dois.

As pálpebras de Cora se movem, indicando que ela adormeceu. A mãozinha está espalmada no meu peito, a cabeça deitada sobre meu coração. Exatamente onde eu quero que ela esteja.

Com minha filhota nos braços, fecho os olhos e fico imaginando passeios na praia com ela e Kathleen, refeições no terraço, waffles com calda de pêssego... Uma vida maravilhosa. Juntos.

Eu sonho até ser acordado bruscamente duas horas depois com a campainha tocando. Em meu cérebro ainda entorpecido, tomo consciência de que poucas pessoas sabem a combinação para abrir o portão da frente. A maioria membros da família. Pode ser Chloe, Cooper, ou pior: meu pai. Nenhum deles conhece Misty ou Cora, mas já contei ao meu pai o que aconteceu, até porque ele vai contratar Misty como sua assistente pessoal. Ele prometeu que vai me dar um tempo para estabelecer um vínculo maior com Cora e me organizar antes de se intrometer. Então, sobram meus irmãos. Ou... Ah, não. Que merda... Ela não viria aqui... não faria isso.

Um calafrio percorre minha espinha e se enrosca no meu peito quando compreendo que é exatamente o que ela faria para descobrir por que eu saí tão abruptamente, não uma vez, mas duas. Cacete!

Por favor, Deus, que não seja Kathleen...

13

KATHLEEN

Há momentos na vida em que temos a sensação de estar fora do corpo, de tão chocados. Até a capacidade de se mover se perde. Cada respiração é mais difícil que a anterior. Pontinhos luminosos cintilam feito luzes de Natal em nossa visão periférica. Aos poucos o corpo e a mente vão voltando a funcionar. Mas, num primeiro momento, falar ainda é praticamente impossível.

— Quem é você?

Uma loira mignon com o cabelo desalinhado, olhos castanhos astutos e seios do tamanho de dois melões me recebe na porta da casa de Carson. Eu sei o tamanho porque estão praticamente à mostra sob um baby-doll de algodão minúsculo, debaixo de um robe combinando e totalmente aberto.

Perplexa, pisco e dou alguns passos para trás a fim de olhar direito para a casa. É a casa de Carson, sim. Não bati na porta errada.

— Eu... hum... quero falar com o Carson. — Minha voz soa tão estranha que nem a reconheço.

A mulher franze a testa, aperta os lábios e olha displicentemente por sobre o ombro.

— Ele está na cama. A noite foi longa — responde, num tom baixo e abafado.

Que raios essa mulher está insinuando? Que eles passaram a noite juntos, sendo que Carson dormiu comigo? Se bem que aqui está ela, quase nua, na entrada da casa dele, sem demonstrar a menor vontade de me convidar para entrar.

— Sim, foi mesmo. Eu sei porque ele estava comigo — retruco, destilando veneno em cada palavra, sentindo a raiva crescer no peito.

Ela coloca a mão na cintura e projeta os seios para a frente como se fossem um escudo, exibindo os dois melões falsos como uma stripper faria diante de um homem com um punhado de cédulas na mão.

— Ah, então você é a destruidora de lares.

Destruidora de lares.

Destruidora de lares?

Lar...? Destruidora...?

Abro a boca, mas a voz não sai. A mulher me mede de cima a baixo, ou melhor, de baixo para cima, começando pela saia rodada e depois examinando a camiseta e o cardigã que estou usando. Ao notar minha mão deformada, me lança um olhar desconfiado que quase me tira do sério.

— Quem é você, afinal? — exijo.

Ela cruza os braços, forçando os melões para cima, e se apoia no batente da porta.

— Eu sou a Misty. A dona da casa e mãe da filha dele.

Dona da casa.

Mãe da...

No instante exato em que as palavras me atingem feito uma marretada na cara, Carson aparece no corredor, atrás dela. Está usando calça de pijama e mais nada. O cabelo dele também está despenteado, mas não é isso que me deixa paralisada no lugar, incapaz de me mexer. Não. O que faz meu coração e minha alma congelarem é o bebê loirinho aninhado nos braços dele.

— Carson... — sussurro, encarando o bebê de olhos azuis e impressionantemente familiares.

Eu reconheceria esses olhos em qualquer lugar. Já olhei para eles incontáveis vezes, enquanto confessava meu amor. Fiz isso esta manhã mesmo, quando abri meu coração e minha alma para ele.

— Misty, segure a Cora! — Ele passa o bebê para a garota como se tivesse toda a experiência do mundo com crianças.

Carson, com um bebê.

O bebê dele.

O bebê dela.

Não meu.

Dou um passo para trás e tropeço nos degraus, balançando a cabeça.

— Não... não... não. Não pode ser. O que está acontecendo? — Levo as duas mãos à cabeça e me viro, incapaz de olhar para os três ali juntos, como uma família feliz.

De repente sinto Carson me abraçar por trás.

— Kathleen, não é o que parece — ele fala no meu ouvido com um tom de desespero na voz.

As palavras se infiltram na minha consciência, despertando a leoa pronta para matar. Giro em seus braços e recuo, para que ele não possa me tocar.

— Então o que é, Carson? — Aponto para a porta, que agora está fechada e onde a tal Misty e o bebê não se encontram mais. — Você tem uma família?! Uma *família*? Eu não acredito... Meu Deus, não consigo nem...

Tropeço novamente enquanto corro até o carro, mas me recomponho a tempo. Não fico aqui nem mais um segundo!

Carson me alcança e passa na minha frente, com a calça do pijama e descalço.

— Elas não são minha família! Bem... tecnicamente, a Cora é. Mas você não está entendendo. Eu preciso explicar. — Ele me imobiliza, segurando meus braços.

— Não, você precisa é me soltar! — grito bem perto do seu rosto.

Ele continua a me segurar por mais alguns passos enquanto tento me desvencilhar e depois me pressiona de costas para o carro, se agigantando a minha frente e me encurralando.

— Eu nunca mais deixo você ir embora. Nós não decidimos isso hoje de manhã? Nós dois juntos, enfrentando qualquer coisa? Para o que der e vier?

Engulo em seco e sinto meus olhos se inundarem de lágrimas.

— Mas isso foi antes... antes de eu descobrir o seu segredo, droga! Há quanto tempo você está traindo essa mulher? E caramba... loira de olhos castanhos?! É bem o seu tipo, né? — Soluço e o empurro para trás.

— Sim. O meu tipo é você. Só você. Eu não tenho nada com a Misty.

Eu me inclino mais para trás, apoiada no carro, não querendo que ele encoste em mim. Isso tudo é demais para minha cabeça.

— Ah, não?! Então por que ela está na sua casa, com aquele baby-doll escandaloso e a sua filha do colo? Deus do céu, Carson... você tem uma filha! Não é *nossa* filha. É a *sua* filha! — As emoções me sufocam, me esmagando sob uma pilha de tristeza e perda. — Você... tem... uma... filha! — digo com dificuldade, cada palavra estilhaçando minha alma em pedacinhos.

Carson segura minha cabeça e meu queixo de um jeito que não consigo me mexer. Sou forçada a encarar os lindos olhos azuis refletindo arrependimento.

— Sim, eu tenho. Mas descobri isso faz menos de um mês.

Eu suspiro e esfrego o nariz, sem entender o que ele está dizendo.

— Como assim?

— Você vai me ouvir? Eu preciso me vestir. Vamos entrar e conversar? Por favor...

Inclino a cabeça para trás.

— Com aquela mulher lá? Andando de um lado para o outro como se fosse sua esposa? Acho que não.

Ele respira fundo e apoia a testa na minha.

— Ela não é minha esposa. Ela não é nada além da mãe da minha filha. Eu juro. Eu vou te explicar tudo, se você concordar em entrar.

Balanço a cabeça, sentindo meu coração se despedaçar a cada respiração.

— Por favor, por favor... não me afaste de você. Não depois do que nós tivemos hoje de manhã... ontem à noite... na semana passada. Kat, baby, eu imploro que você me ouça! Que confie em mim...

Confie em mim. Foi exatamente isso que ele disse quando saiu do meu apartamento hoje e veio correndo para casa, para esta mulher e a filha.

Fecho os olhos e uma lágrima traiçoeira escorre pelo meu rosto. Carson a captura com um beijo. Contenho um gemido ao sentir o toque dele, porque tudo o que eu quero é me entregar a esse homem, abraçá-lo e afugentar tudo o que nos assombra. Mas não posso.

— Eu sempre vou secar as suas lágrimas, sejam de alegria ou de tristeza. Elas são minhas. Você é minha, e eu sou seu. Não abra mão de nós dois sem me dar uma chance de explicar.

— Carson...

— Não, Kathleen. Eu não vou deixar você sair daqui sem ouvir o que eu tenho a dizer. Você me deve isso. Por favor...

Ele tem razão. Eu devo mesmo. Eu o mandei embora há dois anos, com tudo o que eu era, tinha e sentia. No mínimo eu *mereço* ouvir o que imagino ser uma história horrível de como ele se apaixonou por outra mulher e deixou de amá-la antes de voltar para mim.

Não consigo controlar meus lábios trêmulos, nem as lágrimas, diante do cenário que se descortina em minha mente. Meu maior pesadelo se concretizando... e olhe que eu já passei pelo inferno, literalmente. E vivenciei momentos terríveis ao lado de minhas amigas. Mas isto, agora...? Isto pode me destruir para sempre.

— Confie em mim — Carson murmura, com os lábios sobre os meus. — É tudo o que eu te peço. Que você confie em mim.

Ele cobre minha boca com a sua, e eu não tenho forças para rejeitá-lo. Sou incapaz de ficar imune ao contato com Carson, ainda mais quando sinto tanta sinceridade da parte dele e tanta sofreguidão em seu beijo, que parece quase desesperado.

Não que minha reação seja muito diferente. Eu o beijo como se fosse a última vez, como se nunca mais fôssemos nos ver. Dependendo do que ele tenha a dizer, talvez seja mesmo.

Quando estamos os dois praticamente sem fôlego, Carson se afasta, inalando o ar, o peito arfante. Minha mão está sobre o coração dele, e eu sinto sua pele fria, só então me dando conta de que ele está seminu no ar gelado da manhã, sem sapatos, sem meias nem camisa.

— É melhor entrar. Você está congelando.

— Não faz mal. Eu sairia nu no Alasca no meio de uma tempestade de neve se fosse para você ficar comigo.

— Carson... — Eu me inclino para a frente e o envolvo com os braços. Ele enterra o rosto entre meu ombro e pescoço.

— Você vai entrar e me deixar explicar?

Não posso negar a ele esse pedido. Ele precisa disso. E, caramba, eu preciso também, caso contrário não vou conseguir seguir em frente, nem para lado nenhum em minha vida.

Aceno com a cabeça.

— Está bem. Vamos conversar.

Carson me leva para dentro de casa e direto para o quarto. Abre uma gaveta, pega uma camiseta e a enfia pela cabeça.

— Você pode esperar aqui um instante? — Sua expressão ao olhar para mim é de ansiedade, enquanto ele pausa com a mão na maçaneta da porta.

Faço que sim, parada no meio de um quarto onde fazia mais de dois anos que eu não entrava. Está tudo igual, a não ser por alguns detalhes. Sobre o criado-mudo há um copinho de criança com tampa e canudo, e também uma chupeta. Um paninho de bebê está jogado sobre a cama.

Precisando ver a verdade com meus próprios olhos, entro no closet aberto. Não há nenhuma roupa de mulher pendurada ali, nem sapatos femininos. Torço o nariz, surpresa, e vou para o banheiro.

Assim que entro, vou direto ao box do chuveiro. A única diferença ali é que, além do xampu de Carson, condicionador e sabonete, há um frasco amarelo grande de sabonete líquido infantil. Não há nenhum artigo feminino à vista, nem gel de banho, nem xampu restaurador ou antifrizz, creme para pentear, nada disso. Vou até a pia e não vejo nada ali também. Há uma escova de dentes a mais no suporte, mas é pequena e colorida, com glitter roxo, cerdas minúsculas e desgastadas. É a escovinha da filha.

Saindo do banheiro, vou até a cama e fico feliz ao perceber que só um lado está desfeito. Dobro o paninho de bebê e coloco sobre o gabinete do banheiro. É quando Carson volta.

— Tudo bem. Não vamos ser interrompidos. A febre da Cora baixou e a Misty está com ela no quarto.

— Então ela mora aqui?

Ele suspira e passa a mão pelo cabelo, e as mechas loiras caem charmosamente ao lado do rosto bonito, emoldurando-o. Seria bem mais fácil odiar Carson se não fosse tão lindo.

Ele se senta numa poltrona de frente para a cama, afasta os joelhos e apoia neles os cotovelos, cruzando as mãos.

— Sim, ela mora. Por enquanto. O apartamento dela foi destruído por um incêndio há duas semanas.

Incêndio. Maldito fogo, raiz de todo o mal. Um arrepio percorre meus braços, e eu sinto a dor fantasma latejar. Passo a mão no braço, mas permaneço em silêncio.

— Vou começar do começo. Na noite em que você terminou comigo, dois anos atrás, eu fiquei péssimo. Arrasado, desesperado. Eu não queria terminar de jeito nenhum, mas você estava irredutível. Eu implorei, supliquei, mas não adiantou. Você me mandou embora... e foi a última vez.

Carson engole em seco, percebo pelo movimento do pomo de adão em seu pescoço. Fico olhando, quase hipnotizada, de onde estou sentada, do outro lado da cama.

— Lembra disso, Kat? Você partiu o meu coração, pisou em cima e jogou o nosso amor no lixo.

As indesejadas lágrimas voltam. Com Carson, sou só emoção e lágrimas. Em geral consigo me manter forte, mas nas duas últimas semanas tem sido difícil. Eu me sinto inteiramente consumida por ele.

— Sim, lembro — respondo baixinho, contorcendo as mãos sobre o colo.

— Bem, naquela noite eu pirei. Fui a um bar tipo espelunca e enchi a cara de uísque. A Misty era garçonete lá. No meu estado de embriaguez, quase delirante já, eu achei que ela se parecia com você. Sei lá... Droga, eu queria muito você de volta, queria estar com você mais do que tudo. Perdi o controle.

Ele olha para mim e eu vejo remorso nos olhos azuis. As lágrimas descem pelo meu rosto, e eu não faço nada para contê-las.

— Continue... — Preciso ouvir a história inteira. Meu Deus, o que eu fiz com este homem... Como eu o fiz sofrer!

— Na manhã seguinte eu acordei numa cama de hotel, sozinho. Ela já não estava mais. Eu estava tão descompensado que nem me importei por ter transado com uma mulher cujo nome eu nem lembrava. Liguei para o Chase e ele foi me buscar, me levou pra casa, ficou comigo até me ver um pouco melhor... e foi isso. Até um mês atrás, quando eu entrei no mesmo bar e pedi uma cerveja. Um simples copo de cerveja, e a minha vida virou de cabeça pra baixo outra vez.

Fecho os olhos e imagino como ele deve ter se sentido. Descobrir que tem uma filha, de cuja existência nem suspeitava. Meu Deus.

— A Misty veio falar comigo e me contou sobre a Cora.

— E você acreditou? — Não consigo imaginar Carson acreditando assim de cara numa coisa tão importante como essa, algo com tantas consequências e implicações.

— Não... Não mesmo. Mas claro que a notícia me deixou inquieto. Fiquei pensando no assunto a semana inteira, até que resolvi pedir a um amigo, que é dono de um laboratório de análises clínicas, para fazer um exame de DNA. E o resultado foi positivo. Mas até então eu ainda não tinha visto a Cora. Quando a conheci, vi que ela é igual à Chloe quando era pequena. Quando eu digo igual, quero dizer idêntica.

— E ela tem os seus olhos.

Carson concorda com um aceno de cabeça.

— Tem, sim.

— Por que você não me contou? — Engulo com dificuldade a secura que se espalhou pela minha boca e garganta.

Carson se levanta e anda de um lado para o outro no quarto.

— Kat, eu conheci a minha filha poucos dias depois que encontrei você na casa do Chase e da Gillian naquele dia, no café da manhã. Aí nós passamos a noite juntos depois do pub, e eu fiquei confuso. Ainda estou, na verdade. Lembra que eu recebi uma ligação logo de manhã e saí correndo? Claro que você lembra... Então, era a Misty me avisando do incêndio, e foi naquele dia que eu vi a Cora pela primeira vez. As duas não tinham para onde ir, estavam literalmente na rua. A minha filha tem um ano e meio, Kat, e até então eu não tinha participado de nada. Ela nem me conhecia.

Eu me levanto e vou até Carson para abraçá-lo. Ele me abraça também, apertado, por um longo tempo.

— Eu não posso ser um pai omisso — ele fala, por fim. — Tenho muito medo de meter os pés pelas mãos, de não conseguir... de estragar tudo, entende? Estou falando da Cora e... de você. Eu quero muito encontrar uma maneira de fazer tudo dar certo. Eu te amo, Kathleen, mas também amo a Cora.

— Claro que sim. — Seguro o rosto dele com as duas mãos. — Escute, eu jamais pediria para você escolher entre mim e a sua filha. Mas entre mim e a Misty...? Sim.

Ele me puxa para mais perto e enterra os dedos no meu cabelo.

— Não tem o que escolher entre você e a Misty. Nunca teve. O que aconteceu naquela noite foi um erro. Uma burrada de um bêbado perdido e fora de si. Mas não muda o fato de que desse erro nasceu a Cora, e isso eu não lamento. Ela é perfeita, Kat... você vai ver. Eu sei que você vai se apaixonar se der uma chance para ela. Uma chance para nós.

As lágrimas descem pelo meu rosto diante da angústia na voz de Carson. Este homem grande e forte na minha frente está desconsolado. Confuso. Amedrontado. Ferido. Assim como eu, está perdido, não sabe o que fazer nem como fazer para ter o que quer. Que, no caso, sou eu. Consigo ver isso em cada minúsculo veio azul dos seus olhos, em cada respiração e no modo como ele me abraça, como se eu fosse desaparecer a qualquer momento.

— Eu quero conhecer a Cora, mas não sei o que nós vamos fazer. Você tem uma filha que precisa de você, e aparentemente uma mulher também. Onde eu me encaixo? — Engulo meu desespero e meus desejos pessoais.

Carson encosta a cabeça na minha.

— Nós vamos dar um jeito. Famílias se misturam a todo momento, se formam, se unem. Veja você e as suas amigas. Vocês não são irmãs de sangue, mas irmãs por opção. São importantes umas para as outras como se fossem irmãs de verdade. Mais ainda, porque foi uma escolha de vocês. Certo?

Penso em Maria, Gigi e Bree e sei, com todo o meu coração, que ele está certo. Elas são minhas irmãs, minha família. Eu jamais falharia com elas, nem com as crianças, só porque não somos parentes de sangue.

— Você tem toda a razão.

Os olhos de Carson brilham, e ele sorri.

— Está vendo? *É* possível... Eu só preciso resolver a situação da Misty, arranjar um emprego para ela e providenciar um lugar para ela morar. Depois, claro, tentar conseguir a guarda da Cora. Eu preciso de você comigo, Kat. Preciso do seu amor e apoio. Você pode fazer isso por mim? Eu sei que é pedir muito. É como se eu estivesse te pedindo o mundo, mas não vejo outro caminho. Eu te amo. Te amo demais, e a única outra mulher que me ouviu dizer essas palavras morreu quando eu era menino. Não me deixe como ela fez. Eu não aguentaria.

A verdade contida nas palavras dele atinge meu coração como uma flechada, abrindo uma ferida dolorosa.

— Baby... — sussurro, segurando seu rosto. — É por isso que você nunca disse que me amava? Porque achou que eu iria te deixar? — Meu coração bate com tanta força que tenho a impressão de que vai quebrar uma costela.

— Você me *deixou*, Kat. Eu demonstrei que te amava de todas as maneiras possíveis, e ainda assim você me quis fora da sua vida.

Solto todo o ar dos pulmões de uma vez e fecho os olhos. Tudo que ele está dizendo é verdade. Quantas vezes este homem se desdobrou para fazer tudo por mim, me amou como se eu fosse seu universo, tentou cuidar de mim depois do incêndio... sempre demonstrando seu amor, de incontáveis maneiras, e eu o ignorei, como se o que ele fazia não significasse nada.

— Eu sinto tanto, Carson... Não sei como reparar isso. Eu não estava no meu juízo perfeito, não sabia como voltar a ser eu mesma. Demorei todo esse tempo para chegar aonde estou hoje.

A respiração dele é pesada enquanto ele continua abraçado a mim.

— Então você sabe como é quando a existência inteira da gente é virada de cabeça pra baixo. É assim que eu me sinto agora. Eu tenho uma filha, Kat. Uma menina que precisa de mim e me ama. Nossa, eu amo essa criança! Desde o momento em que a peguei no colo pela primeira vez, eu a amo. O único problema é que ela não é *nossa* filha. Eu sempre achei que seríamos nós dois, em tudo.

— Eu também — admito, com a voz trêmula.

— Ela é uma menina muito amorosa. Eu vejo isso nos olhos dela. Ela é uma Davis. Você acha que consegue aceitar a Cora, vir a gostar dela? Está disposta a dividir essa experiência comigo, mesmo que seja aos poucos? Juntos?

— Juntos? — Olho para ele enquanto digo a mesma palavra que prometemos um ao outro esta manhã.

— Eu preciso de você... preciso muito. Não quero passar por isso sozinho. Nem sei se consigo. — Carson se abre, expondo suas inseguranças.

A resposta está prestes a explodir do meu peito. Não quero mais viver sem ele. Acho que, depois das duas últimas semanas juntos, eu não conseguiria mais ficar longe de Carson. Então ele tem uma filha. Uma coisinha linda e perfeita pela qual está encantado. Eu adoro crianças. Amo meus sobrinhos postiços, e eles me amam também. Eu posso amar Cora. Afinal, metade dela é Carson. Vai ser fácil. Já no que diz respeito à mãe dela, não sei se vou ser capaz de sentir algo pelo menos positivo.

Misty.

Uma pessoa que precisa ser colocada no seu devido lugar.

Endireitando as costas e enxugando as lágrimas, observo o olhar de Carson, carregado de sentimento.

— Eu estou com você. Não vou embora. Estamos nisso juntos.

— Jura? Você não vai querer terminar comigo de novo? — Ele sorri.

Balanço a cabeça, negando.

— Não, não vou. Eu quero ficar com você. Eu nunca deixei de te amar, Carson, nem acredito que conseguiria. A Cora é uma parte de você, e isso é o suficiente para mim. Eu já amo essa bebê, pelo simples fato de amar você.

Carson fecha os olhos e seus ombros se curvam, relaxando. Ele me segura pelos quadris e me aperta contra seu corpo.

— Eu te amo. Puxa vida, obrigado. Obrigado por nos dar uma chance... uma chance de verdade.

Por alguns minutos nós nos beijamos ternamente, nos acariciando, nos lembrando do nosso compromisso.

Passo as unhas de leve na cabeça de Carson, do jeito que ele gosta que eu faça. Ele geme e me pressiona contra seu corpo, onde sinto a ereção se formando. Por um instante me entrego ao orgulho feminino diante da reação dele à minha proximidade e ao meu toque, antes de me afastar.

Olho para ele e vejo a expressão de contrariedade em suas feições.

— Nós precisamos decidir como vamos resolver a questão da Misty. Ela me chamou de destruidora de lares quando abriu a porta para mim.

Carson resmunga, irritado, e fecha as mãos em punhos ao lado do corpo.

— Isso é inaceitável! Ela não tem o direito de falar desse jeito com você. Além de ser uma acusação sem fundamento nenhum.

— Tudo bem, Carson, mas o fato é que ela está a fim de você. Ou acha que tem o direito de ficar com você porque é o pai da filha dela. Eu entendo em parte. Provavelmente eu agiria da mesma forma e sentiria que tinha direitos se você fosse pai de um filho meu.

— Eu sou o pai dos filhos que você vai ter, Kat. Esta situação aqui não muda o nosso futuro. Não pense nem por um minuto que eu não quero ver você grávida do nosso filho. O nosso bebê vai ser o irmãozinho da Cora.

Solto o ar dos pulmões, frustrada.

— Não dá pra pensar nisso agora. Temos primeiro que resolver o presente, e logo. E a situação presente é que tem uma mulher, que é a mãe da sua filha, morando na sua casa e achando que você é dela. Como é que você vai resolver isso?

Carson suspira alto.

— Eu sei exatamente como vou resolver.

Ele segura minha mão e me leva em direção à porta do quarto. Antes que eu possa perguntar o que Carson pretende, sou puxada pelo corredor até chegar à cozinha. A um passo de entrar, escuto a voz de Misty falando carinhosamente com Cora.

— Isso, nenê... Menina bonita! Coma o seu cereal. Precisa papar bem para a mamãe ficar contente — ela diz, enquanto coloca mais um punhado de rosquinhas de trigo no pratinho colorido.

— Como ela está? — Carson pergunta a Misty, querendo primeiro saber da saúde da filha, antes de dizer o que tem a dizer.

— A febre baixou. Pelo visto, o banho morno e a soneguinha com o papai ajudaram. Você tem tanto jeito com ela... — Misty se vira para a filha.

— O papai não é o máximo, Cora? — ela pergunta com voz carinhosa para a menininha, que meneia a cabeça, balançando os cachinhos loiros, como se não tivesse estado doentinha poucas horas antes. As crianças se recuperam rápido.

— Então ela está se sentindo melhor? — Carson se aproxima da filha, ainda segurando minha mão, e se inclina para tocar a testa dela com os lábios.

Já vi Gillian e Bree fazerem a mesma coisa para sentir a temperatura das crianças.

— Ela está ótima. — Ele dá um beijo no alto da cabecinha dela.

Em seguida me conduz até um banco alto e praticamente me põe ali sentada, como se eu fosse uma criança.

— Café, bochecha doce? — ele pergunta para mim, mas é Misty quem responde.

— Ah, não, obrigada. Eu já tomei.

— Misty, você sabe que eu nunca te chamei assim nestas duas semanas em que você está morando aqui. Eu estava falando com a Kathleen. Minha namorada. Aliás, por falar nisso, nós precisamos conversar.

Misty se encosta na bancada do outro lado da cozinha. O olhar dela a essa distância é letal.

— Você acha mesmo que é uma boa ideia conversarmos sobre isso na frente da nossa filha? Ela pode ficar confusa. Quer dizer, ela sabe que eu sou a mamãe e você é o papai. Essa mulher é uma estranha.

Carson fica visivelmente irritado.

— Não é, não. Ela é a mulher que eu amo, e está na hora de apresentá-la a você e à minha filha. Você vai começar a vê-la com bastante frequência daqui em diante. Não é verdade, Kathleen?

— Sim. — Eu me levanto e estendo a mão esquerda para Misty. Ela estreita os olhos, achando estranho. — Kathleen Bennett, prazer.

Misty não aperta minha mão, então eu abaixo o braço, sentindo o desconforto dela em ondas de energia negativa.

— Eu sei que é uma situação difícil para você, o Carson e a Cora. Estou disposta a ajudar como puder nessa transição.

Misty faz cara feia.

— Ajudar? A única coisa que você faz com a sua presença aqui é destruir a minha família.

Carson se aproxima e para na minha frente, me defendendo do olhar fuzilante de Misty. Se olhar matasse, eu estaria estirada no chão a esta altura. É evidente que essa mulher me odeia. Por outro lado, se ela está a fim de Carson e eu estou no caminho, ela até que tem motivo para me odiar.

Digo a mim mesma que vai levar tempo para esta situação ser assimilada por todos, e mais tempo ainda para ser solucionada.

— Misty, isso é desnecessário. A Kathleen é minha família, a Cora também. E você é a mãe da minha filha.

— Mas você disse que ia dar o seu sobrenome para a Cora e que nós seríamos uma família de verdade. Você disse isso, e agora que ela está aqui você dá pra trás! — ela grita e sai correndo da cozinha, chorando.

A primeira tentativa não deu muito certo.

Carson pressiona os dedos nas têmporas. Não consigo imaginar o peso que está sentindo sobre os ombros.

— Carson, não é melhor eu ir embora?

— Não! Isto é só um mal-entendido. Eu posso dar um jeito — ele fala com amargura na voz.

Eu o faço se virar para ficar de frente para mim.

— Eu acredito que você pode e que vai dar um jeito. Mas neste momento a minha presença aqui não está ajudando. Ela precisa de tempo para se acostumar com a ideia. Acho que todos nós, na verdade. Eu também fui bombardeada com toda essa novidade. Preciso de tempo para digerir.

Ele me segura pelos ombros.

— Eu não quero que você fique remoendo e chegue à conclusão de que não consegue lidar. Eu quero resolver esta situação com você.

Balanço a cabeça e afago o rosto dele.

— Não, amor. Todos nós precisamos de tempo e espaço para pensar nisso. Eu não vou sumir. Só vou até a casa de uma das meninas, contar para elas enquanto dividimos uma garrafa de vinho, e depois vou para casa dormir. Você conversa com a Misty e garante que a Cora fique bem. E me liga amanhã. Tudo bem?

Carson me pressiona contra a bancada e me beija. Sua língua invade minha boca, me devorando, e claro que eu fico em êxtase. Só nos afastamos quando ouvimos uns gritinhos não muito longe de nós.

— Alguém está querendo a atenção do papai. — Sorrio, ainda com os lábios colados aos dele.

— Sim — Carson murmura, me beijando mais uma vez. — Quer conhecer a minha filha antes de ir embora? — ele pergunta, ansioso e um pouco melancólico.

— É tudo que eu quero. Faça as apresentações, papai.

Ele ri e tira a bebê agitada do cadeirão. Depois pega um paninho, enxuga a boquinha da menina e joga o paninho de volta sobre a bancada.

— Cora Duncan, em breve Cora Davis, esta é Kathleen Bennett, em breve sra. Davis.

Tento controlar a surpresa e o impacto que essas palavras me causam. Na verdade, Carson nunca fez segredo de sua intenção de se casar comigo. Ele falava sobre isso com frequência quando estávamos juntos; era sempre eu quem recuava. Eu deveria ter aceitado logo, antes da tragédia toda. Se tivesse feito isso, tudo seria diferente hoje. Mas às vezes o destino tem outros planos. Era para ser do jeito que foi. Era para termos passado pelo que passamos.

Observando os olhos azuis cristalinos da filha de Carson, um ponto fica muito claro para mim. Se as coisas tivessem acontecido de outra forma, este anjinho não estaria aqui.

— Oi, nenê! Eu sou a Kat, e nós duas vamos ser grandes amigas, sabia? — Seguro o dedinho gorducho, me inclino para a frente e dou um beijo no cabelinho dourado.

Ela dá uma risadinha que faz meu coração derreter. Realmente não vai ser difícil me apaixonar por essa garotinha. Eu já estou um pouco apaixonada, para ser sincera.

14

KATHLEEN

— *Uma filha?!* — pergunta *Bree, com os olhos brilhantes.*
— Sim, uma filha.
— Mas... uma menina mesmo? Quero dizer, não uma cachorrinha de estimação, ou uma boneca de madeira tipo o Pinóquio? — Os lábios rosados se curvam na borda da taça de margarita.
— Uma menina. De verdade. De um ano e meio, para ser exata — reforço.
Bree pisca repetidas vezes, como se ainda não tivesse assimilado a informação.
— A vida não se resume a filmes de Walt Disney, Bree. — Gigi balança a cabeça e retorce o guardanapo nas mãos, com a cabeça baixa e a expressão séria.
Até agora ela não disse uma palavra sobre a notícia bombástica que acabei de compartilhar.
Maria mergulha a tortilla na cumbuca de molho, encharcando mais do que o pedacinho do salgado aguenta, antes de voltar a me olhar.
— Sem problema. Eu vou fatiar os *cojones* do Carson e mandar numa caixa para o pai dele, assim ele vai poder enterrar com o corpo depois que o Eli der um bom corretivo nele.
Um silêncio mortal recai sobre nós quatro. Minhas amigas não têm certeza de como reagir, porque não dei a elas nenhuma indicação de como estou encarando essa novidade e me sentindo a respeito. Irmãs de alma são assim mesmo. Podemos ser assertivas, expressar nossa opinião com toda a sinceri-

dade, mas não antes de saber exatamente com que tipo de emoção estamos lidando.

É hora de colocar as cartas na mesa de uma vez por todas.

— Tudo bem, meninas. Eu vou contar tudo desde o início, portanto escutem sem me interromper. Depois fala cada uma de uma vez, certo? Solidariedade de irmãs de alma.

Olho para cada uma delas, fitando três pares de olhos que me encaram num silêncio um pouco constrangido. Um turquesa como o mar do Caribe, um verde-esmeralda e o outro azul como um céu de primavera.

Elas concordam com um aceno de cabeça, sem dizer nada. Umedeço os lábios, respiro fundo e começo:

— Primeiro... O Carson e eu estamos juntos de novo. Pensando em casamento, inclusive.

As três reagem ao mesmo tempo, uma prendendo a respiração, outra reprimindo uma exclamação de surpresa, outra olhando para mim boquiaberta. Minha vontade é mergulhar na taça gigante de margarita à minha frente, mas prossigo corajosamente.

— Segundo... Ele conheceu a Misty, a mãe da bebê, na noite em que eu o mandei embora. Encheu a cara, foi para a cama com ela e no dia seguinte nem lembrava direito o que tinha acontecido.

Faço uma pausa para me certificar de que as três ainda estão respirando. Maria parece brava, Bree está evidentemente chocada, e Gigi olha para os lados com expressão culpada. Estou intrigada. Tenho que conversar com ela sobre isso, mas em outra hora. Acho estranho ela demonstrar culpa em vez de surpresa ou curiosidade. Não combina com ela.

— Terceiro... Nós estamos loucamente apaixonados, mas fodidos, porque a mãe da bebê não me suporta e quer o Carson pra ela.

Maria abre a boca para falar, mas eu levanto o dedo, lembrando a ela o que combinamos. Ela fecha a boca em seguida e aperta os lábios, contrafeita.

— Quarto... A Misty e a Cora... Esse é o nome da menina, Cora...

Minhas três amigas deixam escapar um murmúrio de surpresa e aprovação. Assinto, concordando, porque Cora é um nome lindo e está de acordo com a tradição da família Davis, cujos nomes sempre começam com C. E eu sei que Carson está orgulhoso e feliz com isso.

— Então... as duas estão morando na casa do Carson — solto a informação de uma vez, assim como meu fôlego.

— *¿Qué mierda?* — Maria murmura.

— Meu Deus do céu! — exclama Bree.

Gigi continua muda, o que só pode significar uma coisa. Ela não está surpresa com a notícia. Então me dou conta de que ela já sabia sobre a menina e sabia que as duas estavam morando na casa de Carson.

— O gato comeu a sua língua, Gigi? — pergunto, estreitando os olhos.

— Há...? Não, não... É que você disse para a gente não interromper...

— Você não parece surpresa com a notícia. Nem um pouco.

— É que... bem, eu...

— Você já sabia da Cora. E sabia que ela e a mãe estão morando na casa do Carson. Você sabia e não me disse nada... Como assim, Gigi? E o nosso pacto de irmãs de alma? — falo baixinho, para que somente minhas amigas ouçam, e não os demais clientes sentados às mesas próximas.

O rosto de Gigi fica ainda mais pálido, o que chega a ser chocante, porque a pele dela quase reluz na iluminação fraca do restaurante.

— A culpa é do Chase — ela diz, passando instintivamente a mão no ventre protuberante. — Ele me fez prometer que não diria nada. Chegou a me chantagear, ameaçando fazer greve de sexo se eu não desse um prazo de duas semanas para o Carson te contar tudo. Eu estou com um tesão fora do normal nesta gravidez. Você tem ideia do que é ficar sem sexo?

— Não, imagina. Eu não acabei de passar quase três anos sem transar — retruco, irritada.

Ria balança a cabeça.

— *Tres años*. Sua periquita merece uma festa para comemorar o fim da seca. *¡Jesucristo! Tres años*. Eu não aguento três dias...

Não que nós já não saibamos que Maria é a ninfomaníaca do grupo.

— Se eu não te considerasse tanto, Gigi, estaria furiosa com você! Você me deve essa, ouviu? Já sei... Você vai ter que dar o meu nome para a sua filha.

— Não vai dar. É *un niño* — avisa Ria, mas eu a ignoro.

Os olhos de Gigi ficam marejados e ela acena enfaticamente com a cabeça.

— Me perdoe... Eu fiquei sem saber o que fazer. Como escolher entre o meu marido e a minha irmã? Além do mais, era o Carson quem tinha que te contar. Era um assunto dele, não meu. Você não iria querer saber por mim, iria? — A voz dela fraqueja de emoção, intensificada pela gravidez.

Agora estou me sentindo uma vaca, uma megera desalmada.

Afundo na cadeira.

— Não, não iria mesmo. Por mais inesperado que seja tudo isso, estou contente que o Carson tenha me contado e que tivemos a chance de nos reconectar. Nós reatamos antes de eu saber sobre a menina. De outra forma, não sei se eu estaria aqui agora contando para vocês que vou enfrentar a situação em vez de pular fora.

— Então quer dizer que você está disposta a ir em frente? — pergunta Bree.

— Claro que sim. Vocês acham que é loucura da minha parte? — pergunto para as três, mas abordo uma de cada vez. — Ria?

Ela coloca mais uma tortilla cheia de molho na boca, mastiga pensativa, engole e cruza os braços.

— É claro que nós vamos apoiar você, *gatita*, mas quer saber? Nunca vi alguém ficar no estado em que ele ficou depois de levar um fora. Esse homem te ama. Sempre amou. — Ela dá de ombros. — Para mim parece muito simples. Se você o ama, é o que importa. Eu aprendi isso da maneira mais difícil, entre perder o Tommy e me apaixonar pelo irmão dele. O amor não é fácil. É como levar um tapa na cara quando menos se espera.

Gillian e Bree assentem, concordando, e eu tomo um gole da margarita para assimilar as palavras de Maria.

— E você, Bree? O que acha?

Ela joga o cabelo para trás do ombro e se inclina para a frente, segurando minhas mãos. Como sempre, tenho de me esforçar para não puxar a mão direita. Minhas amigas nunca se incomodaram com as marcas deixadas pelas queimaduras, e eu tenho tentado fazer o mesmo, principalmente na frente delas.

— Kathleen, nós te amamos. Somos suas irmãs de alma, estamos aqui para te apoiar em tudo. Você sempre pode contar conosco, para o que for. E eu vou te falar, do fundo do meu coração, que nenhum homem vai te amar do jeito que o Carson ama. Ele é a sua alma gêmea, querida. Você não sente isso?

Os olhos azuis expressam claramente a amizade e o afeto que existem entre nós, e eu vejo os lábios dela tremerem, ao mesmo tempo em que sinto a energia de amor fraternal que nos envolve. Sempre foi assim entre nós quatro: uma sente a dor das outras. Quando é necessário, como agora, deixamos de lado as atribulações pessoais para apoiar e ajudar a que mais precisa. É assim que nós somos.

Fecho os olhos e aperto as mãos dela.

— Eu o amo muito... Deus sabe quanto!

— Então, pronto. Aí está a sua resposta. — Bree se recosta na cadeira e enxuga uma lágrima. Sempre a mais emotiva de nós quatro.

— Gigi, e você, o que faria?

Ela se recosta também, uma das mãos sobre a barriga e o outro braço apoiado na mesa, tamborilando as unhas na borda da taça de margarita, fazendo-a tilintar.

— Eu ficaria com ele — ela responde, sem hesitar. — Me agarraria a ele com todas as minhas forças. Nós bem sabemos como o amor verdadeiro é raro de encontrar e mais ainda de manter. Parece que tem asas e pode voar para longe a qualquer momento. Depende de nós nutrir o sentimento a cada dia. O que o seu coração te manda fazer?

— O meu coração me manda ficar com o Carson... Voltar para ele é o certo a fazer.

— E como é mesmo que chamamos isso? — Ela inclina a cabeça para o lado, deixando os cabelos avermelhados caírem sobre o ombro.

— Destino.

> O que tem pra comer hoje? Alguma coisa bem gostosa?

Dou risada da mensagem de texto. Temos nos encontrado duas vezes por semana nos últimos dois meses e conversado todas as noites por telefone, além da troca constante de mensagens. Às quartas-feiras, o dia da semana mais tranquilo para nós dois, eu me encontro com ele e Cora para o que ele chama de "dia da família". Geralmente levamos Cora ao parque, ou à casa de Gillian para ela brincar com os gêmeos, ou à casa de Bree para brincar com Dannica. Depois jantamos juntos, curtimos a companhia um do outro e eu volto para meu apartamento. Sozinha.

Carson diz que tem um "plano espetacular" para resolver o problema. Ele simplesmente quer que eu passe a dormir na casa dele. Mas eu não posso. Não com Misty morando lá. Não me parece certo... Sei lá, é como se estivéssemos tendo um caso furtivo bem debaixo do nariz dela. Não quero me sentir assim quando deitar a cabeça no travesseiro na cama de Carson. Quero sentir que estou no meu lugar, onde pertenço, com ele e Cora. Nós três. Até que Misty tenha um lugar para morar, vou me manter firme nessa decisão. Isso está deixando Carson nervoso, mas acho que lidar com a situação como estamos fazendo, aos poucos, é melhor para nós. Para todos nós, incluindo Cora.

Claro que as noites de sábado são outra história. Os sábados são meus. Aí aquele um metro e noventa de gostosura e sensualidade é meu, do momento em que ele entra no meu apartamento até depois do café da manhã de domingo.

Detesto os domingos. Carson não só tem que voltar para casa, para *ela*, como também é o "dia da família" deles. Como se já não tivessem segunda, terça, quinta e sexta. A muito custo, estou tentando aceitar o que não posso mudar. Pelo menos por enquanto. Percebo que Carson está se esforçando para lidar o melhor possível com essa situação complicada, e ele não precisa que eu me torne um problema a mais. Só que... caramba, estou cansada de vê-lo com hora marcada.

> Quer mesmo saber? Digamos que é uma surpresa bem picante, apimentada e de dar água na boca.

Fico orgulhosa da minha espirituosidade. A resposta é o emoji com olhos de coração.

Então, meu celular toca.

— Alô. Aqui é a surpresa picante — brinco.

O riso de Carson reverbera por todo o meu corpo, até se concentrar entre minhas coxas. Caramba, esse homem tem a capacidade de me deixar úmida com uma simples risada.

Mexo o molho marsala que estou preparando para o jantar. Vai durar uns três dias. Se eu continuar comendo fora todas as noites, vou ficar enorme, e aí como posso competir com a Barbie siliconada?

— Ei, tenho novidades! — O tom jovial da voz dele faz meu coração disparar.

— Que tipo de novidade? — Abro um sorriso, percebendo pelo tom de voz dele que a notícia é boa.

— A melhor.

— É mesmo? Bem, você sabe que não deve deixar uma mulher esperando.

— Achei o lugar perfeito para a Misty e a Cora. E você nem imagina onde.

Só o fato de ele ter encontrado um lugar para sua hóspede, vulgo "Baby Mama Drama", de acordo com minha amiga Bree, já é uma notícia e tanto. Sinto um arrepio gostoso percorrer minha pele. Desligo a panela do molho e me encosto na bancada, segurando o telefone entre a orelha e o ombro.

— Onde? Ou melhor, quando? — me apresso a perguntar, animada.

— No seu prédio! O Chase está com um apartamento vago aí. Tem um casal que mora no seu andar e vai se mudar. Eles querem um apartamento maior porque a família está crescendo. É perfeito! Com você do lado! Eu vou poder passar mais tempo aí sem sentir que estou longe da Cora. Todo mundo sai ganhando.

No meu prédio.

No meu andar.

Engulo em seco e tento falar com a voz alegre.

— Ah... Que bom, baby. Ótima notícia. E quando elas vão se mudar? — Tento, mas falho miseravelmente.

Aperto os olhos e me encolho quando recebo como resposta um silêncio prolongado.

— Você não ficou feliz? — Sua voz denota ansiedade e preocupação.

Eu me debruço sobre a bancada e solto o ar que estava segurando.

— Não é que eu não esteja feliz porque ela vai sair da sua casa. Minha vontade é subir no telhado e gritar de alegria, mas... no meu prédio? No meu andar? — Deixo escapar um gemido abafado, incapaz de disfarçar. — É um pouco estranho, não acha?

Carson suspira ruidosamente.

— Bochecha doce... eu preciso dizer, você não está sendo muito razoável. Você tem ideia do alívio que é para mim saber que a mulher que eu amo está a poucos metros de distância caso a Cora precise de alguma coisa?

— Você quer dizer a Misty — eu falo, com voz impassível.

— Kat, eu estou surpreso... Achei que você ficaria feliz.

Eu me recrimino mentalmente por ser tão obstinada.

— Sim, eu... estou feliz. Mas ficaria mais feliz se ela fosse morar em outro prédio — admito, teimosa, quase ríspida.

— Você vai acabar vendo o lado bom disso tudo. Durma bem, descanse e pense a respeito. É a melhor solução que nós poderíamos esperar. De verdade. Além disso, não vai demorar muito para você vir morar comigo. Então, a longo prazo não tem tanta importância, tem?

Pronto, de novo a história de casar e ir morar com ele. Ele não desiste, mas também ainda não me pediu oficialmente em casamento. Acho que é porque ele sabe que vou dizer não. Nós precisamos de mais tempo, precisamos nos adaptar a esta nova realidade. Não só eu e ele, mas ele, Cora e a Baby Mama Drama.

— Promete que vai pensar no assunto? Preciso falar com o Chase amanhã. Tem mais três pessoas interessadas no apartamento, e o Chase me fez um favor ao dar prioridade à Misty. Eu não quero decepcioná-lo, e quero contar a novidade para a Misty. Se der certo, ela pode sair daqui até o fim do mês. Não é o que você quer?

Retorço os lábios e coço a cabeça. Infelizmente ele está certo. Quando foi que virei adolescente neste relacionamento? Talvez tenha sido quando descobri que meu namorado tem uma filha.

— Sim, Carson, você tem razão... mesmo. Eu estou sendo infantil. Vai ser maravilhoso voltar a ter privacidade com você. E ver a Cora com mais frequência, também. Eu amo o meu anjinho.

— E ela te ama, baby. Eu sinto isso, no fundo do meu coração. É o começo de um futuro harmonioso.

Dou uma risadinha, contagiada pelo otimismo de Carson. Ele é tão ingênuo às vezes... É bom saber que não perdeu esse lado tão encantador. Então me lembro de algo que ainda não perguntei.

— Ah, você não me contou como a Misty está se saindo no emprego com o seu pai.

Torno a acender o fogo do molho e espero aquecer antes de acrescentar o frango já cozido.

— Ela está indo bem. O meu pai disse que ela é esperta e aprende rápido. Está gostando da companhia dela.

Uau... gostando da companhia dela. Que surpresa... Enfim, pode ser só o meu lado mesquinho se manifestando.

Contenho o breve arroubo de ciúme em nome da paz.

— Que ótimo. Fico feliz em saber. Então ela tem um emprego fixo e um apartamento em vista. Imagino que você vá pagar o aluguel... — digo, tentando disfarçar a irritação na voz.

Conheço Carson o suficiente para saber que ele jamais permitiria que a mãe da filha pagasse o próprio aluguel.

Conforme eu esperava, a resposta dele é em tom de advertência, porém gentil.

— Kat, você sabe que é primordial para mim que a Cora tenha um teto, alimento e uma família feliz. Eu sou um pai novato. Não me importo de pagar o aluguel para a Misty enquanto a Cora morar com ela. Eu pago com prazer. Você sabe que isso é o de menos. Eu pagaria o seu aluguel também, se você deixasse.

— Nem pensar, Carson Davis! Pode esquecer. Eu tenho dinheiro suficiente, não preciso que você me sustente. Eu sei que você é um cavalheiro à moda antiga e agradeço a amabilidade, baby. — Termino meu discurso com a maior classe possível.

— Não vai fazer muita diferença a longo prazo. Logo, logo você vai estar morando aqui.

Ele não me dá uma folga.

Dou uma risadinha, coloco o linguine na água fervente e programo o tempo no micro-ondas. Abaixo o fogo para deixar o molho e o frango ferverem um pouco mais enquanto a massa cozinha.

— Continue tentando, He-Man. Continue assim e é bem provável que você nunca consiga me convencer a me mudar para sua casa.

— Ah, eu tenho os meus meios... — Seu tom é extremamente sensual, e eu sinto meus mamilos enrijecerem só de pensar nos tais meios que ele tem.

— Não se você não conseguir me enquadrar.

— Ah, bochecha doce... Eu não tenho problema algum em enquadrar você... segunda, terça, quarta, quinta, sex...

— Fica quieto! Seu doido...

— Doido de amor por você.

Reviro os olhos.

— Tudo bem. Avise o Chase que você vai ficar com o apartamento. Acho que eu consigo ter uma atitude adulta e fazer um sacrifício pelo bem de todo mundo.

— Tudo pela equipe Davis?

— Sim, tudo pela equipe Davis — respondo, ciente de que soa bem eu dizer que faço parte de um grupo outra vez.

— Estou bem animado! Eu acredito mesmo que vai ser uma ótima solução. Eu vou ter a minha casa de volta, a Misty vai ter um lugar para morar, e a minha filha vai ter duas casas seguras e cheias de amor.

Retorço a boca novamente.

— Só tem dois probleminhas. Primeiro, convencer a Misty a sair daí numa boa; segundo, compartilhar a guarda da Cora.

— Não creio que seja um problema. A Misty é razoável, amor. É mesmo...

Ainda bem que ele não pode me ver, porque minhas sobrancelhas se erguem até o alto da testa e meus olhos se arregalam por vontade própria. Aquela mulher não bate bem. Definitivamente, tem alguns parafusos soltos.

— Se você está dizendo, eu acredito.

— Acho que compartilhar a guarda pode ser um problema no começo. Ela não fica sem a Cora nem por uma noite, e eu quero dividir a menina meio a meio.

Tentando não deixar transparecer meu lado pessimista, respiro fundo antes de falar:

— Você tem razão. A guarda compartilhada pode ser bem complicada. Talvez seja melhor você começar com uma ou duas noites por semana e ir aumentando aos poucos.

— Eu simplesmente não consigo entender por que isso seria um problema. Você acha mesmo que ela vai dificultar que eu veja a minha filha? — ele pergunta, em tom receoso.

Rapidamente, jogo o macarrão cozido no escorredor e desligo a panela do molho.

— Não é que eu ache que ela vá impedir você de ver a sua filha, mas vai ser uma mudança grande para a Misty. Ela está acostumada a ter a menina com ela todas as noites... Não sei, mas meu sexto sentido me diz que não vai ser uma transição fácil.

Carson exala um longo suspiro, como se o peso do universo tivesse esmigalhado as lentes cor-de-rosa com que ele enxerga o mundo.

— Querido, eu realmente não sei o que ela vai fazer ou dizer, mas vá com calma. Pense em como isso vai afetar a Misty, e você também, agora, e não daqui a um ano. No futuro tudo pode mudar, mas, neste momento, tenha tato e paciência.

— É, talvez você esteja certa. Acho que eu vou conversar com o Chase, ver o que ele acha.

Disfarço uma exclamação sarcástica.

— O Chase vai aconselhar você a processar a Misty e pedir a custódia integral da menina. Ele é um amor de pessoa, mas pode virar bicho quando se trata de senso de propriedade. Ainda mais com uma criança envolvida. É melhor você conversar com o seu pai.

Carson dá risada, e um pouco da leveza e descontração iniciais retornam a seu tom de voz.

— Você está certa de novo. Boa ideia. Ah, eu já te disse que te amo?

— Isso não é um verso de uma música? Olha lá, isso é plágio... — Dou risada.

— Mas não significa que não seja verdade. Não vejo a hora de chegar amanhã, quando vou estar com as duas garotas da minha vida.

Amanhã é quarta-feira.

— Eu também, baby. Agora preciso desligar para comer o meu frango com molho marsala sozinha.

Carson resmunga.

— Poxa! Eu adoro o seu frango ao molho marsala. Guarda um pouco para mim?

Abafo o riso.

— Para quando?

— Para amanhã à noite.

— Nós vamos jantar com a sua família, esqueceu?

— Cacete, é mesmo. Bem, promete que faz o frango de novo para mim um dia desses?

Abro um sorriso e meneio a cabeça.

— Prometo... Ah, e eu também te amo.

— Olha lá, cuidado com o plágio... Eu falei primeiro.

— Dê um beijo no meu anjinho.

— Claro que sim. Até amanhã? — ele pergunta, com aquele timbre sexy que eu adoro.

— Até amanhã.

15

CARSON

Aperto a mão esquerda de Kathleen enquanto seguro Cora no colo, o bumbum revestido pela fralda apoiado no meu quadril. As perninhas dela balançam animadamente. Quando está acordada, ela está sempre feliz. Eu adoro essa faceta da minha filha. Ela vai ter uma personalidade adorável, alegre e bem-humorada.

Apesar disso, uma ponta de medo aflige meu subconsciente enquanto espero na entrada da casa onde passei minha infância.

Será que a minha família vai gostar dela?

Será que vão aceitá-la, tratá-la como nossa?

O que vão dizer sobre Kathleen? E sobre Misty?

As perguntas que me assombram desde que essa confusão toda começou agora martelam na minha cabeça, me estressando a um grau insuportável.

Kathleen passa a mão no meu peito.

— Relaxa. Se eu não estou nervosa, você também não precisa estar.

Solto um murmúrio de impaciência.

— Você não tem motivo para estar nervosa. A minha família te adora.

Olho sério para Kat, e ela sorri.

— E eles te amam, Carson. Vão adorar a Cora, vão enchê-la de amor, carinho e atenção. Você vai ver.

O sorriso suave e discreto de Kat me lembra que eu tenho essa mulher na minha vida, aconteça o que acontecer.

Antes de abrir a porta, eu me viro para ela.

— Sabe de uma coisa? Eu não conseguiria fazer nada disto sem você.

Kat dá um sorriso radiante e inclina a cabeça para o lado.

— Conseguiria, sim. Você é mais forte do que pensa. Mas você nunca mais precisa se preocupar em ficar sozinho, porque eu estou aqui agora.

— Graças a Deus! — Dou um suspiro, encosto a testa na de Kat e depois beijo os lábios dela.

Cora participa do momento, empurrando o rostinho entre os nossos e dando um beijo molhado em cada um de nós.

Kat e eu caímos na risada. Ninguém melhor que a bebê para aliviar a tensão, em qualquer situação.

— Tudo bem, vamos lá. — Abro a porta e me afasto para Kat entrar na frente.

Os olhos de Cora se arregalam ao ver tantas luzes acesas, especialmente o candelabro no teto do hall de entrada. Ela aponta o dedinho gorducho e murmura:

— Ooooo...

— Sim, bebê... Era aqui que o papai morava quando era pequeno.

Eu a abraço mais apertado, buscando nessa criança a força de que preciso antes de entrar na sala de estar, de onde escuto vozes, risos e uma música suave tocando. Meu pai já deve ter ligado o som, porque os acordes agradáveis de uma melodia de jazz ecoam no recinto.

No instante em que entramos, sinto os olhares se transferirem de mim para Kat e em seguida para Cora. Chloe está de pé perto do bar, se servindo de amaretto. Cooper está encostado na lareira, com o celular no ouvido. Chase está sentado no sofá, o braço sobre os ombros de Gillian. Os gêmeos não estão em nenhum lugar à vista. Meu pai está sentado numa poltrona de frente para o sofá. As únicas pessoas ausentes são meu irmão Craig, minha cunhada e meus sobrinhos, pois estão em Nova York. Já combinamos de nos falar por Skype em breve para que eles conheçam Cora.

Quando começo a atravessar a sala, meu pai se levanta, sorri e abre os braços.

— Você está linda, Kathleen. Que bom que você veio.

Ela o abraça.

— Charles, quanto tempo...

— Espero que esse período de tempo fique apenas na lembrança, certo? — Ele arqueia uma sobrancelha e Kat sorri.

— Eu também espero.

Meu pai segura a mão dela em uma das mãos e a cobre com a outra.

— Ótimo.

Em seguida se vira para mim. Não movi um dedo depois que entrei na sala. Nunca na vida senti medo do meu pai, mas também nunca estive numa situação como esta. Charles Davis conquistou o amor e o respeito dos filhos, de homens de negócios poderosos e de pessoas importantes no mundo inteiro. E, neste momento, estou com medo de que minha situação atual possa ser motivo para desprezo ou decepção por parte dele.

No entanto, com aquele jeito de sempre, ele vem na minha direção e coloca a mão no meu ombro.

— Filho... você parece muito bem.

Engulo a secura na garganta.

— Sim, senhor.

— Está feliz?

Ele estreita os olhos, como se estivesse me esquadrinhando até a alma. Os pais têm essa capacidade. Espero ter também com Cora, um dia.

— Sim, senhor.

— Então eu estou feliz por você. — Ele esboça um leve sorriso antes de se virar para minha filha. — E você deve ser a minha neta, Cora.

Os olhos azuis se suavizam instantaneamente quando ele passa os dedos no cabelinho loiro e macio.

Ela fica alerta ao ouvir seu nome.

— Pa-pa — balbucia, contente.

Fico estupefato ao ver minha filha estender os bracinhos para meu pai. No mesmo instante ele a tira do meu colo e a aperta contra o peito. Mesmo usando terno e gravata, meu pai consegue ser acessível a uma criança pequena que nunca o viu antes. Meu coração derrete no mesmo instante.

— Que amorzinho! — Ele balança a mãozinha dela. — Veio visitar o seu vovô, é?

Kathleen se aproxima, passa um braço pela minha cintura e se encosta em mim. Eu também passo o braço sobre os ombros dela e fico observando enquanto cada membro da minha família se apresenta à minha filha. É um momento que nem em um milhão de anos eu poderia ter imaginado, mas do qual vou me lembrar por toda a vida.

— Está vendo, baby? Eles já amam a Cora. — Kat passa a mão no meu peito, calorosamente, e eu a seguro sobre meu coração, bem onde quero que ela fique.

— Ela é uma Davis. Como não amar? — retruco, fazendo-a rir.

A atmosfera na sala de jantar está animada, com agitação, risos e conversas.

Cora está sentada num cadeirão ao lado dos gêmeos de Chase, ambos em assentos elevados à mesa arrumada para dez. Meu pai ocupa a cabeceira, mas ainda não veio para a sala de jantar. Chloe já está sentada no lugar à direita dele. Desde que minha mãe morreu, Chloe assumiu a posição de matriarca da nossa família. Cooper, o segundo mais velho, está na cabeceira oposta, e Chase e Gillian, claro, estão o mais distante possível dele. Apesar de em teoria já terem feito as pazes, eles nunca mais vão ser amigos, embora tenham passado a se tratar com civilidade ao longo dos anos, principalmente depois que Chase perdeu tia Colleen por obra do mesmo louco que fez tanto mal à minha garota e suas amigas.

Acho que toda aquela tragédia nos fez refletir mais seriamente sobre nossa mortalidade e perceber a insignificância das briguinhas bobas.

As criadas trazem os pratos das crianças primeiro, uma mistura de alimentos saudáveis e agradáveis ao paladar infantil, tudo já cortadinho e pronto para comer, acompanhado de três copos altos coloridos e com canudo.

— Eu quero um copo de verdade, mamãe! — Claire reclama, em voz alta o suficiente para a copeira ouvir.

— Sra. Davis, eu não sabia. Posso trazer um...

— Não, está tudo bem. — Gillian gesticula para a moça. — Claire, na próxima vez que viermos jantar aqui, vamos pedir esse tipo de coisa antes, está bem? Não depois. Este é o copo que foi preparado para você, e é o que você vai usar. Certo?

Claire lança um olhar fulminante para o copo de canudo e cruza os braços.

— Mas esse é de bebezinho!

Gillian fecha os olhos e suspira. Chase se inclina para a frente.

— Claire, beba nesse copo que você vai ganhar sobremesa. Eu acho que vi cookies na cozinha...

Com isso, Claire pega o copo, bebe um gole de suco e começa a comer tranquilamente.

Gillian balança a cabeça.

— Você sempre precisa oferecer suborno?

— Funcionou, não funcionou? — Ele sorri.

Ela dá de ombros, bem-humorada.

A copeira coloca os pratos na mesa, diante de cada um de nós, e mais um no lugar vazio a meu lado. Abro a boca para perguntar quem está faltando, quando meu pai entra na sala de jantar de braço dado com Misty. Aperto a mão, casualmente apoiada na perna de Kathleen, com tanta força que ela olha para mim assustada.

Mas... que... merda...

Estreito os olhos para meu pai conforme ele se aproxima.

— Encontrei esta moça fazendo hora extra no meu escritório. Achei que, como nós teríamos um jantar em família, ela deveria participar. Concorda, Carson? — Meu pai conduz Misty ao lugar vago a meu lado.

— Há... — Fico sem palavras.

Ele puxa a cadeira para ela se sentar. Ela está usando uma saia lápis preta e uma blusa de seda azul, com um decote um pouco exagerado e inadequado para a ocasião. Para qualquer ocasião, aliás.

Misty afasta uma mecha de cabelo para trás da orelha. Tardiamente, noto que o cabelo dela está ondulado e na altura dos ombros, exatamente como o de Kathleen. O que é estranho, porque hoje de manhã seu cabelo estava liso e chegando ao meio das costas.

Aperto de novo a perna de Kathleen, ainda incapaz de dizer uma única palavra.

— Pronto, agora a família inteira está aqui! — meu pai exclama, num tom alegre demais para o meu gosto.

Sinto uma onda de calor atravessar meu corpo e transbordar por todos os poros, e tenho de lembrar a mim mesmo que meu pai não tem noção do que fez. Ele não faz a menor ideia de como é a situação entre mim, Misty e Kathleen.

Mesmo sem olhar para Kat, sei que ela está furiosa. Sinto a tensão do corpo dela pela palma da minha mão, por mais que exteriormente aparente estar calma.

— Não é demais? — Misty fala olhando para mim, alto o suficiente para que todos ouçam. — Agora a Cora vai se sentir em casa com a mãe, o pai e a família inteira reunida.

Ela coloca a mão no meu ombro e a desliza até o cotovelo, como se tivesse o direito de me tocar com essa intimidade.

— Nós precisamos ter uma conversa séria sobre isso — resmungo baixinho, para que somente ela escute.

Ela pisca com a expressão inocente e abre o guardanapo sobre as pernas.

— Não está feliz de me ver aqui? — retruca, ao contrário de mim, em voz bem alta e clara, tanto que todos param de comer e olham para mim.

Vejo Chase contrair o maxilar e um músculo saltar em seu rosto. Gigi está com o olhar fixo em Kathleen, provavelmente se comunicando com ela através daquela linguagem silenciosa que somente grandes amigas têm capacidade de compreender. As crianças estão comendo e tagarelando sem parar. Cooper está sorrindo feito um paspalho, colocando uma garfada na boca e obviamente se divertindo com meu constrangimento.

— Amor, me sirva mais vinho, por favor? — O pedido de Kathleen interrompe o clima tenso e permite que eu ignore a pergunta de Misty.

— Ah, sim, para mim também. Vou beber o mesmo que você, Carson. Parece que nós gostamos das mesmas coisas, *sempre* — diz Misty, em tom afetado. — Isso facilita demais a convivência. Não é mesmo, meu bem? — ela murmura em tom de arrulho, estendendo o copo para mim.

Meu bem. Puta merda.

Os músculos na perna de Kathleen se retesam a tal ponto que sinto o movimento sob minha mão. Aperto a perna dela de leve para assegurá-la de que estou a seu lado, bem aqui, tão horrorizado quanto ela, mas tentando manter a situação sob controle. A verdade é que me sinto no meio de um inferno. Num verdadeiro e maldito inferno.

Kathleen, a mulher que eu amo, a pessoa com quem quero ficar para o resto da vida, está sentada à minha esquerda. A mulher da qual nunca vou conseguir me livrar, porque temos uma filha juntos e porque está impondo sua presença em minha vida, está sentada à minha direita. Eu me sinto como um recheio de sanduíche, entre uma fatia do paraíso e outra do inferno. Que Deus me ajude.

A conversa entre minha família e Misty progride ao longo do jantar. Kathleen e eu permanecemos em silêncio, ambos sentindo a mesma coisa, mas por motivos diferentes. Eu sei que Kat está zangada. Que mulher não ficaria, ao jantar com a família do namorado, pessoas de quem ela gosta e que não vê há anos, e se ver forçada a partilhar o momento com a mãe da filha do namorado? Não é certo. É humilhante. Vou ter que falar com meu pai para não permitir que esse tipo de coisa se repita no futuro.

O bem-estar de Kathleen e o de Cora são minha maior prioridade.

Por sorte, Chloe salva a situação começando a falar do trabalho e contando sobre o que ela e Kathleen estão preparando para a Paris Fashion Week, que, se não me engano, é daqui a cerca de um mês. Minha Kathleen vai viajar para Paris sem mim. Então, uma ideia me ocorre. Talvez eu possa ir para lá depois da semana de eventos e passar alguns dias só com ela, passeando na cidade mais romântica do mundo.

Digo a mim mesmo que preciso avisar Chloe e a secretária delas para não marcarem nenhum compromisso para Kat nesse período.

O simples pensamento de ter alguns dias livres com minha namorada é exatamente o que eu preciso.

O que nós dois precisamos, neste momento.

Conforme a noite avança, Kathleen conversa com Gillian e as crianças, brincando com elas no chão. É como se o tempo tivesse parado por quase três anos, até ela voltar para minha vida. Eu me sinto nas nuvens, achando a vida feliz e o mundo maravilhoso outra vez.

Infelizmente, Misty, que eu esperava que fosse embora logo após o jantar, nos segue até a sala de estar para continuar a conversa e para um café e um licor, como se fosse a dona da casa. Ela fica batendo papo com Cooper e tocando nele de um jeito que só pode ser interpretado como paquera. Cerro os dentes e tento respirar normalmente, apesar da irritação crescente.

Coop é um babaca. Sempre foi. Especialmente quando transou com a noiva de Chase, Megan, na véspera do casamento deles, há mais de dez anos. Até hoje ele não está devidamente arrependido. Diz que estava poupando nosso primo de cometer um grande erro. Posso até vê-lo levando Misty para a cama só para me provocar.

Misty olha na minha direção e esboça um sorriso tímido, baixando o rosto enquanto passa o dedo pelo decote da blusa, onde os peitos estão quase pulando para fora.

Que diabo de joguinho é esse? Será que ela pensa que, paquerando Coop, vai me deixar com ciúme? Abafo um gemido e me viro para Kat e as crianças. Kat se levanta e afunda na poltrona mais próxima, levando a mão à testa.

— Nossa, eu tinha esquecido da energia sem fim que as crianças têm quando se juntam. Mas é muito divertido!

O sorriso luminoso de Kathleen se amplia ainda mais quando Cora corre até ela, a abraça e se acomoda em seu colo. Meu coração se enche de orgulho e alegria, e eu pego o celular para tirar algumas fotos das duas lindezas sorridentes.

Minha filha ama minha mulher, e não existe nada no mundo melhor do que isso.

De repente, do nada, Misty grita:

— Cuidado!

Eu me assusto, Kathleen também, e principalmente Cora, cujo corpinho se inclina para trás num sobressalto. Kathleen tenta segurá-la com o braço lesionado, o rosto contraído de dor, mas Cora escorrega da mão dela.

Minha impressão é de que tudo aconteceu em câmera lenta, mas provavelmente não passou de um segundo para o corpinho de Cora cair por cima do braço da cadeira. A cabeça dela bate no carpete antes do pescoço, ombros e o resto do corpo. Misty corre para ela e se ajoelha.

Os olhos de Kat estão arredondados, enormes. Minha filha está aos berros.

Eu a pego tão rápido que quem não soubesse imaginaria que ela estava sendo atacada por cobras. Ela chora tanto que minha camisa fica molhada.

Kat se levanta e estende a mão na direção da cabeça de Cora, encostada no meu peito. Meu coração está a mil. Misty empurra a mão de Kat bruscamente, antes que ela possa tocar em um fio de cabelo de Cora.

— Não ponha a mão na minha filha! Foi você que provocou isto! Não tem força para segurar uma criança! Eu já vi que você não consegue nem segurar uma taça de vinho nessa mão troncha, e quer segurar a minha filha?! *Minha filha!* Como se atreve a colocar a Cora em risco?! Você me odeia tanto assim a ponto de querer machucar a minha única filha? — ela grita.

As lágrimas rolam pelo rosto de Kat enquanto fico mudo. Eu deveria interferir, acabar com a cena, mas minha filhinha está gritando, com um galo crescendo na cabecinha ainda frágil, e estou fazendo o que posso para acalmá-la.

— S-Sinto muito — Kat murmura, a voz trêmula.

— Você sente muito? Primeiro você se intromete de volta na vida do Carson, e agora na da minha filha. Não vê que a Cora precisa de uma mãe e de um pai?

É nesse instante que meu cérebro volta a funcionar.

— Ela já tem. E tem vários tios e tias, de sangue e postiços, incluindo a Kathleen.

— *Eu*... sou... a... mãe... dela! — Misty aponta para si mesma, enfatizando cada palavra com uma batida no peito.

Balanço a cabeça.

— Ninguém está tentando tirá-la de você. Mas, quando você sair da minha casa e a Kathleen for morar comigo... — começo, mas me detenho no instante em que sinto uma onda de energia gelada e pesada me rodear.

O momento não poderia ter sido pior para esta discussão. Percebo que dei um fora.

— O quê?! — Misty grita, com a mão no peito. — Você está expulsando o sangue do seu sangue por causa dessa aí! — Ela gesticula na direção de Kathleen com a mão trêmula.

Passo Cora, já mais tranquila, para os braços de Chase, e ela vai sem protestar. Ele exerce uma espécie de feitiço sobre as crianças. Com o resto do mundo ele é assustador, põe para correr até os executivos mais poderosos, mas com crianças é uma manteiga derretida.

— Eu não estou expulsando a minha filha. — Levanto as mãos, num gesto apaziguador. — Mas eu encontrei um apartamento para você e a Cora morarem. Quando ela não estiver comigo, claro.

— Então você está *me* expulsando? — O tom de voz dela é tão frio que congelaria água fervente em segundos. — Não acredito! Você disse... disse que nós seríamos uma família!

Ela balança a cabeça, com a expressão incrédula e indignada.

— Você disse que eu ficaria em segurança com você e a nossa filha. Agora, por causa *dela*, você me dá um pé na bunda. — Ela abafa um soluço e arregala os olhos. — Ah, meu Deus! Você vai tirar a minha filha de mim... Vai deixá-la com quem pode fazer mal a ela!

Chacoalho a cabeça.

— Eu jamais tiraria a Cora de você, e a Kathleen ama a nossa filha... Nunca faria mal a ela! — Respiro fundo e tento definir meus próximos passos.

Misty leva as mãos à cabeça de Cora e afasta seu cabelinho com dedos trêmulos, expondo o galo protuberante.

— Pois acabou de fazer. Olhe para a minha filha... não consegue nem abrir os olhos! Provavelmente teve uma concussão. Nós precisamos levá-la para o pronto-socorro já!

Dou um suspiro e olho para Gigi. Com sua experiência e sabedoria maternal, imagino que ela saiba se isso é necessário ou não.

Ela dá de ombros.

— Pode até ser, mas crianças são resistentes. Os meus levam tombos o tempo todo, já bateram a cabeça dezenas de vezes. Chase, você acha que há necessidade de levá-la ao hospital?

Ele se inclina sobre Cora, passa os dedos pela parte posterior da cabeça e faz que sim.

— Acho que seria bom o médico da nossa família examiná-la. Só para garantir. Mas ela parece estar bem.

Por fim, sentindo que a ocasião é pertinente, meu pai entra na discussão.

— Eu vou ligar e ele vem no mesmo instante. O nosso médico mora aqui na rua mesmo. — E sai da sala apressado.

Olho ao redor. Chloe está encostada em Coop, lançando faíscas invisíveis com os olhos na direção de Misty. Coop é todo sorrisos. Está achando tudo isso engraçado. Babaca. Mal posso esperar para ele se encontrar numa situação constrangedora como essa. Aí então, em vez de ajudar, vou cutucar a onça com vara curta e me divertir também. Idiota.

Os ombros de Misty se curvam, e ela cruza os braços num gesto que deduzo ser de defesa. Eu realmente preciso consertar esta merda toda.

— Pronto, está resolvido. O médico vai examinar a Cora. Ele vai chegar aqui mais rápido do que se a levássemos ao pronto-socorro. Agora escute: nós precisamos conversar sobre algumas coisas e chegar a um entendimento, certo? — digo, esperando que ela relaxe um pouco e perceba que está exagerando.

Mas estou enganado. Redondamente enganado.

Misty vai direto até Kat, descruza os braços e dá um tapa no rosto dela com toda a força, chegando a cambalear com o esforço.

— Santo Deus, Misty! — exclamo, o que não a impede de continuar agredindo Kat verbalmente.

— Você é uma desgraça! — ela grita. — Destruidora de lares! E um péssimo exemplo de mãe. Mãe *protege*, não *machuca*. Lembre-se disso na próxima vez em que pensar em encostar a mão na minha filha!

Os olhos de Kat se enchem de lágrimas outra vez, e ela dá meia-volta e sai apressada da sala. Gigi vai atrás dela.

— Kat, espere! A culpa não é sua.

Misty se vira tão abruptamente que eu me lembro do Taz, dos desenhos do *Looney Tunes* a que eu assistia quando criança.

— Ela não tinha esse direito! Não tinha o direito de segurar a nossa filha, Carson. — Os olhos normalmente castanhos estão escuros como carvão, e os lábios estão retorcidos, ameaçadores.

Para mim já chega.

— Cale a boca! — ordeno por entre os dentes. — Cale essa boca agora. Você está piorando as coisas. Está fazendo a Kathleen se sentir pior ainda.

Misty se vira e marcha até onde Chase está afagando as costas de Cora.

— Você viu o que ela fez? — O tom de voz letal continua, se dirigindo à minha pessoa. — Ela deixou a nossa filha cair. Eu não posso permitir que alguém tão sem noção da própria incapacidade seja responsável pelo bem-estar da Cora. De jeito nenhum. Só por cima do meu cadáver! — ela avisa. — E eu não consigo acreditar que você permita isso!

— Eu? Misty, você está agindo como se eu tivesse prometido me casar com você e ter mais filhos.

Ela gira sobre os sapatos de salto fino.

— E não prometeu?

— Claro que não! Longe disso! Eu te prometi segurança. É isso que eu garanto a você, segurança e que nada de essencial lhe falte.

— E como é que você pode me garantir segurança se morar naquela casa a quilômetros de distância, e eu e a Cora num apartamento minúsculo do outro lado da cidade? A Cora longe do pai... do único homem que pode protegê-la! — Sua voz falha e as lágrimas escapam, os ombros tremem.

Puta merda. Duas mulheres chorando agora.

— Misty, eu vou cuidar de você e da Cora. Eu disse que cuidaria e vou cuidar. Mas essa ligação entre nós que você parece achar que existe... Você está enganada. Nós tivemos uma noite, há mais de dois anos, da qual eu nem lembro!

O choro dela se transforma em soluços. Eu me aproximo e coloco a mão no seu ombro.

— Escute, vai ficar tudo bem. Nós vamos resolver tudo, pelo bem da nossa filha. É ela que importa.

Em vez de concordar e aceitar, Misty se joga nos meus braços. Eu não tenho escolha a não ser passar a mão nas costas dela e tentar acalmá-la. Não é bom para Cora ver a mãe e o pai brigando.

Claro que é nesse momento que Kathleen volta para a sala, Gigi com o braço em sua cintura, num gesto de apoio fraternal. Gigi depara com a cena de Misty e eu abraçados e seus olhos verdes cintilam, como que querendo me fuzilar. A reação de Kathleen é pior; seu semblante fica inteiramente desprovido de emoção.

Por instinto de autopreservação, afasto Misty e vou até Kathleen no instante em que ela está prestes a dar meia-volta para ir embora. Eu sei quando ela está com vontade de sair correndo.

— Bochechinha... — Abro os braços, e ela enterra o rosto no meu peito.

— Desculpe... Eu tentei, Carson. Eu tentei segurá-la, mas... — a voz dela falha — ... não consegui.

— Eu sei, meu bem, eu sei. A Cora está bem, está tudo bem. Vamos ver o que o médico vai dizer, depois vamos levá-la para casa.

Ela move a cabeça, fazendo que sim contra meu peito antes de se afastar e endireitar as costas, secando as lágrimas e olhando para mim como se o mundo inteiro tivesse ruído a seus pés.

— Eu sei que você ama a Cora — digo.

Ela assente, e mais lágrimas rolam pelo seu rosto.

— Muito. Eu jamais a deixaria cair de propósito. Nunca!

— Ela vai ficar bem — reforço, não apenas para ela como para mim mesmo.

Passo o braço sobre os ombros da minha garota e a levo para dentro da sala. O médico entra logo em seguida, com meu pai atrás.

— Onde está a paciente? — pergunta o doutor, em tom profissional.

Ele examina Cora, com Misty, eu e todos os demais presentes observando em expectativa.

— Ela está bem. O tamanho do galo assusta, mas não é grave. Pode ficar dolorido, e é provável que ela queira dormir de bruços. Vamos dar ibuprofeno para a dor e observar. Se ela vomitar ou começar a chorar sem motivo, ou se, ao contrário, ficar letárgica ou difícil de acordar, levem para o pronto--socorro.

Meu pai e eu agradecemos ao médico e o acompanhamos até a porta.

Agora tenho de levar Kathleen, minha filha e Misty para casa, para nós três nos revezarmos durante a noite para observá-la.

Que legal. Só que não.

16

KATHLEEN

Eu me recuso terminantemente a voltar para casa com Carson, Misty e Cora. Por mais que meu coração esteja despedaçado e eu queira muito ficar perto de Cora e me certificar de que ela está bem, tenho de deixar que a mãe e o pai tomem conta dela. Só os dois. É a decisão mais difícil que eu tomo em muito tempo.

Carson está muito irritado. Irritado não é bem a palavra: ele está furioso. A armação de Misty para ser convidada para o jantar, o comportamento dela como se fosse a mulher de Carson, a acusação de eu ter deixado Cora cair, quando na verdade eu tenho uma séria suspeita de que ela provocou a queda, tudo isso tirou Carson do sério.

Logo depois da confusão, pergunto a Chase se ele e Gigi podem me levar para casa. Claro que eles concordam. Carson vem atrás de mim feito um furacão, já que saio antes dele. A primeira coisa que faz é me pressionar com seu corpo contra a lustrosa limusine preta. Ele literalmente me encurrala, invadindo meu espaço e roubando meu fôlego com aquele quadril firme, o abdome rijo e o peito largo colados em mim. Em seguida, se inclina sobre mim.

— Está fugindo? — ele resmunga, e eu sinto a respiração quente no meu rosto.

Balanço a cabeça.

— As palavras. Quero ouvir as palavras. — A voz dele vibra como uma trovoada distante.

Com uma força que nunca senti antes, eu o abraço pela cintura, levanto o rosto e o fito diretamente nos olhos, permitindo que ele veja minha tristeza por causa da noite arruinada, minha devastação por ter falhado com Cora e, principalmente, minha vulnerabilidade e ressentimento por vê-lo confortar Misty. Tudo isso está na expressão do meu olhar.

— Baby... — Ele esfrega o nariz no meu. — Por favor.

Engulo a emoção e, apesar de querer me aconchegar nos seus braços e deixar que ele afaste todas as dúvidas e apreensões, desta vez vou ser forte, mais por ele do que por mim.

— Carson, eu não estou fugindo, mas você precisa ficar com a sua filha.

— Sim, preciso. E gostaria de ter a minha namorada do meu lado para me ajudar com isso.

As palavras atingem meu coração como uma marreta, e eu deixo escapar um gemido.

— Você tem a Misty. Vocês dois precisam conversar. Lidar com esse susto, mas também esclarecer algumas coisas.

— O que eu preciso é providenciar logo um lugar para ela morar. Eu quero ter a minha garota de volta na minha cama — ele retruca, em tom ríspido.

Uma onda de excitação me atravessa de cima a baixo diante da possessividade e necessidade que Carson expressa tão abertamente. Meu corpo me trai e estremece sob suas mãos.

— Parece que a ideia te atrai também.

Ele sorri e eu fecho os olhos.

— Atrai, sim, muito — admito.

— Então vamos para a minha casa.

O pedido dele é como um bálsamo para minha alma sofrida. Só o fato de saber que ele quer que eu esteja com ele é suficiente para me dar forças para me manter firme.

— Não. Nós vamos nos ver no fim de semana. Quem sabe até lá você tenha boas notícias para mim.

Uma espécie de grunhido escapa dos seus lábios.

— No fim de semana você já vai estar dormindo na minha cama. Nós vamos estar abraçados, a sua cabeça em cima do meu peito, as nossas pernas entrelaçadas, a minha filha no bercinho dela. E no café da manhã nós vamos comer os seus waffles divinos. Certo?

Dou um sorriso e esfrego o nariz e a boca no pescoço de Carson.

— Certo, querido.

Ele segura meu pescoço e cobre meus lábios com um beijo demorado, profundo e tão bom que eu levanto uma perna até a cintura dele e ele se pressiona contra mim, deixando bem clara sua intenção.

Alguém atrás dele dá uma tossidela.

— As crianças estão vindo — Chase avisa, nos trazendo de volta ao momento presente.

— Eu te ligo amanhã. — Ele me dá um beijo, um segundo e um terceiro. — Três, pra casar.

Dou risada baixinho e em seguida entro no carro com Gigi, Chase e as crianças. Claire se empoleira no meu colo e se senta a cavalo sobre minhas pernas.

— Por que você tá chorando, tia Kitty?

Ela faz biquinho com os lábios carnudos e rosados. Eu nem tinha me dado conta de que estava chorando. Com as costas da mão, enxugo as lágrimas.

— Por nada. Bobagem. Mas é melhor você descer. Eu não quero que você caia do meu colo, como aconteceu com a Cora.

A lembrança me faz estremecer e travar meu braço bom ao redor do corpinho de Claire, para o caso de o carro frear de repente.

— Kat... — Gigi sussurra em tom de advertência, a voz repreensiva porém branda.

Chase, no entanto, é mais direto.

— Kathleen, não faça isso. Não afaste a sua sobrinha. Nunca.

Ele entrelaça os dedos nos de Gillian e passa o outro braço sobre o corpo do filho, Carter, que já adormeceu encostado no pai.

Claire sorri, se inclina para a frente e deita sobre meu peito. Depois coloca o dedo na boca e se aninha no meu colo, procurando uma posição confortável. Então tira o dedo da boca e olha para mim.

— A mamãe disse que quando você fica triste só precisa de mais amor pra ficar melhor. Eu te amo, tia Kitty... de um tamanho... bem grandão! — Ela volta a colocar o dedo na boca e fecha os olhos outra vez.

— Eu também te amo, Claire. Te amo muito, minha lindeza.

Dou um beijo no alto da cabecinha dela. Claire suspira profundamente, ainda com o dedo na boca. Por garantia, passo os dois braços em volta dela e a deixo me amar. O fato é que minha sobrinha de três anos tem razão. Lembrar que sou amada leva mesmo toda a tristeza embora.

— Sinceramente, Kat, eu queria torcer o pescoço daquela vaca!

Chloe rasga uma peça de tecido até onde o braço alcança e depois continua a rasgar até o fim, deixando uma pedaço do pano azul vaporoso cair no chão.

Estamos em nosso ateliê, onde trabalhamos com tecidos, aviamentos, adornos e outras parafernálias durante a fase de elaboração. É aqui que Chloe e eu normalmente desafogamos nossas mágoas, desabafamos, criticamos e reclamamos de tudo... homens, trabalho, fornecedores, funcionárias, amigos, qualquer coisa que esteja nos irritando ou atrapalhando nossa criatividade. Colocamos tudo para fora, cercadas pela única coisa que traz paz à nossa vida: nossas criações.

Prendo um broche em um corpete cor de tangerina.

— Eu acredito. Conheço bem essa sensação. Só não sei como é que tudo isso vai se resolver.

Chloe rasga mais uma tira do tecido azul ao longo do fio da tecedura.

— Ele só precisa dar um pé na bunda dela, conseguir a guarda da Cora e pronto. Tudo vai ficar bem.

— Você está falando igual ao Chase. — Franzo a testa.

— Bem, o meu primo não conseguiu ser um magnata multibilionário sendo um tonto. Aquela mulher tem problema, Kat. Pode escrever: ela tem algum transtorno de personalidade.

Franzo a testa de novo e me concentro em achar o pingente certo para o vestido cor de tangerina... e não consigo.

— Eu não acho que ela tenha algum transtorno. É um pouco esquisita e muito sem noção, mas não creio que tenha problemas sérios, não. Veja só: ela criou a Cora sozinha até agora, e a menina é normal, saudável.

Chloe apoia o queixo na mão, se senta na beirada da grande mesa retangular de trabalho e apoia na cadeira ao lado um pé calçado num sapato vermelho de camurça, supersexy.

— Não estou dizendo que ela não tem amor pela filha. Ela ama a menina, claro. Mesmo porque a Cora é uma criança adorável, fácil de amar. Além do mais, ela parece comigo.

Reviro os olhos.

— Sim, tia Chloe. Ela é a sua cara. Igualzinha.

Ela dá risada e rasga mais uma tira, desta vez de um tecido roxo-escuro estampado com espirais cor-de-rosa. Não tenho ideia do que ela pretende fazer com essa combinação de cores, mas, na hora em que ela coloca tudo sobre a mesa, uma ao lado da outra, ficam harmoniosas.

— Não sei, Kat... O jeito como ela se comportou, como se você tivesse roubado o marido dela, te chamando de destruidora de lares... O que foi aquilo? Por acaso o meu irmão fez promessas que não deveria ter feito?

Dou de ombros.

— Duvido. O Carson é bem assertivo quando quer alguma coisa. — Olho para ela e a vejo com um sorriso maroto no rosto. — Não digo nada.

Dou uma risadinha, e ela faz um gesto como se estivesse fechando um zíper sobre a boca.

Nós trabalhamos em silêncio por mais alguns minutos, satisfeitas com nossos projetos, até que meu celular bipa e vibra sobre a mesa. Pego o aparelho e olho o visor. É uma mensagem de um número que não conheço. Clico para ler.

> Kathleen, é a Misty. Podemos nos encontrar para conversar? Desfazer mal-entendidos?

— O que foi? — pergunta Chloe, se aproximando.

Eu mostro o celular para ela ler.

— Hum... Você devia ir. Quem sabe a maluca pede desculpa e vocês duas conseguem ser amigas. Pela Cora.

Faço uma careta.

— Amigas? Não tenho certeza se esse é o nosso futuro, mas cordialidade seria bom. Principalmente pelo Carson e pela Cora, sim. Eu sei que essa desunião o chateia demais.

Chloe coloca a mão no meu braço.

— Então vá. Você não tem nada a perder, tem?

— Será que eu conto para ele?

— Pelo amor de Deus, não! Está louca? Conte depois, e só se correr tudo bem. Não sabe que é melhor pedir perdão do que permissão?

Ela balança a cabeça, olhando para mim como se eu fosse uma paspalha. Aperto os lábios e reflito a respeito. Pode mesmo ser a oportunidade para Misty e eu resolvermos nossas pendências e encontrarmos uma maneira de seguir em frente da melhor forma possível. É importante para Cora que a mãe e a madrasta se deem bem. Ela precisa crescer num ambiente funcional e pacífico.

E então me dou conta do que acabei de pensar. Madrasta. Como se eu desse por certo e já tivesse acrescentado esse título ao meu currículo. Droga. Preciso ficar atenta para não repetir isso para ninguém e, se possível, conversar com o dr. Madison a respeito.

Adiciono o contato de Misty ao meu celular e digito uma resposta para ela.

> Claro. Quando e onde?

A resposta dela é imediata.

> Sexta à noite. Bubba's Bar, em Colfax. Às 8?

Colfax. Um bairro meio barra-pesada. Oito da noite. Ela tem uma filha pequena. Se bem que agora pode deixá-la com Carson. Até onde eu sei, ele ainda está tentando convencê-la a aceitar morar no apartamento. Os cabelos em minha nuca se arrepiam, e então eu lembro que Carson me ama. Ele me quer. Isso não muda o fato de que ele e Misty têm uma filha juntos e que eu nunca vou me livrar dessa mulher. Nunca. Tenho de encontrar um jeito de me dar bem com ela, pela Cora e pelo Carson.

Digito mais duas palavrinhas.

> Tudo bem.

Realmente não há mais o que dizer. Seja como for, vamos esclarecer tudo na sexta à noite.

O interior do bar está na penumbra quando empurro a porta de madeira. O cheiro de cigarro velho, gordura e serragem penetra minhas narinas, e eu disfarço uma careta. Tem algumas Harleys do lado de fora, estacionadas sob a única luz acesa no pátio. Para quem olha de fora, parece que a construção vai desabar a qualquer instante. O lado de dentro não é muito melhor, mas pelo menos eu posso ver as vigas de apoio no teto.

Na parede dos fundos há um balcão caindo aos pedaços, e atrás dele um homem corpulento e suado, usando bandana e camiseta regata. Ele faz um sinal para mim com o queixo.

Vou até lá cautelosa, observando ao redor para decidir se devo sair correndo deste lugar. A energia aqui dentro é densa e arrepiante; não é um lugar que eu ou minhas amigas normalmente frequentaríamos. Mas eu prometi que viria encontrar Misty, e aqui estou, dez minutos adiantada. Deveria ter esperado dentro do carro.

— O que vai ser?

Pisco para o barman assustador e ele esboça uma versão meio torta e de dentes amarelos do que eu acho que deve ser um sorriso. Se bem que mais parece um cão mostrando os dentes quando vai rosnar.

— Ah, eu... estou esperando uma pessoa — respondo, puxando um banco.

Então vejo migalhas de casca de amendoim no couro gasto do assento. Pego um lencinho no bolso do casaco, limpo a sujeira e me sento no banco, não muito à vontade.

— Pode beber enquanto espera.

Ele apoia as mãos no balcão e me encara. Quem não soubesse poderia achar que estamos prestes a nos enfrentar em um duelo.

— Claro. Há... uma cuba-libre, então.

As narinas dele dilatam.

— Isso aqui parece o Burger King pra você? — Ele gesticula em volta com o pano encardido que tem nas mãos.

Olho ao redor, observando as cadeiras de madeira, mesas que já viram dias melhores, uma mesa de bilhar onde dois motoqueiros estão disputando uma partida, e basicamente é isso.

— Não — eu me apresso a dizer.

— Não mesmo. Nós temos Jack, Johnny e Jose. E cerveja. Bem gelada, direto do barril.

— Quero uma dose de Jack Daniels com Coca.

Ele fica contorcendo o rosto em tiques nervosos enquanto prepara meu drinque, enchendo mais da metade do copo com uísque e jogando por cima um líquido que me parece claro demais para ser Coca-Cola. Aposto que é água. Ele coloca o copo em cima do balcão e o líquido derrama um pouco com o movimento, mas eu não digo nada.

Nesse momento Misty entra no bar, o cabelo loiro amarrado em um rabo de cavalo recatado. Está vestida de preto da cabeça aos pés: calça jeans preta, cinto preto, sapatos pretos e blusa preta de manga comprida. Parece uma bandoleira, mas lógico que eu não digo nada.

— Bubba, eu quero uma dose de tequila e um chope — ela pede, animadamente, ao sinistro barman enquanto se senta a meu lado. Então olha para mim e pendura a bolsa no banco. — Obrigada por vir.

— Claro. Você queria conversar, e eu acho ótimo. A felicidade do Carson e da Cora é o que mais importa para mim. — Coloco as cartas na mesa imediatamente, esperando que ela faça o mesmo.

Uma expressão não muito simpática atravessa seu semblante por um segundo, mas desaparece em seguida com a mesma rapidez. Bubba coloca a tequila e a cerveja na frente dela.

— Ei, garota... ótima aparência, hein? Melhor que antes. Seu homem está te tratando bem... — ele diz, com um movimento horroroso dos lábios.

O olhar de Misty se transfere para mim e de volta para o homem mal-encarado.

— Totalmente. Melhor homem do mundo. O melhor pai que a Cora poderia ter.

Ela se empertiga, orgulhosa, e no fundo eu sei que é verdade. Mas isso não muda o fato de que ela está falando do meu namorado. Que inferno... Essa mulher não quer só o dinheiro do Carson: ela tem uma queda por ele, se é que não está completamente apaixonada.

— Então... — Ela se vira para mim, bebe a tequila inteira e metade do chope sem parar para tomar fôlego entre um e outro e coloca o copo no balcão com um gesto determinado. — O que você quer para sumir?

As palavras dela me atingem como um trator.

— Perdão? — Inclino a cabeça para o lado, incerta se escutei direito.

— Você me ouviu. Quero que você dê no pé. O Carson e eu temos uma filha. Eu estou morando na casa dele. Ele está trepando comigo e com você. Eu quero que ele pare de trepar com você e que você suma. Então, o que você quer para sumir? — Ela pisca devagar, como que me dando tempo para assimilar tudo.

Levanto as mãos e gesticulo como se estivesse enxotando um enxame de abelhas.

— Espere um pouco... O Carson não está trepando com você. Nem adianta querer me enganar. — Ele não faria isso comigo. — Eu tenho certeza que não.

Um sorriso manhoso curva os lábios dela.

— Que fofo da sua parte acreditar nisso.

— Eu acredito com toda a convicção — reforço, em tom sério e veemente.

Ela dá risada e derruba a cerveja, que derrama em cima de mim. Eu me inclino para trás com um sobressalto, mas é tarde demais... meio copo de cerveja molhou minha roupa.

— Merda!

Misty se levanta, pega o pano de prato imundo no bar e tenta me secar.

— Nossa, me desculpe. Me deixe ajudar a limpar.

Ela tenta absorver com a toalha encardida a umidade da minha roupa, o vestido que usei hoje para trabalhar e que agora está arruinado. Nunca vou conseguir eliminar o cheiro do tecido de seda pura.

— Vá até o banheiro, tem toalhas lá. Eu espero aqui — ela diz, e eu vou, mais para me afastar dela e me recuperar da raiva.

Ele está trepando comigo e com você. Eu quero que ele pare de trepar com você.

Essas foram as palavras exatas dela. Mas Carson jamais faria isso. Ele não me trairia.

Que fofo da sua parte acreditar nisso.

Pego várias toalhas de papel, passo embaixo da torneira e tento tirar a mancha do vestido. É inútil: estragou. Definitivamente perdido.

Tudo bem, não faz mal. Meu problema principal agora é o que ela me disse sobre Carson.

Limpo o vestido o máximo que posso e olho no espelho nebuloso acima da pia encardida.

— Ela está te enganando. Não acredite nas mentiras dela — digo para meu reflexo no espelho.

Não acredite nas mentiras dela.
Não acredite nas mentiras dela.
Não acredite nas mentiras dela.

Repito mentalmente a frase várias vezes, até que resolvo voltar e sentar ao lado dela outra vez. Pego meu uísque com água e dou alguns goles até beber tudo. Misty sorri e seus olhos se iluminam, brilhantes. O calor do uísque chega ao meu estômago com toda a força, e então eu me viro para ela.

— Prove — digo, com expressão de menosprezo.

— Prove o quê?

— Que o Carson está me traindo. — Minha voz é suave, mas por dentro estou a ponto de explodir.

Misty dá uma risadinha, afasta a gola da blusa e mostra dois chupões entre os seios.

— Ele fez isto ontem à noite.

Não consigo reprimir uma risada.

— Você acha mesmo que, por causa de dois chupões, eu vou acreditar que você transou com o Carson? Qualquer um pode ter feito isso.

Com expressão de pouco-caso, ela pega o celular dentro da bolsa.

— Uma foto vale mais que mil palavras. Aqui tem algumas. Que tal? — As palavras dela soam carregadas de frieza quando ela me estende o celular.

Meu coração chega a parar por um segundo. O uísque revira horrivelmente no meu estômago conforme olho para a imagem bem definida e cheia de cores na tela. Carson deitado, o peito nu, Misty usando calcinha e sutiã pretos, deitada em cima dele. Os lábios dele estão no peito dela.

Deslizo o display para a direita.

Carson deitado, a mão na perna de Misty, a cabeça virada para o peito dela.

Deslizo novamente o display para a direita.

Carson, com Misty completamente nua montada sobre ele. A cabeça dele inclinada para trás, os braços esticados para os lados, e ela com o corpo arqueado de prazer enquanto o cavalga.

Um zumbido soa em meus ouvidos e eu começo a enxergar pontinhos brilhantes. Preciso de ar fresco. Agora. Aperto o celular na mão e corro para fora do bar, deixando minha bolsa e minha sanidade mental para trás. Estou com as chaves do carro em uma das mãos e o celular de Misty na outra. Não tenho ideia de para onde ir ou o que fazer. As lágrimas fazem meus olhos arderem e escorrem pelo meu rosto enquanto olho para os lados na rua escura, sem ter total noção de onde estou. Minha vida inteira está desmoronando à minha volta. Então meu carro aparece em meu campo de visão e eu ando na direção dele, cambaleando.

Tudo que consigo ver neste momento é o corpo de Misty arqueado sobre o de Carson. Nus.

Enfio o celular no bolso do casaco no instante em que Misty sai do bar, gritando.

— Espere! Não vá embora! Ainda não terminamos de conversar. Você está com o meu celular!

— Eu não me importo! Não me importo com nada! — grito, ao mesmo tempo que ela me alcança.

Abro a porta do carro e ela joga minha bolsa para dentro, depois estende a mão.

— Kathleen, desculpe... Eu não queria que você tivesse descoberto dessa forma. Eu esperava que ele te contasse — ela diz, parecendo quase humana, quase amável.

Nada disso faz sentido para mim.

Eu me seguro na porta do carro quando a tontura faz tudo girar à minha volta.

— Pode ficar com ele! Pra mim chega! — berro.

As lágrimas turvam minha visão enquanto entro desajeitada no carro. Engato a ré, saio do estacionamento cantando os pneus e sigo pela avenida da orla da baía.

Ele está trepando comigo e com você.

Dou um tapa forte no volante, quase sem registrar a dor que se alastra pelo meu braço. As lágrimas são tão abundantes que não consigo enxugá-las. Minha cabeça dói, latejando atrás dos olhos. O uísque continua a revirar no meu estômago em um vórtice ácido, subindo pelo esôfago e me fazendo tossir. Por pouco eu consigo segurar o vômito.

Ele está trepando comigo e com você.

Pressiono o pé no acelerador, ignorando a tontura, e o carro avança numa velocidade que me faz sentir mais no controle. Balanço a cabeça e desvio das luzes piscantes de um carro de polícia. Escuto uma sirene estridente e xingo bem alto.

Ele está trepando comigo e com você.

Eu soluço, choro e grito, exausta. Estou cansada de sempre ter que lutar. Então avisto mais luzes piscando dos dois lados do meu carro. Abaixo o vidro e o ar frio atinge meu rosto. Fecho os olhos, sentindo a escuridão tomar conta. Escuto novamente o som de sirenes, só que mais distante. E então o estrondo de metal colidindo com metal envia uma dor excruciante para dentro de minha cabeça, tão intensa que perco o controle e me sinto flutuar, mergulhando em seguida na escuridão.

17

CARSON

— *Acorda, cacete...* — *Alguém dá um tapinha no meu rosto, sa*-cudindo meu cérebro entorpecido. — Carson, acorda! — Dessa vez a pessoa respinga água na minha cara.

— Caramba... — Mal consigo falar, pois uma onda de náusea sobe até minha garganta. Saio da cama cambaleando, trombando com as paredes, em direção ao banheiro, onde me agacho diante do vaso.

— Ele está passando mal. É melhor você ir embora. — Escuto a voz de Misty ao longe.

— Eu não vou sair daqui sem o Carson. A Kat está ferida, precisa dele.

A voz de Chase. Estou ouvindo a voz de Chase. O que o meu primo está fazendo aqui? E por que a minha cabeça dói tanto?

A Kat está ferida.

Tento falar, mas outro espasmo faz meu esôfago contrair e eu me debruço novamente sobre o vaso. Ponho para fora tudo o que estava no meu estômago, até sobrar somente bile.

— Está de ressaca? — pergunta Chase, me entregando uma toalha úmida.

Que nada, cara. Não bebi nem um gole é o que eu quero dizer, mas o que sai é:

— Não, cara... não bebi...

— Está doente? — Ele espalma a mão na minha testa. — Puta, velho, você está ardendo.

— Não sei... não lembro.

Minha boca está estranha e minha cabeça, zonza. Parece que minha língua dobrou de tamanho. Preciso fazer um esforço para falar com clareza. O banheiro gira e balança quando tento ficar em pé.

Chase contrai o maxilar.

— Você precisa melhorar. A Kat sofreu um acidente de carro. Houve um engavetamento de quatro veículos na via expressa, e parece que a culpa foi dela. Estão achando que ela estava bêbada.

Passo a toalha molhada no rosto, e a sensação é muito boa. Se pudesse entrar na pia e ficar embaixo da torneira, eu faria isso. Então, um pensamento me ocorre.

— A Kat nunca dirige quando bebe — digo, com a voz engrolada. — Ela chama um Uber — acrescento, através da secura na minha boca, língua e garganta.

— Bem, eu não sei o que aconteceu. Os médicos estão tentando descobrir. Nós vamos saber mais detalhes quando saírem os resultados dos exames.

— Exames? Que tipo de exames? — A voz de Misty soa estridente nos meus ouvidos.

Olho na direção dela e vejo que está com Cora apoiada no quadril. Pisco várias vezes, sentindo a visão triplicada e enxergando feixes coloridos a cada movimento.

Chase cruza os braços e olha para ela.

— Do tipo que possibilita ao juiz saber quanto ela bebeu e se usou drogas.

Misty arregala os olhos e acena com a cabeça.

— Uau... Espero que ela fique bem.

— Ela vai sobreviver.

Então ele se vira para mim, enquanto tento vestir uma camisa. Os buracos das mangas parecem menores... Então, de repente, me dou conta de que estou com frio. Estou completamente nu da cintura para baixo. O quê? Eu não dormi sem roupa uma única vez desde que Cora e Misty vieram para cá. Estou sempre com a calça do pijama, por garantia. *Por que diabos eu estou nu?*

As perguntas rodopiam na minha mente, mas não consigo me fixar em um pensamento por tempo suficiente para extrair algum sentido. Estou muito cansado. Minha cabeça está latejando tanto que apoio a testa na parede e pressiono as têmporas.

— Você não parece bem, cara. — Chase segura meu braço e me leva até a cama, onde me faz sentar. Em seguida vai até o closet e volta trazendo uma cueca e uma calça jeans. — Aqui.

Ele joga as roupas na cama, a meu lado. Depois tira o celular do bolso do paletó, o leva ao ouvido e diz alguma coisa que eu não consigo distinguir. Minha cabeça parece um barco no mar revolto, com as ondas batendo alto e com força.

Eu me concentro em vestir a cueca, uma perna de cada vez, e tenho de admitir que nunca precisei fazer tanto esforço na vida para isso. Só quero me deitar, para a dor de cabeça passar e eu voltar a ser eu mesmo. Mas então lembro que Chase disse que Kat se machucou. É toda a motivação de que eu preciso para vestir a calça. Meu corpo balança e eu quase caio em cima do meu primo quando fico de pé.

— Merda. Você não está bem.

Jack entra no quarto e passa um braço sobre meus ombros. E então começo a perder a consciência. Sou levado para fora da minha casa e colocado dentro de um carro. No instante em que reclino a cabeça no encosto de couro, eu apago.

Acordo com a voz severa do meu pai.

— Como isso é possível? Meu filho não usa drogas.

Pisco algumas vezes, tentando abrir os olhos, mas a claridade é muito forte, e minhas pálpebras estão pesadas. Não consigo. Sinto uma pressão na cabeça, como se ela estivesse sendo esmagada por um torno.

— Estamos fazendo o possível, pelos dois — diz uma voz que não reconheço. — Tenha paciência. Nós vamos descobrir o que aconteceu.

Novamente tento subir à superfície, mas a escuridão me engole.

Um murmúrio. Escuto um som melodioso, como uma canção, suave e distante. É uma música que minha mãe costumava cantar para mim quando eu era pequeno. Quero ver o rosto de minha mãe. Quero tanto...

Abro os olhos e sou contemplado com a visão de um rosto de olhos azuis e cabelos loiros lisos. Por um segundo, é minha mãe. Ela está sorrindo, e eu tento erguer a mão para tocá-la, mas não consigo me mover. Então o rosto de minha mãe se transforma no de minha irmã.

— Chloe — murmuro com voz de sapo, como se fizesse um ano que não falo.

— Carson... Ah, graças a Deus! — No mesmo instante as mãos dela estão no meu rosto, e ela dá vários beijos na minha testa.

A fraqueza pesa sobre mim, mas me esforço para afastá-la. Faço uma avaliação mental, e meu corpo inteiro está letárgico. Entorpecido, como se eu tivesse dormido por muito tempo e estivesse finalmente despertando.

— Você ficou inconsciente por vinte e quatro horas, rapaz — diz Chloe. Como isso foi acontecer?

— O que houve? — Então uma frase atinge minha memória como um martelo.

A Kat está ferida.

— Kathleen! — eu grito e tento sair da cama.

Chloe me segura com a mão no meu peito para me impedir de levantar, mas nem precisaria fazer tanta força. Meu corpo está mole, pesado, e mal tenho energia para mexer os braços e as pernas.

— Ela está bem. Está sendo atendida. O airbag machucou bastante o rosto dela, e ela ficou com um hematoma feio no peito, onde estava o cinto de segurança. Mas graças a Deus ela estava usando o cinto. Só que as drogas... A dose era grande no organismo dela. Ainda mais com o... há... com tudo o mais.

Airbag. Machucou bastante. Hematoma. Tudo o mais.

As palavras se misturam na minha cabeça, até que alguém que eu reconheço entra no meu quarto do hospital. Dr. Dutera, o mesmo médico que cuidou dos meus amigos e familiares nas situações de crise. Ele empurra os óculos sobre o nariz e me olha da cabeça aos pés antes de pegar uma lanterna clínica e examinar meus olhos.

— Sr. Davis. Eu não esperava vê-lo aqui, muito menos nesse estado. Como se sente?

— Uma merda completa. — Não há necessidade de suavizar a situação.

Ele acena com a cabeça e anota alguma coisa no prontuário.

— Você teve sorte. Não tinha tanto Rohypnol no organismo como a sua namorada.

— A Kathleen foi dopada?

O médico confirma com a cabeça e checa alguma coisa no aparelho conectado ao medicamento intravenoso aplicado em mim.

— O suficiente para sabermos que não foi uma dose medicinal. Mais um pouco e as consequências poderiam ter sido bem piores. Eu volto mais tarde.

Você vai ficar mais um dia aqui. Os policiais querem falar com você. Toda vez que encontramos Rohypnol nos exames, temos que notificar a polícia.

— Boa noite, Cinderela? — pergunto, arregalando os olhos. Estou atônito.

— Basicamente, sr. Davis. Procure descansar e pensar em como isso pode ter sido administrado. Não há marcas de injeção, portanto só pode ter sido ingerido com a comida ou bebida — ele diz antes de sair.

— Você e a Kat estavam juntos na sexta? — pergunta Chloe. — Nós deduzimos que de alguma forma vocês dois entraram em contato com a substância juntos, e depois ela foi embora e você foi se deitar.

Tento me lembrar.

— A última coisa que me lembro é de tomar um lanche com a Misty na sexta, no final do dia. Nós... há... estávamos falando sobre a mudança dela para o apartamento. Depois disso não lembro de mais nada. Tem um vazio na minha cabeça. Não lembro de ter terminado de jantar, nem de ter ido deitar, e com certeza não lembro de ter vindo para cá.

Chloe arqueia as sobrancelhas.

— E a Kathleen não estava com vocês?

Balanço a cabeça.

— Não. Eu lembraria... acho. — Fecho as mãos em punhos, tentando me lembrar do que aconteceu. Mas é tudo um buraco vazio, um grande branco na minha mente.

— Misty... — Chloe murmura e olha pela janela. — Estranho. A Kat saiu do trabalho na sexta dizendo que ia se encontrar com a Misty em um bar no centro da cidade. Pelo que a Kat explicou, elas iam ter uma conversa franca, para desfazer mal-entendidos.

— Mas a Misty estava comigo.

Chloe dá de ombros.

— Não sei, mas quando eu saí do trabalho, às sete e meia da noite na sexta-feira, a Kathleen estava indo para um bar chamado Bubba's para encontrar a Misty.

Bubba's é o antro onde Misty trabalhava antes de eu voltar à cena.

— Puta merda! Eu preciso falar com a Kathleen. Agora.

— Ela... hum... não quer ver você. — A expressão de Chloe se entristece.

— O quê?

Ela se apressa a continuar:

— Não sei o que está acontecendo. Quando eles finalmente conseguiram fazê-la voltar a si, ela começou a chorar, dizendo que você a magoou, que estragou tudo... Parece que as palavras dela foram que você *a traiu*.

Eu traí Kathleen?

Cerro os dentes e me apoio no colchão para me sentar.

— Nem em um milhão de anos eu trairia a Kat!

— Eu sinto muito... Vocês precisam conversar, mas ela não está em condições. E o Chase já... providenciou para que ninguém se aproxime dela.

— Merda, inferno, cacete! O meu próprio primo... O santo Chase! Você diga ao Chase que eu quero falar com ele. Agora!

A porta do quarto de hospital se abre e Chase entra, seguido pelo meu pai.

— Chase, lembre que ele foi dopado e não está em condições de ser alvo da sua fúria — meu pai diz assim que os dois entram.

Os olhos azuis de Chase lançam chispas na minha direção.

— *Sua* fúria? Eu soube que você proibiu todo mundo de chegar perto da minha namorada. Inclusive eu. Que história é essa? — As palavras saem da minha boca carregadas de raiva.

— Isso mesmo. E você tem muitas explicações a dar antes de voltar a falar com ela.

Ele deixou de lado toda a delicadeza, tirou as luvas mesmo, sem medo. O que quer que ele pense que eu fiz, está vindo com tudo para cima de mim.

Contra mim.

Meu melhor amigo.

Sangue do meu *sangue*, cacete!

Cerro os dentes e inclino a cabeça para trás, exasperado.

— Chase, me conte o que está acontecendo! Tudo que eu sei é que nós dois fomos dopados. Eu fui parar na minha cama, e a Kathleen foi parar num engavetamento na via expressa. Que raio aconteceu?

— Você traiu a Kat, seu merda!

A indignação de Chase é tanta que consigo sentir a energia pulsando dentro do quarto.

— Chase, não que seja da sua conta, mas eu nunca traí a Kat.

— Ah, não?

— Não! Que a minha mãe jogue um raio lá do céu em cima de mim se alguma vez eu traí a Kathleen. Eu a amo! Quero que ela seja minha mulher, caramba! Ela é o meu futuro, Chase. A minha vida, meu tudo... Você sabe disso. Você sabe o que aquela mulher significa para mim. Portanto, não venha agora cuspir essa merda toda na minha cara.

Chase balança a cabeça, e meu pai desvia o olhar para baixo e depois para o lado. Eles não acreditam em mim. Uma flechada no coração não poderia ser pior.

— Alguém por favor me explique o que está acontecendo?! — Chego a tremer de tanta revolta.

— Você diz que nunca a trairia. Bem, aqui está a prova de que isso é mentira. — Chase me mostra um celular que não reconheço e aponta para o visor.

Aperto os olhos para a imagem de Misty, praticamente nua, sentada nas minhas coxas e me beijando na boca, eu deitado embaixo dela.

— Não... não mesmo. De jeito nenhum, não sou eu... Impossível! — Se eu não estivesse vendo com meus próprios olhos, acharia que era Photoshop, mas sou eu sim.

— É você. Eu já verifiquei a autenticidade da foto — diz Chase. — Continue olhando as fotos. Tem várias para você escolher.

Vou passando as imagens, sem conseguir acreditar no que estou vendo. Simplesmente não consigo.

— Chase, eu não sei o que dizer. Não me lembro de nada disso. Nada.

— Conveniente — ele murmura.

— Filho... todos nós cometemos erros, e a Misty é uma mulher atraente... — Meu pai começa a criar desculpas para o que ele acredita ser um comportamento errado da minha parte.

— Não. Não. Nunca. Eu nunca faria isso com a Kathleen. Com mulher nenhuma. Muito menos depois de todo o sofrimento e luta que passei para chegar até aqui. Talvez essas fotos sejam antigas. De quando eu transei com a Misty naquele hotel, há dois anos e pouco. — Minha voz soa desesperada, como se eu quisesse me agarrar a qualquer fio de esperança para explicar o que estou vendo.

Chase inclina a cabeça para trás e dá risada.

— Olhe para a foto, seu idiota! Veja o copo de canudo da sua filha em cima da mesinha. O mesmo que estava no seu criado-mudo quando eu fui te pegar no sábado de manhã. A Misty nua, na sua cama. E agora, o que mais você tem a dizer em sua defesa? Pelo menos admita que você fez merda.

Empurro as cobertas para me virar e sair da cama.

— Chase, eu te peço, em nome do nosso parentesco e pela honra da nossa amizade. Eu fui dopado na sexta-feira. Não lembro de nada que aconteceu. A Kathleen foi dopada na sexta também. Será que ela lembra de alguma coisa?

— Não, mas eu vou te dizer o que parece.

— E o que é que parece? — Eu me reclino sobre a cama, viro a cabeça para o lado e olho para meu primo com toda a humildade. — Eu nunca a magoaria de propósito, cara. Você tem que acreditar em mim.

Chase me fita com a expressão séria e dura, mas então alguma coisa muda, como se ele finalmente prestasse atenção na minha postura derrotada e no meu olhar desamparado. Seus ombros relaxam e ele respira fundo.

— Merda. Não importa o que parece. Importa o que é. A Kathleen não lembra de nada depois de sair do trabalho. Ela nem sabe de onde veio este celular nem a quem pertence. Mas essa foto foi a primeira coisa que a Gillian viu quando tirou o celular do bolso do casaco que a enfermeira nos entregou. Ela me mostrou, e foi bem quando a Kathleen acordou, olhou por sobre nossos ombros e exigiu que mostrássemos para ela. Não tivemos escolha.

— De quem é a porra desse celular, afinal?

Pego o aparelho e vejo a pequena rachadura no canto direito. Conheço essa rachadura. Já vi antes, porque foi minha filha quem causou, na semana passada, quando brincava com o celular da mãe. Ela o deixou cair e ele rachou. Eu me ofereci para substituir o aparelho, mas Misty disse que eu já fazia demais e não devia me preocupar.

— Caramba, é da Misty! Isso significa que ela esteve com a Kathleen depois que lanchamos juntos.

— Então a Misty esteve com vocês dois naquela noite. Preparou um lanche para você e depois foi encontrar a Kathleen e as duas tomaram um drinque. Ela dopou vocês dois.

Balanço a cabeça. Será possível? Quer dizer, claro que ela estava chateada porque eu tinha dito que ela teria que se mudar da minha casa, e também houve o incidente no jantar na casa do meu pai. Mas dopar nós dois, a Kathleen e eu? Isso extrapola os limites.

Chase pega o telefone de volta e começa a vasculhar, não sei o quê. Após alguns minutos, solta um longo suspiro.

— Me desculpe, Carson. Eu deveria ter te dado o benefício da dúvida.

Com uma ruga na testa, ele me mostra o visor com uma foto na qual deu zoom. Eu apareço com os olhos fechados, completamente largado, desacordado. Apesar de Misty estar segurando minha mão sobre sua perna, meus dedos estão frouxos, não como supostamente deveriam estar numa cena como essa.

Aquela vaca armou para mim.

— Tudo bem, Chase. Eu sei o que parece. Mas eu jamais magoaria a Kat. Eu preciso vê-la, falar com ela.

Ele assente.

— Me deixe falar com ela primeiro. Contar que nós chegamos a essa conclusão. De qualquer forma, ela... há... tem uma coisa para te contar. Quando estiver pronta.

Puta merda. Mais surpresas indesejáveis e mais tempo que eu tenho que ficar longe da minha garota.

— Tudo bem. Então ande logo. Eu te dou uma hora. Não ligo se estou contrariando ordens médicas; preciso consertar isso. Eu preciso dela, Chase... Eu ficaria perdido sem a Kathleen.

Ele pisca devagar e assente.

— Eu sei que você entende — murmuro. — Faça ela entender também. Diga que eu a amo e quero vê-la.

Chase me leva de cadeira de rodas até o quarto de Kathleen, mergulhado na penumbra. Apenas uma luz fraca no canto ilumina o espaço de três por três metros. No instante em que vejo Kat, as lágrimas sobem aos meus olhos. É a terceira vez que me lembro de chorar, na minha vida inteira. A primeira quando me despedi de minha mãe, que estava morrendo. A segunda, quando vi Kathleen no hospital, lutando para sobreviver depois do incêndio. E agora.

Com esforço, me levanto da cadeira de rodas e vou até a cama.

— Meu Deus, Kathleen...

Volto três anos no tempo. Ela deitada numa cama de hospital, desta vez com o rosto todo esfolado. Está ligada a monitores por todos os lados, os olhos roxos, o nariz inchado, o lábio cortado. Parece que lutou boxe com Muhammad Ali e perdeu.

— Baby... — sussurro, e ela abre os olhos inchados.

As lágrimas brilham no mesmo instante.

— Me perdoe... Eu não sabia o que pensar. — A voz dela falha, e eu me deito na cama com ela.

— Acho que isso não é permitido... — começa Chase.

— Ah, fique quieto — Gillian murmura. — Você fez a mesma coisa comigo quando eu pari os seus gêmeos, e ameaçou mandar demitir as enfermeiras se elas interferissem. Deixe os dois... Você vai ficar bem, não é, Kat?

Ela faz que sim, a cabeça encostada no meu pescoço.

— Eu já estou. Agora estou.

— Vamos, baby. Vamos conversar mais um pouco sobre limites e relacionamentos de outras pessoas — escuto Gillian dizer enquanto vai levando meu primo na direção da porta.

— Eu não me arrependo. A Kathleen estava mal... — É a última coisa que escuto Chase dizer, quando os dois saem do quarto.

Olho para Kathleen.

— Eu te amo tanto. Eu jamais te trairia. O meu coração é seu, e a minha alma também.

Ela derrama mais lágrimas, me abraça pela cintura e soluça com o rosto aninhado no meu peito.

— Parecia tão real... E aí eu não sabia para onde ir, o que fazer... Estava tão cansada e zonza, e ao mesmo tempo assustada e arrasada.

Com cuidado, passo os dedos pelo seu cabelo.

— Eu soube que ninguém se feriu no engavetamento. Os danos foram só materiais. A única que se machucou foi você, e na verdade foi até bom você ter batido naquele carro, caso contrário provavelmente teria voado por cima da grade de proteção e caído no mar.

Engulo com dificuldade e respiro fundo, inalando o ar, sentindo o calor do corpo de Kat em meus braços.

— Eu não lembro de nada depois de encontrar a Misty e ela me dizer que vocês estavam transando.

— Então vocês se encontraram mesmo... na sexta-feira.

Kat confirma o que eu já havia concluído e se aninha no meu peito enquanto conto minha história.

— Eu tomei um lanche com ela no final da tarde de sexta, e também não lembro de mais nada depois disso. O Chase diz que o copo de canudo da Cora aparece nas fotos, na mesinha de cabeceira. Eu só posso deduzir que a Misty me colocou na cama, tirou minha roupa e fez aquelas fotos maldosas. Em seguida foi encontrar você e mostrou as fotos. Mas eu juro que não aconteceu nada. O próprio médico disse que teria sido impossível, do jeito que eu estava dopado. — Passo os nós dos dedos no rosto inchado de Kat, precisando tocá-la, precisando dessa conexão. — Você acredita em mim? — Seguro a respiração.

— Sim, acredito. Eu me arrependo de ter ficado tão atordoada... Eu perdi a cabeça, deveria ter examinado melhor as fotos. Depois que o Chase me mostrou as imagens aumentadas, ficou óbvio que você estava dormindo. Parecia inconsciente, até.

Dou uma risada baixa, aliviando o clima tenso.

— Porque eu estava mesmo. Droga, eu nem sei o que fazer agora. Aquela mulher mora na minha casa. É a mãe da minha filha, essa é a realidade. Se ela foi capaz de fazer isso conosco, o que vai ser capaz de fazer com a Cora?

— Mas o que nós realmente sabemos sobre ela? — Kat faz a pergunta que não quer calar.

— Não muito. Na verdade, ela nunca falou sobre a vida dela, sobre a infância, nada disso. Só disse que os pais morreram e que ela é filha única. Não tem ninguém.

— Me parece suspeito — diz Kat, antes de bocejar.

— Você precisa descansar. Por que não dorme um pouco? Vou ficar aqui. Nem um terremoto me tira desta cama.

Ela passa a mão carinhosamente no meu peito.

— Tem outra coisa que os médicos descobriram nos meus exames.

Um medo pulsante se espalha pelo meu peito com tanta força que eu aperto o corpo de Kat entre meus braços. Não sei quanto mais eu posso suportar. O que ela vai me contar agora, meu Deus?

— Seja o que for, Kat, eu estou aqui com você. Nós vamos enfrentar juntos. Assim que sairmos deste hospital, você vai morar comigo. Quero você e a minha filha na *minha casa*. Ponto-final. É assim que vai ser. Portanto, seja o que for, nós vamos estar sempre juntos, ok? — Eu me inclino e seguro o queixo dela, forçando-a a olhar para mim. Os lábios dela tremem, e eu tento me controlar para não deixar transparecer o medo e a preocupação. — O que é, Kat? Diga, por favor.

Ela engole em seco enquanto me fita nos olhos.

— Quando eles colheram meu sangue, fizeram vários exames e descobriram que alguns níveis estão mais altos do que deveriam.

— Que níveis?

— De progesterona.

Dou de ombros.

— E o que isso significa?

— Bem, eles viram que os meus níveis de progesterona estavam altos e fizeram outros exames. Um deles bem específico, e depois um ultrassom.

— Ultrassom? De quê?

Kat se vira para a esquerda, estende a mão para a mesinha ao lado da cama e pega uma folha de papel.

— Eu não acreditaria se não tivesse visto com meus próprios olhos. — Ela me entrega o impresso.

É uma ultrassonografia.

— O que é isto?

— É o nosso bebê.

Olho para o rosto todo machucado de Kat, e o impacto do que ela acabou de dizer me atinge como um furacão de categoria 5 na costa da Flórida.

— Olhe aqui... — Ela aponta para um ponto específico na imagem. — Diz que o feto tem dez semanas e uns dias.

— Dez semanas... — sussurro e olho para o que me parece um borrão de tinta. O máximo que consigo distinguir é uma coisinha em formato de amendoim com dois gomos que seriam as mãos e dois que seriam os pés.

— Carson, diga alguma coisa.

— Nós vamos ter um bebê? Você está grávida? — Abafo uma exclamação enquanto o choque se espalha pelas minhas veias, fazendo meu coração bater duas vezes mais rápido.

Ela acena com a cabeça e não diz mais nada.

— Mas como...? Você estava usando o implante... Nós já conversamos sobre isso, e faz tempo.

— Sim. Faz tanto tempo que acho que perdeu a eficácia. O implante contraceptivo dura no máximo quatro anos, e o meu já tem pelo menos cinco. Quando me mandaram o aviso de renovação eu desconsiderei, porque estava naquela fase de depressão por causa das queimaduras, e sem você na minha vida. Meu futuro parecia sombrio, vazio e... eu simplesmente deixei pra lá. E não lembrei desse detalhe quando nós reatamos. Nem pensei nisso.

Kat começa a tremer nos meus braços, e eu coloco dois dedos sobre os lábios dela.

— Shh... você está se estressando. Não é bom para o bebê. Ah, meu Deus, e o Rohypnol? O que o dr. Dutera disse?

— Ele disse que o bebê está bem. Obviamente foi uma surpresa para todo mundo. — Ela passa a mão sobre o ventre ainda liso, e eu cubro a mão dela com a minha.

— Nós vamos ter um bebê! — exclamo baixinho, permitindo que a sensação de êxtase me envolva por completo.

— Sim — ela murmura.

— Ah, meu Deus... eu vou ser pai! — Abro um sorriso largo, incapaz de controlar a alegria que essa notícia me trouxe.

— Você já é pai. — Kat cutuca meu ombro, bem-humorada.

— Caramba, eu vou ser pai de duas crianças! — No primeiro momento a ideia me entusiasma, mas então a realidade assoma em minha mente. — Vou ter dois filhos sem ser casado. Caramba, Kat, a gente precisa se casar. O quanto antes!

Ela geme e reclina a cabeça no travesseiro.

— De novo, não.

— Mas promete que vai pensar no assunto. — No que depender de mim, eu coloco uma aliança no dedo desta mulher antes que o ano acabe.

— Por que nós não resolvemos a questão da Misty primeiro, e o fato de ela ter nos dopado, e esperamos ter alta?

Fecho os olhos e encosto a testa na dela. Ficamos assim por alguns segundos.

— Você está feliz? — pergunto, com medo da resposta.

— Você está? — ela responde com outra pergunta. Típico de Kathleen, ser evasiva.

Beijo suavemente os lábios dela, com cuidado para não pressionar muito e machucar.

— Kathleen, ter você na minha vida é a coisa mais natural do mundo. Você ter um filho meu é um sonho. É tudo o que eu sempre quis para nós.

Por um longo tempo, ela fica em silêncio. Depois responde:

— Você também é tudo o que eu sonhei. E eu quero este bebê. Quero que você, eu, o nosso bebê e a Cora encontremos uma maneira de ser felizes, todos juntos.

As lágrimas voltam a cair. Eu as enxugo com os dedos e a beijo com ternura.

— Nós vamos ser. Eu sinto isso.

Juntos, ficamos deitados, nossas mãos unidas sobre o ventre dela. Ainda não posso sentir nosso bebê, mas saber que concebemos uma vida é para mim uma prova de que o universo está conspirando a nosso favor. Agora só preciso ver como vou lidar com Misty e conseguir a custódia da minha filha.

Por enquanto, deixo o pensamento de lado, fecho os olhos e deito a cabeça no travesseiro, minha mão sobre meu bebê e a mão de Kathleen sobre meu coração. Nada mais importa além de ter esta mulher nos meus braços, carregando meu mundo inteiro no seu corpo, mente e alma.

18

KATHLEEN

Carson está um trapo. Faz dez dias que voltamos para casa e des-cobrimos que a filha dele e a mãe dela foram embora. Embora mesmo, não para passar o dia fora, ou para ir brincar no parquinho. Elas desapareceram.

    Carson teve alta do hospital antes de mim. Eu desconfio de que ele mesmo se deu alta, porque, a partir do momento em que foi para meu quarto e a verdade foi revelada, sobre termos sido dopados, sobre Misty ter tirado vantagem enquanto ele estava inconsciente e depois de saber sobre o bebê, ele não saiu mais do meu lado. Enquanto eu fiquei no hospital, ele ficou na cama comigo, ou na poltrona ao lado, quando as enfermeiras vinham me dar medicação e realizar outros procedimentos. Como era exatamente onde eu queria que ele estivesse, não reclamei.

    Então nós voltamos para casa e descobrimos que as roupas de Misty não estavam mais lá, nem as roupas da bebê e outros itens, e o carro dela não estava em parte alguma. Aparentemente, no dia em que Carson foi levado para o hospital por Chase, Misty foi ao banco, zerou a conta e sacou cinco mil dólares do cartão de crédito temporário que Carson tinha dado a ela. Ela desapareceu com aproximadamente quinze mil dólares no bolso.

    Em nenhum momento Carson aceitou um centavo que fosse do dinheiro que ela ganhou trabalhando como assistente executiva de Charles, e ela ganhava bem, porque o pai de Carson é generoso com seus funcionários. Do modo como Misty costumava viver antes de Carson entrar em cena, esse dinheiro é suficiente para ela se sustentar por um ano inteiro, escondida com Cora.

Dez dias já, e nada. Nenhuma notícia.

Para me manter ocupada, estou fazendo café e realizando pequenas tarefas na casa da praia. Não tenho ideia do que fazer para tranquilizar Carson. Não fazemos amor desde o dia em que voltamos para casa, o que consequentemente criou uma distância entre nós que estou ansiosa para desfazer. O problema é que não tenho como forçá-lo a se sentir melhor, sendo que ele está envolto por uma terrível névoa de preocupação.

O telefone toca. Atendo antes de Carson e coloco no viva-voz. Carson dá um passo à frente na cozinha e para ao lado da ilha central, olhando para o telefone.

— Oi, Eli.

Reconheço o número e me apoio na bancada. Cada vez que ele liga, Carson morre um pouquinho. Sei que neste instante ele quer pegar no telefone e falar, mas nós temos um pacto. Nada de segredos, aconteça o que acontecer.

— Oi. O Carson está aí? — a voz grave de Eli soa no telefone.

— Estou aqui.

— Eu tenho uma pista sobre o paradeiro dela — Eli vai direto ao ponto.

É a frase mais linda que escutamos em quase duas semanas.

Elijah "Eli" Redding é casado com minha amiga e irmã de alma Maria. Ele também é um tremendo caçador de recompensas, com muita experiência e incontáveis vitórias. Aparentemente, tem uma capacidade mágica de rastrear pessoas e capturar bandidos. E também pessoas anônimas como Misty. Eli colocou seus agentes para investigar o passado de Misty Duncan, que à primeira vista parecia ser uma pessoa sem antecedentes criminais. Talvez porque nem sempre ela tenha sido Misty Duncan. Esse era o sobrenome do falecido marido dela. O nome verdadeiro dela nem é Misty. Seu nome de solteira é Mystique Turner. Que raio de nome é esse, Mystique? A mãe e o pai deviam ser tão malucos quanto ela. Enfim, essa foi a atualização mais recente que recebemos da equipe de Eli.

— Onde ela está? — Carson pergunta, sem rodeios.

— Las Vegas.

— Claro. Quer lugar melhor para se esconder? Letreiros enormes, luzes brilhantes por toda parte vinte e quatro horas por dia, todo mundo com um segredo na alma — comento, sem ajudar muito.

— Eu soube por um dos meus rapazes que uma mulher com a descrição dela está trabalhando como garçonete numa boate de topless chamada Jugz, com z. Começou no emprego há poucos dias. Faz sentido. Perto o suficiente para chegar rápido e sórdido o suficiente para se esconder. A menos que se saiba onde procurar.

Reviro os olhos. Jugz? Sério?

Carson se debruça sobre o telefone.

— Quando você vai poder confirmar se é mesmo ela?

— Estou a caminho agora com o Dice, meu melhor caçador. O Grupo Davis disponibilizou um jatinho para nos levar até lá. O Scooter, meu técnico de informática, continua rastreando. Ele diz que está perto de descobrir alguma coisa importante. Eu te ligo assim que tiver mais alguma informação, tudo bem?

As veias nos antebraços de Carson ficam salientes.

— Eu sei que você disse que não quer que eu esteja junto, cara, mas preciso dizer: eu quero estar... quero ir também. — A voz de Carson parece lixa sobre pedra, áspera, quase rude.

Ele está controlando as emoções, mas, a cada dia que passa sem notícias da filha, fica mais transtornado.

— Você não está em condições, cara. Deixe comigo. Eu vou verificar se é mesmo a Misty. E vou ficar de olho nela até ver a menina. Aí vai ser o momento de agir. Vou colocar as duas no avião de volta antes que você se dê conta.

— Eli... — A voz de Carson falha e ele dá uma tossidela para clareá-la. — Encontre a minha filha. Traga a Cora de volta para casa.

Ele fecha os olhos e baixa a cabeça.

— Esta é a missão mais importante que eu já tive. Você tem a minha palavra de que vou me empenhar ao máximo. — Então a ligação cai.

Carson segura o telefone sem fio, estica o braço para trás como se fosse um arremessador de beisebol profissional e o joga contra a parede, partindo-o em pedaços. Em seguida solta um urro assustador.

— Puta que pariu! Inferno! — ele berra.

Seus ombros se movem para cima e para baixo a cada respiração, conforme se esforça para inspirar e expirar o ar. A cabeça pende para a frente.

Eu corro até ele e o abraço por trás.

— O Eli vai encontrá-la. Vai trazê-la para casa. Ele prometeu, e a Maria garante que ele é o melhor nesse tipo de trabalho. *O melhor*. Ele vai encontrar a Cora. Você precisa acreditar nisso.

Carson não consegue mais aguentar o peso da angústia. Ele cai de joelhos e com as mãos no chão. Seu corpo inteiro treme, e um soluço escapa de sua garganta.

— Eu acabei de encontrá-la, e ela a leva embora... Minha bebê, minha filha, pelo amor de Deus! — Finalmente ele desabafa.

Carson não tinha ainda derramado uma lágrima desde que descobriu que Misty fugiu levando Cora. Em vez disso, sua reação foi de raiva, mas agora está se entregando ao desespero.

Eu me ajoelho no chão ao lado dele, passo o braço esquerdo sobre suas costas e me encosto nele. As lágrimas escorrem pelo seu rosto, caindo no chão. O medo e a ansiedade finalmente tomaram conta. Instintivamente, eu o faço se sentar e me sento no colo dele, abraçando-o, enterrando o rosto no seu pescoço. Eu o aperto nos braços e ele balança para a frente e para trás, chorando.

— Chore, meu amor — sussurro. — Ponha tudo para fora, porque eu tenho o pressentimento de que logo nós vamos ter a nossa menina de volta. E ela vai precisar que o pai seja forte.

Ele move a cabeça, concordando, sem dizer uma palavra, apenas me abraçando. Não sei por quanto tempo ficamos assim. Só sei que é bom, reconfortante.

A claridade lá fora muda, e o sol se põe no oceano. Fico olhando a cena pela porta envidraçada. Quando o sol beija o horizonte, recuo um pouco e ergo o queixo de Carson com os polegares. As lágrimas cessaram, mas a angústia nos olhos azuis é devastadora.

— O Eli vai encontrá-la. Vai, sim.

Carson concorda com a cabeça, mas não diz nada. Seu semblante está sério, desprovido de toda a alegria que costumo ver ali.

Devagar, eu o beijo nos lábios. Ele mal reage, apenas franze ligeiramente a testa. Mas até esse pequeno gesto é demais para ele. Carson está perdido, e cabe a mim trazê-lo de volta. Ele precisa encontrar sua força interior, por Cora, pela batalha que temos à frente e por nós.

Saindo do colo dele, eu me levanto e estendo a mão. Ele a segura sem hesitar e em silêncio. Eu o ajudo a ficar de pé e, ainda de mãos dadas, levo-o até o quarto e para o banheiro. Ali, eu desabotoo a camisa de manga curta que ele está usando e a tiro de seu corpo. O peito dourado que eu amo continua lindo, com peitorais e abdominais perfeitos. Deslizo as mãos dos ombros até o baixo-ventre, numa carícia insinuante.

— Volte para mim — eu sussurro e olho para ele.

Carson está apenas me olhando, quase como se fosse um simples espectador da cena, como se não estivesse participando. Acho que tenho que me empenhar um pouco mais.

Olhando-o nos olhos, solto o botão da calça jeans e a empurro para baixo, sobre os quadris estreitos. Ele então colabora, tirando-a das pernas, ainda sem dizer uma palavra. Examino o volume dentro da cueca boxer cor de vinho. Infelizmente não há movimento algum ali... ainda.

Com mãos ávidas, percorro os dedos ao redor da cintura de Carson, por dentro do cós da cueca.

— Volte para mim, Carson — repito, empurrando a cueca para baixo, e novamente ele ergue um joelho e o outro, livrando-se da peça de roupa.

Dessa vez, quando observo seus olhos, a tonalidade azul-clara escureceu um pouco, e eu vislumbro neles um brilho de interesse.

Rapidamente, me inclino para dentro do box e abro as duas torneiras, preparando e aquecendo o ambiente antes de retomar minha tarefa. Usando o braço são, seguro a barra da minha blusa de malha, puxo-a pela cabeça e a jogo para trás, no chão. Carson pisca, e seu olhar se fixa em meu sutiã de renda. Vejo uma sobrancelha se erguer e os olhos azuis escurecerem ainda mais, as pupilas dilatando.

Isso, baby. Isso mesmo. Olhe à vontade.

Contorcendo-me um pouco, empurro minha saia para baixo, deixando-a cair ao meu redor. Empurro-a para longe com um pé e fico ali, diante de Carson.

— Me toque. Volte para mim — digo baixinho, como uma prece feita no escuro.

Ele pisca algumas vezes e inala o ar, numa respiração entrecortada. É como se uma janela tivesse sido aberta e ele pudesse finalmente aspirar um pouco de ar fresco. Ainda assim, ele não se move, continua apenas me olhando. Os dedos se curvam para dentro, em punhos, e eu não sei se ele está deliberadamente se controlando ou... Droga, não sei o que se passa na cabeça dele neste momento. Só sei que ele precisa de mim, precisa sentir algo que não seja preocupação, medo e revolta. Precisa se sentir amado, e esta é a única forma que eu conheço de alcançá-lo. Pelo menos espero conseguir.

Com um estalo dos dedos, solto o fecho frontal do sutiã. É a melhor invenção de todos os tempos, especialmente quando a pessoa só tem o uso pleno de uma das mãos. Movimento os ombros até a peça de renda cor de lavanda cair no chão. Sem olhar para o rosto de Carson, tiro a calcinha de renda da mesma cor e a jogo para o lado.

Respiro fundo, levanto a cabeça e olho diretamente nos olhos dele. Estou aqui, diante do homem que amo, nua, oferecendo tudo o que sou na esperança de trazê-lo de volta das trevas onde ele mergulhou.

Carson pisca, seus olhos se movem e brilham, e o olhar que eu adoro se transfere do meu rosto para meu corpo e depois volta para meu rosto. Quando nossos olhares voltam a se encontrar, vejo que os olhos azuis parecem duas lagoas ardentes de desejo. Engulo em seco, mas não movo um músculo sequer. Meu único movimento é um leve arfar dos ombros, conforme respiro, esperando, precisando que ele aceite o que estou oferecendo.

Por fim, ele fala.

— Você é tão linda. Mal consigo respirar quando olho para você. Às vezes tenho medo que você desapareça e me deixe sozinho de novo.

Eu o envolvo em meus braços e colo meu corpo ao dele.

— Tudo que eu sou, tudo que eu tenho, eu entrego a você. Você nunca vai ficar só enquanto eu viver. Eu prometo. — Minhas palavras são um juramento que eu sei que não vou quebrar.

O corpo de Carson treme nos meus braços quando ele me aperta contra si, roçando os lábios na minha orelha.

— Eu quero ser digno dessa promessa.

— E eu quero que você seja meu para sempre.

— Para sempre — ele murmura, antes de cobrir meus lábios com os dele.

O vapor ondula à nossa volta enquanto Carson se move dentro de mim. Uma das minhas pernas está levantada, ao redor do quadril dele, a outra é onde estou apoiada. As mãos dele percorrem meu corpo inteiro, começando no pescoço, passando pelos ombros, pelos seios, onde ele acaricia os dois mamilos ao mesmo tempo, e continuando para os quadris, que ele segura com firmeza, enterrando os dedos enquanto me penetra. Os polegares pressionam meu baixo-ventre. Usando toda a força dos quadris, ele arremete o pau duro bem fundo dentro de mim, me preenchendo tão completa e deliciosamente que eu morreria feliz se minha hora tivesse chegado. Ele se afasta apenas o suficiente para acariciar com os dedos a região onde nosso bebê está crescendo, parecendo hipnotizado ao olhar para essa parte do meu corpo.

— Vou fazer outros dentro de você. — A voz dele se transforma num murmúrio grave e sensual. — Muitos outros — ele promete, tirando o pau quase até a ponta e arremetendo novamente.

Eu me seguro nele e arqueio o corpo de prazer.

Nem consigo responder aos planos grandiosos dele com relação a filhos, porque nesse instante ele desliza a mão entre nós e usa o polegar para desenhar círculos estonteantes ao redor do meu clitóris. Solto um grito abafado e em questão de segundos vou até as alturas, envolta numa nuvem de prazer que é intensificado pela beleza de nós dois juntos, Carson e eu, fazendo amor.

— Caramba... você fica tão apertada quando goza... — ele murmura, me beijando na boca e prolongando meu orgasmo a um grau épico. — Preciso provar um pouco dessa gostosura — ele acrescenta, mordiscando o lóbulo da minha orelha.

Em menos de um segundo o seu membro está fora de mim, porém ainda rijo e em riste na minha frente. Choramingo baixinho com a sensação de vazio, não necessariamente precisando dele dentro de mim após um orgasmo avassalador, mas ainda assim querendo sentir aquele pau grande e duro me comendo. A água do chuveiro cai nas suas costas, e agora em cima de mim também, conforme ele vai descendo os lábios pelo meu corpo, dedicando especial atenção aos dois mamilos eretos. Ele mordisca o esquerdo até eu soltar um som sibilante e segurar a cabeça dele, enterrando as mãos nos cabelos molhados. Carson sorri e levanta o rosto, olhando para mim enquanto suga o outro mamilo, até eu gemer alto de prazer. Ele está fazendo meu corpo recém-saciado decolar de volta para um platô delicioso.

— Você é louco, sabia? — murmuro, enquanto ele desliza a boca, língua e dentes pelo meu abdome e belisca a penugem entre minhas coxas.

O gesto provoca uma dorzinha de antecipação dentro de mim, já que eu sei exatamente qual é a intenção dele. Ele se ajoelha diante de mim e levanta minha perna, apoiando-a no banco azulejado do box.

— Louco de paixão por você. Depois destes últimos dias de inferno, vou mergulhar e me perder nesse seu corpo maravilhoso.

Fecho os olhos e permito que as palavras dele acariciem todos os meus sentidos, como em um sonho. Houve uma época, num passado não muito distante, em que eu não teria acreditado numa só palavra que ele diz. Mas agora eu vejo de outra forma. Carson não enxerga minhas cicatrizes como algo feio ou repulsivo, e sim como lembretes de que eu sobrevivi. E por isso ainda eu estou aqui, prestes a ser completamente possuída pelo homem que me ama e que vai continuar me amando até o fim dos tempos.

Eu acredito nisso com toda a força do meu coração, e a prova disso está crescendo dentro de mim. Um pedacinho meu e de Carson. Uma criança que vai ser um vínculo eterno entre nós dois, independentemente das provações e atribulações que o futuro nos reserve. Nós vamos enfrentar tudo juntos.

Carson suga a pele macia do interior da minha coxa, me trazendo de volta ao momento presente. Abro os olhos e seguro seu queixo, depois passo a mão pelo cabelo liso até ouvi-lo gemer. Suas pupilas estão tão dilatadas que cobrem quase por completo as íris azuis. Levo a mão à sua nuca e o direciono para o centro das minhas pernas abertas. Ele sorri e segura minha outra coxa, deslizando a mão até meu bumbum e me suspendendo para me abocanhar de um ângulo melhor.

Grito quando a boca de Carson cobre o centro umedecido do meu prazer e me penetra com a língua. Ele alterna os movimentos entre a língua e os dentes, mordiscando, sugando e estimulando. Numa reação instintiva, eu seguro a cabeça dele e me pressiono contra seu rosto, deixando que o nariz e a barba por fazer me penetrem também, assim como a boca talentosa.

O segundo orgasmo começa a se formar vagarosamente, e eu já sinto que vai ser avassalador. Então, quando já estou me movendo no mesmo ritmo das carícias de Carson, ele adiciona algo mais, inserindo dois dedos dentro de mim, sem deixar de circular meu clitóris com a língua e me sugar forte com a boca, até meu corpo inteiro vibrar e tremer. Ondas de eletricidade se alastram dentro de mim, e eu me contraio inteira, me preparando para um clímax intenso.

Quando sinto meus músculos internos flexionarem e se contraírem, os dedos e a boca de Carson se afastam de repente. Mal tenho tempo de compreender a sensação de vazio, pois logo em seguida sou erguida e pressionada contra a parede do box, e então Carson me penetra profundamente. Ele está duro como aço, grande, grosso, sólido. Deixo escapar um gemido e me agarro a ele como se minha existência dependesse disso, beijando e mordiscando seu pescoço dele enquanto seu quadril colide contra meu corpo, num ritmo intenso e implacável.

— Não consigo alcançar... o suficiente... — Ele range os dentes e tenta deixar sua marca no meu corpo com o pau, mãos e boca ao mesmo tempo.

Nosso ato de amor é selvagem, primitivo e tão intenso que tenho que piscar com força para afastar os pontos luminosos que cintilam em minha visão periférica, tamanha é a sensação de prazer que percorre meu corpo inteiro.

É tão intenso... e ao mesmo tempo não é suficiente.

— Calma, baby... eu estou aqui, com você — murmuro.

Enterro as unhas nas costas de Carson, enquanto tento desviar a atenção dele de volta para mim e para este momento, tirá-lo daquela espécie de transe carnal e primitivo no qual ele parece ter entrado. Em circunstâncias normais, eu o deixaria trepar comigo até o limite máximo, mas isto não está normal. Ele está tentando substituir a angústia pelo sexo, e isso não pode acontecer.

Carson me pressiona contra a parede com a parte de baixo do corpo, enquanto a parte de cima se inclina para trás. As mãos dele seguram minha bunda com firmeza.

— Eu quero mais... — ele sussurra, olhando para cima. — Eu quero... chegar mais fundo.

Então ele inclina a cabeça de volta para a frente e encosta a testa na minha, o corpo inteiro tremendo pelo esforço de me segurar contra a parede e com a urgência de alcançar o ápice.

— Meu bem, nós estamos mais unidos do que é possível duas pessoas estarem.

— Eu quero me perder dentro de você... que o resto do mundo desapareça. — Ele deita a cabeça no meu ombro e respira ofegante contra meu pescoço.

A água está esfriando, e eu começo a tremer.

— Me deixe descer daqui... — peço, um pouco aflita.

Sem protestar, Carson recua, ainda duro como pedra, e me deixa escorregar pelo seu corpo até meus pés tocarem o chão. Fecho as torneiras, pego duas toalhas e enxugo nós dois rapidamente. Carson mal se aguenta em pé, a postura e a expressão do rosto demonstrando derrota.

Ainda nua, eu o conduzo pela mão até a cama dele... nossa cama, já que estou morando aqui desde que saí do hospital... e o faço se sentar.

Ele obedece como se fosse um cachorrinho perdido aguardando instruções. Fico arrasada por ver tanta derrota nesse homem normalmente forte, determinado e focado.

Precisando confortá-lo, subo na cama e me deito em cima dele. O membro encaixado entre minhas coxas ainda está firme, porém não tão rijo como estava no chuveiro. Puxo o acolchoado sobre nós dois e então me ponho de joelhos, posiciono o pau dele no lugar certo e me sento sobre ele.

Carson deixa escapar um gemido e inclina a cabeça para trás. Segura meus quadris enquanto me encaixo devagar e começo a cavalgá-lo com movimentos ritmados, de um jeito calmo e gostoso, beijando o pescoço dele, o peito, acariciando os mamilos enquanto me movo sobre ele.

— Kathleen... — Ele suspira e abre os olhos, brilhantes de amor e paixão. Exatamente o que preciso ver neste momento.

Eu me inclino para a frente e capturo seus lábios com os meus. Ele abre a boca imediatamente, acolhendo minha língua, que se entrelaça com a dele, ambas se movendo no mesmo compasso de nossos corpos. Beijar Carson preenche o vazio que tenho sentido nos últimos dez dias. O beijo dele faz meu coração palpitar, me trazendo de volta à vida. Enquanto nos beijamos, continuo a cavalgá-lo num ritmo constante, roçando meu clitóris na pélvis dele a cada movimento.

— Você sempre sabe o que eu preciso — ele murmura, pressionando o quadril para a frente a fim de me penetrar com mais força.

— Humm... — murmuro, feliz com sua iniciativa.

Estou surpresa por ele não assumir o controle. Normalmente, quando estamos chegando perto do ápice, ele inverte nossas posições para me penetrar com todo o vigor, mas desta vez não faz isso. Só me deixa fazer amor com ele.

Quando a transpiração começa a cobrir nossa pele, intensifico os movimentos para um ritmo de galope, as mãos apoiadas no peito largo, enquanto ele me pressiona com o quadril no mesmo compasso.

— Sim, sim, sim... — grito, olhando para o teto.

Todos os meus músculos estão tensos, meu corpo hiperfocado no vagalhão que se aproxima. Internamente eu me contraio e aperto o pau de Carson, até que ele apoia os cotovelos no colchão e arremete com força para dentro de mim, alcançando meu ponto mais profundo. Enterro os dedos em seu peito no instante em que o meu orgasmo e o dele se mesclam e se fundem, parecendo se multiplicar esplendorosamente.

Então ele se reclina e me puxa para si, me abraçando. Apoiamos a cabeça no ombro um do outro, respirando na mesma cadência e nos deliciando na sensação de saciedade e completude.

— Agora sim, estamos próximos... como deve ser — Carson murmura no meu ouvido antes de passar a mão pelo meu cabelo e me fazer levantar a cabeça.

E aí ele me beija. Um beijo profundo, longo, intenso, até quase perdermos o fôlego.

Quando finalmente nossas bocas se separam, deito a cabeça no peito dele, enquanto ele brinca com uma mecha do meu cabelo.

— Obrigado — ele murmura, num tom indefinível. Talvez uma combinação de saciedade sexual com um pouco de melancolia. De qualquer forma, não o que eu esperaria depois de um ato de amor intenso.

— Hum... por fazer amor com você? — pergunto, confusa.

Carson sorri e dá uma risadinha, mas continua a brincar com meu cabelo, o ar pensativo. Continuo com o queixo apoiado no peito dele, sentindo as batidas do coração e esperando que ele coloque os pensamentos em ordem.

— Por saber o que fazer por mim — ele finalmente responde.

Eu suspiro, relutante em aceitar o mérito por algo que não tenho ideia do que seja, e, francamente, um pouco assustada também.

— Querido, eu não sabia o que fazer... pelo menos não a princípio.

— Mas você fez. E acertou. — Dessa vez o tom de voz dele é mais racional que emotivo.

— Como assim?

— Eu precisava me reconectar. Encontrar um meio de liberar toda a raiva e a tristeza que estão fermentando dentro de mim desde que voltamos para casa. Amar você, receber o seu amor em troca, é tudo que eu sempre vou precisar para me reencontrar. Porque sem você, sem a nossa ligação, eu não sou eu mesmo.

— O Eli vai trazer a Cora de volta — repito pelo que me parece ser a milionésima vez.

Ele me estreita mais entre os braços.

— Vai, sim. Eu sinto isso agora. Tenho a força da sua convicção para me dar esperança.

Eu me levanto, apoio as mãos no seu peito e dou um sorriso.

— Que coisa bonita você disse. Entre outras, claro. — Com um sorriso, me inclino para a frente e dou um selinho nos seus lábios.

Carson suspira, passa um braço pelas minhas costas e com a outra mão afaga meu cabelo.

— Contanto que eu tenha você, o nosso bebê e o nosso futuro, incluindo a Cora, vou ser o homem mais feliz do mundo. E vou fazer tudo para que você seja feliz também, eu juro. Quando tudo isto acabar, a única coisa importante para mim vai ser a nossa família. A família que nós vamos formar juntos.

A confiança dele está renovada, e eu não poderia me sentir mais feliz.

— Parece divino — admito, porque parece mesmo.

É o que nós sempre quisemos, o que queríamos quando reatamos. Se eu não tivesse ficado tão desavorada e perdido o rumo depois do incêndio, nós provavelmente já estaríamos casados e com dois filhos, como Gillian e Chase ou Bree e Phillip.

Agora só precisamos reaver Cora, colocar Misty na cadeia e obter a custódia integral da garotinha. Parece simples, mas as coisas mais importantes da vida raramente são.

19

CARSON

O telefone tocando no meu subconsciente me acorda do primeiro sono profundo que tenho em duas semanas. Olho para o relógio e vejo que são cinco da manhã.

Merda.

Pego o celular na mesinha de cabeceira. Kathleen também acorda e se senta na cama, com olhos sonolentos e os cabelos despenteados depois de tantas vezes que passei meus dedos por eles enquanto fazíamos amor. Cautelosamente, ela segura o cobertor sobre os seios nus, e eu tenho que afastar o tesão instantâneo. Santo Deus, essa mulher acaba comigo.

— Alô — atendo, olhando para a mulher sexy a meu lado.

— Achamos a sua menina. — A voz enérgica de Eli corta a névoa do sono e dos pensamentos libidinosos, me despertando completamente.

— Graças a Deus! Eles encontraram a Cora — digo no mesmo instante para Kathleen, que cobre a boca com a mão. Os olhos dela ficam marejados, mas ela não chora.

Uma voz em meu ouvido me chama de volta ao momento presente.

— Carson. Carson. Cara, escute! — diz Eli, em tom de comando.

— O quê? — Pressiono o celular na orelha.

— Só temos um problema, velho. A Misty escapou.

Balanço a cabeça e passo a mão pelo cabelo, puxando um pouco, e a dor recoloca minha cabeça em ordem.

— Mas você acabou de dizer que a encontrou...

— Não. Eu disse que encontramos a *sua menina*. Sua filha.

No mesmo instante o medo desaparece, substituído pelo alívio.

— Você precisa vir para Las Vegas buscá-la. O Dice e eu temos que ir atrás da Misty.

Afasto as cobertas, saio da cama e me apresso para o closet.

— Como é que vocês acharam a Cora e não a Misty?

— Ela foi embora e deixou a menina.

As palavras são como uma punhalada no meu estômago.

— Ela deixou a minha filha sozinha? — vocifero no telefone.

Eli não diz nada.

— Aquela vaca! Como ela pôde fazer isso?! Puta merda! — praguejo um pouco mais. — Onde ela está agora? Está com você? — Ando de um lado para o outro no closet, sentindo frio e calor ao mesmo tempo.

Ela deixou Cora sozinha.

— Sim, cara. Ela está comigo.

— Mas onde ela está exatamente, neste instante?

Cerro os dentes, imaginando minha filha sozinha num apartamento decrépito, sem ninguém para tomar conta dela. A visão rasga meu peito e perfura meu coração.

— Neste exato momento, Eli?! — Estou perdendo o controle ao imaginar cada possibilidade desastrosa.

— Está no meu colo. E não vou largá-la até entregá-la diretamente a você. — A voz de Eli soa firme, e eu me apego a isso como uma tábua salva-vidas.

Então meus joelhos amolecem, de alívio e gratidão, e eu apoio a mão fechada na parede do closet para me segurar. A mão de Kathleen está nas minhas costas, me apoiando em silêncio.

— Jesus Cristo! Eu vou me vestir. Posso chegar no aeroporto em trinta minutos. O Chase já deixou o pessoal prevenido. Só vou ligar para ele avisar o piloto. Acho que eu chego aí em... cerca de duas horas, espero. Por favor, não deixe a Cora sozinha — peço.

— Não vou largar a minha sobrinha postiça, cara — ele responde, com a voz grave.

É a primeira vez que ouço Elijah Redding se referir assim a uma das crianças do nosso grupo de amigos. Embora ele tenha participado de todos as festinhas e reuniões entre nós, eu nunca tinha visto uma demonstração de carinho como essa.

Engulo em seco com dificuldade.

— Eli, eu te devo essa.

— Você não me deve nada. Afinal, nós somos uma família. Venha rápido. O Dice está no rastro da Misty, mas eu preciso ir também.

— O que aconteceu? Como ela conseguiu escapar?

— A filha da mãe saiu pela janela do banheiro. Nós fomos discretos, cara. Achávamos que ela não tinha nos notado enquanto a seguíamos, mas de alguma forma ela deve ter percebido. O Dice se aproximou pela porta dos fundos da casa caindo aos pedaços que ela alugou, e eu pela frente. Nós entramos ao mesmo tempo. Eu fui direto para o quarto onde sabia que a Cora estava dormindo, e ele foi para o quarto da Misty. Nesse meio-tempo ela saiu pela janela do banheiro e simplesmente sumiu. Desapareceu como fumaça. Não sei ainda como ela conseguiu, mas vou descobrir.

— Deus do céu! Ainda bem que você está com a Cora! Estou a caminho.

— Ótimo — Eli fala e desliga.

Deixo o celular na prateleira, pego uma cueca e uma calça jeans e me visto. Conto tudo para Kathleen, e ela concorda em ficar em casa, sabendo que é mais seguro para ela ficar aqui do que viajar para a Cidade do Pecado e estar perto de Misty. Cora está com Eli, então só Deus sabe o que aquela lunática está planejando. Não consigo acreditar que ela deixou nossa filha para trás com dois homens desconhecidos invadindo a casa. Pensei que ela amasse nossa filha mais do que isso.

Termino de me vestir, pego minhas chaves, ligo para Chase avisar o piloto e dou um beijo na minha garota.

E lá vou eu. Não vejo a hora de abraçar minha filhota. Kathleen preparou uma sacola com fraldas, roupas e potinhos de papinha. Ela pensou em cada detalhe. Mesmo Misty tendo levado tudo, Kathleen se dedicou a repor. Acho que a tarefa a distraiu do fato de Cora ter sido levada embora. Mas a verdade é que ela sempre acreditou que Elijah a traria de volta. Graças a Deus eu tenho Kathleen. Eu sei que vou precisar dela mais do que nunca, agora que minha filha vai voltar para casa.

— Pa-pa! — Cora grita, estendendo os bracinhos para mim no instante em que me vê, um sorrisinho lindo e alegre estampado no rosto.

Eu a pego no colo e a abraço com força, cheirando o pescocinho e o cabelinho macio.

— Bebê! Meu Deus, que susto... que saudade!

O cheirinho de talco e loção infantil invade minhas narinas, e eu inalo profundamente, com o corpo e a alma. É como se uma porta se abrisse no meu coração e a alegria o preenchesse de tal maneira que não sei se vou conseguir conter uma reação sentimental demais para o meu gosto. Busco forças para me manter firme e pisco para afastar as lágrimas, enquanto uma emoção intensa bloqueia minha garganta. Abraço Cora mais apertado e engulo com dificuldade. Sei que vou chorar mais tarde, depois que tiver processado tudo isso.

Cora segura minhas bochechas e eu olho para ela, encantado.

— Pa-pa — ela diz nos meus braços e a encho de beijos, o que a faz dar risada. Então ela olha atrás de mim. — Eeeee. — Aponta o dedinho gorducho para Eli.

— Isso mesmo, bebê. É o titio E.

O homenzarrão sorri enquanto ajeita o coldre com as armas no ombro e cobre tudo com uma jaqueta de couro surrada.

— Leve a menina para casa. Diga à Maria que eu ligo assim que puder, tudo bem?

Faço que sim com a cabeça.

— Claro. Ligo para ela do avião. Eli, eu...

— Não diga nada. Eu sei o que tudo isto significa. Algum dia pode ser que eu também precise da sua ajuda, certo?

É preciso reconhecer que Eli é um cara fenomenal. Dá para entender por que Maria o idolatra como se ele fosse um super-herói. Ele *é* um herói, de verdade, e eu acabei de vivenciar uma experiência concreta desse heroísmo. Agora, Maria e eu temos algo em comum. Para sempre. Eli salvou minha filha e está perseguindo a mãe maluca dela para que possamos colocá-la atrás das grades. Sim, ele é um herói, e é um cara foda!

— Certo — respondo por fim, controlando a emoção e estendendo a mão.

Eli a aceita, usando o outro braço para apertar meu ombro, num gesto de camaradagem. Então ele ergue a mão enorme e a pousa na cabeça de minha filha, afagando os cachinhos loiros. A palavra "Pimentinh a" está tatuada em azul, começando no pulso e terminando com a perna do "a" na base do dedo indicador.

— Pimentinha?

Ele olha para a tatuagem e sorri.

— Maria é a coisa mais apimentada que eu já provei. Preciso de um lembrete da minha mulher quando estou fora a trabalho. Algo bem visível, para que eu sempre me lembre do que tenho em casa à minha espera.

Aceno com a cabeça, compreendendo a profundidade das emoções desse homem. Ele pode ser uma muralha de músculos, com braços tatuados e voz cavernosa — tão diferente de seu irmão gêmeo Tommy, que perdemos há três anos —, mas é um homem bom e amoroso. Maria encontrou o cara certo.

— Tchau, pequerrucha. O tio E precisa trabalhar. Você vai ficar bem agora — ele diz e se afasta em direção à porta.

— Eeeeeeeee — Cora exclama e acena com a mãozinha.

Ele se vira, sorri para minha menina e dá uma piscadela.

— Leve-a para casa.

— É o que eu vou fazer. E tome cuidado, velho.

— Sempre, cara. Tenho alguém muito importante me esperando em casa. — Ele sorri e levanta dois dedos, num aceno de despedida.

— Com certeza — retruco, abraçando minha menininha. — Vamos para casa, bebê.

※

Assim que acomodo Cora no avião, adormecida na poltrona a meu lado, pego o celular com a intenção de ligar para Kathleen. Mas ele toca antes, e eu não reconheço o número no visor.

Antes que eu diga "alô", alguém começa a falar, sem rodeios.

— Cara, a sua filha está com você? — pergunta a voz, que soa como a de um adolescente.

— Quem é? — Uso um tom ameaçador que nem eu mesmo reconheço. Depois do sequestro da minha filha e do sumiço da mãe dela, eu estou sem paciência.

— É o Scooter, cara. — Ele fala como se eu devesse saber quem é. — Sou um dos caçadores do Eli.

Scooter. Repito o nome mentalmente algumas vezes até registrar. Caçador uma ova. É o garoto da tecnologia. Nunca sai a campo, fica o tempo todo atrás do computador, pesquisando, hackeando e bebendo incontáveis latas de Mountain Dew e Red Bull, se bem me recordo.

— Sim, eu lembro. E a Cora está comigo, sim.

— Legal! Mas, cara, eu tenho uma notícia meio foda pra você. Tentei ligar pro Eli pra contar pra ele primeiro, mas ele não está atendendo. Eu o rastreei, ele está na estrada, seguindo para o norte. Significa que está indo encontrar o Dice, que está umas três horas na frente dele.

— Informações interessantes, mas você disse que tinha uma notícia ruim? — Tento fazer Scooter focar no motivo da ligação.

— Ah, é. Desculpe dizer isso, mas a mãe da sua bebê é psicótica. — Ele solta essa pérola como se me dissesse que a temperatura na baía é de dez graus com vento e para eu lembrar de usar um casaco.

— Me conte alguma coisa que eu ainda não saiba, Scooter.

Solto o ar dos pulmões, impaciente. Preciso deitar com a minha filha nos braços e ficar quieto, ouvindo a respiração dela, não as informações excêntricas de um menino prodígio da tecnologia.

— Não, cara... você não entendeu. Ela é *louca diagnosticada*. Fugiu de um sanatório.

Sanatório?

— Está brincando!

Ouço o volume do telefone mudar, e em seguida a voz de Scooter soa mais alta porém mais distante, como se ele estivesse em um túnel. Provavelmente ligou o viva-voz.

— Diz aqui que, com catorze anos, ela foi diagnosticada com um tumor cerebral. O tumor era benigno e parou de crescer um ano depois, mas pressiona a parte do cérebro responsável pelo discernimento. Aparentemente, o tumor destruiu o sulco paracingulado, a parte do cérebro que controla a capacidade de julgamento. Que merda — ele acrescenta.

Ouço o barulho dele digitando e tento ter paciência enquanto espero que prossiga.

— Caramba... Diz aqui que, antes de ser diagnosticada com o tumor, ela tentou matar o namorado, por achar que estava sendo traída. O pai do namorado a pegou com uma faca na mão, no pé da cama do cara, depois de ter conseguido entrar na casa. O pai tinha escutado música tocando no quarto do filho, de madrugada, e foi até lá para desligar. Aí ele dominou a garota e chamou a polícia. A Misty foi avaliada por um psicoterapeuta pediátrico e passou por exames. Foi quando descobriram o tumor.

— Meu Deus! — exclamo, e Scooter continua a me atualizar com notícias ruins.

— Diz aqui que a família do rapaz não prestou queixa, o que foi um erro, porque... puta merda! — Ele continua a digitar no computador. — Caramba!

Minha preocupação sobe vários degraus.

— Scooter! O que foi?

— Cara, ela se casou com um cara chamado Jared Duncan assim que terminou o ensino médio. Um ano depois ela esfaqueou esse cara enquanto ele dormia. Depois a encontraram dentro da banheira, coberta de sangue, balançando o corpo para a frente e para trás. Teve uma espécie de surto psicótico. Foi presa, mas não julgada, porque alegou insanidade mental. Então internaram a Misty numa instituição de segurança máxima, onde ela ficou sem falar. Isto é, ela não disse uma palavra por mais de um ano. Até que começou a falar, e ficou lá por cinco anos. Faz três que ela escapou.

Inalo o ar com a respiração entrecortada e engulo em seco, com uma súbita sensação de náusea no fundo da garganta. Ela é muito mais perigosa do que eu pensava.

— Diz aí como ela conseguiu fugir? — Uma série de estalidos soa do outro lado da linha enquanto espero.

— Caaaaaraaa, ela matou dois guardas! Um com uma escova de dentes afiada numa ponta aguda. Enfiou o negócio no nariz do cara até o cérebro. Brutal... O outro guarda ela matou com a arma do primeiro. Mulher arrepiante... está me dando calafrios! — Ele faz um som parecido com "brrr".

— Como foi que ela passou despercebida até agora?

— A merda toda aconteceu em Wyoming. Na Califórnia, qualquer um passa despercebido. Não encontrei nenhum registro de emprego dela com nenhum dos nomes oficiais. Parece que ela trabalhou meio clandestinamente até ser contratada pelo seu pai. Ele não deve ter pedido referências nem checado o passado dela, e a registrou como Misty Duncan com um número de identidade falso. Por isso que a gente não conseguia informações sobre ela. A filha da mãe roubou o número de identidade de alguém.

Cerro os dentes.

— Cacete.

— Cara, eu preciso desligar. Tenho que avisar o Eli ou o Dice. Dar pra eles uma noção de como essa mulher é louca. Que bom que o Eli salvou a sua menina. Até.

— Até — respondo, mas ele já desligou.

Eu me recosto na poltrona e pego minha filha adormecida no colo, de bruços sobre meu peito e com as perninhas em volta da minha cintura. Ela não se mexe enquanto a aninho contra mim, onde posso abraçá-la, senti-la confortável, sentir seu coração batendo ritmadamente.

— Nunca mais alguém vai te tirar de mim, bebê. Daqui para a frente vamos ser eu, você, a Kathleen e o seu irmão ou irmã que vai nascer. Nunca mais vou deixar aquela mulher chegar perto de você.

Com minha filha em segurança nos braços, ligo para Kathleen e conto a ela o que Scooter me revelou. Depois ligo para Maria, dou notícias de Eli e agradeço a ela. Ela me garante que a iniciativa foi de Eli, não dela, embora ela apoie cem por cento, e reforça que o marido está fazendo sua obrigação, já que somos todos uma grande família.

Família.

Ultimamente tenho vivenciado bastante esse conceito. Pela primeira vez em muito tempo, enquanto abraço minha filha e penso na mulher com quem vou me casar e ter outro filho, e em todos os outros membros agregados, incluindo as amigas de Kathleen e seus respectivos maridos, finalmente me sinto em paz. Estou exatamente onde deveria estar, e nada pode tirar isso de mim.

Nada.

Uma semana se passa sem absolutamente nenhuma notícia de Misty. Eli e Dice esquadrinharam o estado de Nevada, e outros homens estão procurando no Oregon, em Idaho e Utah. Até que digo a Eli que ele tem que voltar para casa, para a esposa. Não pode continuar procurando Misty quando ela está com uma bolada de dinheiro e um veículo não identificado. Precisamos continuar vivendo a vida, embora sempre vigilantes. Com o histórico dela, o esperado é que desapareça mesmo.

— Não sei, cara... Sinto que ainda não esgotei todas as possibilidades.

— Eli, você não tem nenhuma pista. Você mesmo disse que ela é que nem fumaça.

Ele solta uma exclamação de frustração e pega Cora, que está incansavelmente dando tapinhas na perna dele e estendendo os braços.

— Pequerrucha — ele murmura, sentando-a na bancada à sua frente.

Eli enfia a mão no bolso da jaqueta de couro e tira uma caixinha cor-de-rosa. Tirar qualquer coisa cor-de-rosa do bolso da jaqueta é algo que não combina com esse homem enorme e com aparência de brutamontes, embora ele se incline para a frente e mostre a caixinha para Cora. Eli abre a tampa com um dedo e uma pequena bailarina surge rodopiando ao som de uma musiquinha metálica.

— A Tia Ria comprou para você. Está vendo? É uma dançarina, igual a ela.

— *Biita.* — Cora olha encantada para a bonequinha girando.

Eli dá um sorriso largo, claramente embevecido. Ele é bem menos assustador quando sorri. Cora balança as perninhas e segura a caixinha de música contra o peito.

— *Ce...ce...* — Ela quer descer.

Eli ri, levanta Cora nos braços e a coloca no chão. Mais uma vez me surpreende ao segurá-la diante de si enquanto se agacha até ficar com o rosto no mesmo nível do dela. Ele passa a mão pelo cabelinho dourado e beija a testa de minha filha. A menininha se inclina para a frente e dá um beijinho melado no rosto dele. Eli não se abala. O cara é legal demais.

Assim que se vê livre, Cora sai da cozinha com seu presente na mão, chamando:

— Kiiiittttyyy...

Balanço a cabeça e dou um sorriso.

— Obrigado, cara.

Ele dá uma risadinha.

— Agradeça à Maria. É ela que encontra essas coisas.

— E vocês... quando é que a família vai crescer?

Eli sorri com uma expressão maliciosa.

— Eu tento toda noite.

Dou risada e me apoio na bancada.

— Tudo bem, vou reformular a pergunta. Quando é que a sua mulher vai te deixar engravidá-la?

Os ombros dele se curvam um pouco.

— Faz um ano que eu estou tentando convencê-la. Ela diz que tem medo de perder os clientes, as alunas... Por mim, eu não ligo a mínima. O tempo está passado, e eu queria ter uma menininha com aqueles olhos grandes e o cabelo preto.

Eu concordo com um aceno de cabeça.

— Você sabe que a Kathleen está grávida. A Gillian também. Use isso a seu favor.

Os olhos de Eli se iluminam.

— Pode crer. Eu preciso ter uma conversa com a minha mulher. Bem, eu te mantenho atualizado sobre a maluca, ok? — diz Eli, andando na direção da porta.

— Legal, cara. Obrigado.

Ele levanta a mão mostrando dois dedos, em sua saudação peculiar.

Kat entra na cozinha no momento em que a porta se fecha.

— O Eli foi embora? — Ela franze o cenho.

— Sim, bochecha doce. — Sorrio para ela. — Acho que ele vai enquadrar a Maria.

Kat ri, me abraça pela cintura e olha para mim.

— Meu amor, aqueles dois transam o tempo todo.

Dou risada.

— Mas acho que dessa vez ele vai convencê-la a seguir a mesma linha das amigas.

Coloco a mão na barriga dela. Ainda está lisa, já que Kat está de três meses apenas, mas está um pouco mais firme, um sinal de que meu bebê está bem ali sob a minha mão. A sensação é indescritível.

Kat arqueia as sobrancelhas, assimilando o que acabei de dizer.

— O Eli quer ter filhos?

— Sim. Percebi hoje que ele quer muito. Ele se derrete com a Cora.

Beijo o pescoço dela e deslizo o nariz até a orelha, inalando o perfume de sol e coqueiros.

Kat aperta os lábios.

— Ele também gosta dos gêmeos da Gigi. E eles adoram o tio E.

Aceno com a cabeça e continuo a me inebriar com o cheiro gostoso dela, até que uma coisinha pequena colide contra minhas pernas.

— *Sovete* — diz Cora, batendo em nossas pernas.

Kathleen dá risada.

— Eu cometi o erro de dizer que queria sorvete e que quem sabe nós iríamos sair para tomar um.

Olho para Kathleen e para Cora, as duas já de pijama, e depois para o relógio.

— Baby, são oito horas. Está na hora de a Cora dormir.

Os ombros de Kat se curvam e ela franze a testa.

— Mas eu queria muito tomar sorvete...

Ela passa a mão pelo ventre, onde nosso bebê está abrigado. Já posso ver a manipulação ao longo dos próximos seis meses. Volto a olhar para seu rosto e ela faz biquinho.

Reviro os olhos.

— Tudo bem. Fiquem aqui, vocês duas, vendo TV. Eu vou buscar o sorvete.

Kathleen me beija e em seguida pega a mão de Cora para levá-la ao sofá. Ela se fortaleceu bastante nos últimos três meses, mas ainda não se arrisca a levantar a garotinha do chão. Consegue tirá-la do berço com um braço, mas geralmente leva Cora para o sofá e então deixa que ela se sente em seu colo. Eu sei que ela se dedica diariamente à fisioterapia, nem que seja apertando bolinhas antiestresse ou levantando pesinhos.

Ontem, quando eu estava em nosso quarto, sentado na beirada da cama, eu a vi levantar um peso de três quilos com a mão queimada. Não falei nada, mas testemunhei o sorriso no rosto de Kat quando ela segurou o haltere e o levou até o peito. Ela fechou os olhos e deu o sorriso mais doce e satisfeito que eu vi em muito tempo. Era orgulho, e eu me apaixonei de novo por ela naquele momento.

Assobiando, pego as chaves do carro, abro a porta da garagem e saio.

20

KATHLEEN

— *Levanta, sua vaca!*

Uma voz irritada se infiltra em meu sonho de Eli e Maria brincando no parque com uma menininha de cabelo preto comprido e olhos azuis, empurrando-a no balanço.

— Anda logo. Não tenho todo o tempo do mundo!

Eu então desperto com um objeto frio e duro pressionando minha têmpora. Conforme pisco para afastar a sonolência, percebo duas coisas ao mesmo tempo. Misty está de pé acima de mim, e uma arma está pressionada contra minha cabeça, com tanta força que chega a machucar. Como por efeito de um piloto automático, eu me sento abruptamente no sofá. A arma não desgruda da minha cabeça, mas isso é o de menos. Olho para a esquerda, onde Cora havia adormecido também. Ela estava confortavelmente aninhada do meu lado, e agora não está em parte alguma.

— Cadê a Cora? — pergunto, a preocupação com minha segurança passando para segundo plano.

Misty retorce a boca.

— Como se você se importasse, agora que vai parir o seu próprio mini-Carson...

Arregalo os olhos, e Misty continua falando.

— Sim, eu sei que você está esperando um filho dele. Claro que está. Você não aguentou, teve que roubar o meu homem, o meu futuro marido. Teve que roubar o pai da Cora também. — Ela desenha um círculo no ar com a arma e a aponta diretamente para o meu rosto.

Engulo em seco, disfarçando o medo.

— Misty, onde está a Cora?

Ela suspira com impaciência e passa a mão pelo cabelo oleoso. A criatura está acabada. Normalmente Misty está impecável, bem-vestida, maquiada e com o cabelo arrumado, como se tivesse a obrigação de ser perfeita. Mas agora ela usa um jeans sujo e tem os cabelos grudentos, que parecem não ser lavados há uma semana; tem olheiras fundas sob os olhos e aparenta pelo menos cinco quilos mais magra.

Estou ciente do seu estado mental, e é óbvio que esta mulher não está em contato com a realidade. Se é que algum dia esteve.

— A minha filha... a *minha* filha está bem. Eu a coloquei na cama, como uma boa mãe faz. Ao contrário de você, que nem consegue levantá-la para deitá-la no berço. Como você acha que vai dar conta quando o seu bebê nascer, hein?

Como ela sabe? Ela deve ter andado nos observando. *Por quanto tempo?* Esse pensamento me causa um arrepio e uma ponta de náusea. Ainda assim, ignoro as provocações e respiro aliviada por saber que Cora está no berço. Ela ainda não consegue descer sozinha, portanto, aconteça o que acontecer, está segura lá. Em último caso, Carson vai chegar a tempo de pegá-la.

— Eu... há... não sei ainda como vou fazer. — Decido prolongar a conversa. Enquanto ela tiver assunto para falar, não vai atirar em mim.

O telefone toca, e Misty se sobressalta. Os dedos dela se apertam ao redor do cabo do revólver. Eu me movo para o lado e ela balança a cabeça, coloca a mão na têmpora e se tensiona inteira. O telefone toca mais duas vezes, e a cada toque ela fica mais agitada, mudando o peso de um pé para o outro. Seus olhos estão muito abertos, atentos, as pupilas dilatadas a ponto de os olhos parecerem pretos, buracos vazios onde só existe ódio.

No quarto toque ela puxa o cabelo e abre a boca num grito silencioso, quando a ligação cai na secretária eletrônica.

— Kathleen, o Carson me disse que você estava em casa... — a voz de Chase soa no aparelho.

Olho ansiosa para o telefone, desejando poder correr para atender e avisar Chase para que chame a polícia.

— Cala a boca, merda! — ela grita para o telefone.

Então ela aponta a arma para o aparelho e aperta o gatilho. O disparo ensurdecedor corta o ar e a secretária eletrônica explode em vários pedaços.

Cruzo os braços sobre a barriga para proteger meu bebê e tento correr enquanto ela está distraída. Cora começa a chorar no quarto.

Misty me segue pelo corredor, quase pisando nos meus calcanhares.

— Volte aqui, sua vaca! Você é uma mulher morta, está ouvindo, destruidora de lares?! Você é uma mulher morta!

Corro o mais rápido que posso e entro no quarto, onde sei que meu celular está carregando sobre o criado-mudo. Eu mal o alcanço quando sou puxada para trás pela camiseta e golpeada na lateral da cabeça com a arma de Misty. O sangue se derrama no meu rosto enquanto caio na cama e engatinho para o outro lado. Levo a mão ao rosto e me dou conta de que minha bochecha se abriu e o sangue está jorrando em abundância.

Misty aponta a arma para mim, de costas para a porta. Cora está aos berros. A situação é dramática. Eu sei que ela vai me matar e largar meu corpo aqui para Carson encontrar. Isso o deixaria destruído. Não posso permitir que aconteça. Ele não pode passar por isso.

De repente tenho uma ideia.

— Misty, me perdoe... Eu, há... roubei o seu homem. Mas na verdade ele não está apaixonado por mim.

— Você acha? — A mão dela treme enquanto aponta a arma na minha direção.

— Sim, mas... você não vai querer que ele me encontre morta na *sua casa*, certo? Com a sua filha no quarto ao lado.

O rosto dela se contorce numa expressão ameaçadora.

— Minha casa. *Minha casa, cacete!* Que você tirou de mim! — ela grita, com a voz esganiçada. — Ele ia me pôr na rua!

Tecnicamente, isso não é verdade. Ele tinha um apartamento em vista para ela, mas não estou em posição de argumentar. Preciso continuar falando e preciso que ela me leve para fora da casa e para longe de Cora e Carson. Ele vai chegar logo, e não quero que depare com esta cena. Cora precisa do pai.

Nosso bebê precisa de nós dois, uma vozinha murmura na minha cabeça. A culpa me rasga por dentro, mas preciso me apegar ao que tenho à mão neste momento. Ir para longe de Cora e sair da casa é a prioridade número um. Não quero esta mulher maluca perto de Cora e de Carson.

Engulo a bile que sobe até minha garganta.

— Ele me disse que te ama. Disse isso quando eu fui atrás dele — minto. — Ele não me ama. Este bebê nem é dele. Eu transei com outro cara. —

Outra mentira. Digo qualquer coisa para esta demente me levar para longe daqui. — Portanto, veja, você só precisa me tirar desta casa. Me levar para fora daqui e depois voltar para a sua filha e o seu homem.

Os olhos de Misty se iluminam, e a sombra de um sorriso curva os cantos de seus lábios. Quase posso ver as engrenagens do cérebro dela girando. Ela baixa a arma, e sua expressão se suaviza. Está considerando minha sugestão. Dou um suspiro de alívio, cedo demais, porém. Pelo canto do olho, vejo alguém entrar silenciosamente no quarto.

Chase.

Não! Balanço a cabeça, fecho os olhos e rezo para que Chase não faça nenhuma bobagem. Eu deveria ter previsto. O olhar dele pousa na mão de Misty segurando a arma, e ele se aproxima por trás dela sem fazer barulho.

Por favor, não. Deus, não... não...

Parece que meu coração para de bater conforme o observo chegar mais perto das costas de Misty. O silêncio no quarto é mortal. Nem consigo mais ouvir Cora chorando. Os olhos de Misty pousam em mim por um instante e depois se focam no quadro pendurado acima da cama. Sigo a direção do seu olhar e vejo com clareza no vidro o reflexo de Chase se aproximando atrás dela. Os olhos dela se arregalam, e ela se vira abruptamente, empunhando a arma.

Chase avança para ela e pega a arma. O estrondo de um disparo reverbera no quarto. O corpo de Chase estremece, mas ele empurra Misty, a mão dele agora segurando a arma. Misty cai em cima da cama ao mesmo tempo em que Chase cambaleia para trás e uma mancha de sangue começa a se espalhar em sua camisa branca. Ele cai de joelhos, e a mão livre vai para o abdome. Em uma fração de segundo, ele levanta a arma, no instante em que Misty recupera o equilíbrio e fica de pé. A expressão no rosto dela é monstruosa, a cara de uma maníaca, mostrando os dentes num esgar medonho e gritando enquanto salta para a frente, tentando recuperar a arma.

Chase aperta o gatilho uma vez, acertando Misty no peito, e depois atira uma segunda vez, novamente no peito, bem no coração. O corpo dela sacode e ela cai para trás na cama, os olhos abertos e sem vida.

Corro para Chase no momento em que ele cai de costas. A mancha de sangue está crescendo, cobrindo toda a região do abdome. O corpo dele se agita e ele tosse. Eu me ajoelho ao seu lado, usando as duas mãos para pressionar o ferimento. Nunca fiz tanta força com a mão desde que me queimei no incêndio. Mesmo assim, o sangue continua jorrando sobre meus dedos, denso e quente.

— Chase, Chase! Por favor, fique comigo, querido, fique! — As lágrimas explodem e caem em abundância pelo meu rosto. — Precisamos de ajuda! Aguente firme, por favor!

Ele olha para mim com a expressão agoniada.

— Gillian... as crianças... — O rosto dele se contrai e ele se esforça para falar. — Minha razão...

— Sim, Chase. A Gillian e as crianças são a sua razão de viver, então viva! Não se entregue! Não se entregue! — grito enquanto pressiono a ferida. — Eu preciso pedir ajuda! Socorro!

Grito para o quarto deserto, sabendo que preciso alcançar o telefone. Ligar para a emergência, chamar alguém, qualquer pessoa!

É quando Carson entra correndo no quarto.

— O que está acontecendo? — Ele larga a sacola que estava segurando. — Ah, meu Deus, Kathleen! Merda, Chase!

Ele cai de joelhos ao meu lado.

— Você está bem? A Cora? — pergunta ele, a voz séria e ansiosa.

— Eu estou bem, a Cora também... O Chase! Chame a ambulância, Carson, rápido! Ele levou um tiro no estômago.

Cora continua aos berros no outro quarto.

Carson corre para o telefone, liga para a emergência, e em questão de minutos escutamos as sirenes. Perco a noção do tempo: por um lado é como se ele se arrastasse e às vezes parasse, por outro é como se passasse na velocidade da luz. Carson está com Cora no colo no fim do corredor, onde ela não pode ver a cena no quarto, a mãe morta e Chase ensanguentado. Quando finalmente os paramédicos chegam, Chase está inconsciente e respirando com dificuldade.

— Por favor, senhora, se afaste. Nos deixe fazer o nosso trabalho.

— Eu não posso... Ele está sangrando muito, vai morrer de tanto sangrar!

— Senhora, nós cuidamos disso. — Um dos paramédicos, um rapaz alto e corpulento, me segura pelos braços e me tira de cima de Chase. — Nós estamos aqui, vamos cuidar dele.

Ele me coloca de lado e se concentra no trabalho. A cena dos homens preparando Chase para levá-lo para a ambulância passa pelos meus olhos e pela minha mente como em um sonho.

Depois de um longo momento eles saem do quarto levando Chase, e eu os sigo até a ambulância, com as mãos, os braços e o pijama sujos de sangue.

— Kat... — diz Carson, com a voz fraca. — Baby...

— Eu vou com eles — aviso, calçando minhas rasteirinhas perto da porta enquanto eles manobram a maca para sair.

— Desculpe, senhora. É contra o protocolo em caso de ferimento a bala. A senhora vai ter que nos encontrar no hospital. — O paramédico pula para dentro da ambulância e fecha a porta de trás tão bruscamente que sinto a lufada do deslocamento de ar me atingir.

Carson coloca a mão no meu ombro e aperta.

— Os policiais precisam do seu depoimento, e você tem que se trocar para ir ao hospital — ele diz, olhando para o meu pijama ensanguentado.

É nesse instante que começo a tremer. A princípio de leve, mas o ligeiro tremor nos membros se transforma numa tremedeira violenta no corpo inteiro. Meu estômago revira e uma náusea incontrolável sobe até minha garganta. Corro até o arbusto mais próximo e esvazio o estômago em vários espasmos. Uma policial feminina se aproxima e segura meu cabelo nas costas, me afagando, enquanto Carson fica de pé a meu lado, murmurando palavras reconfortantes com Cora nos braços.

Que desespero! Trato de afastar o medo e a angústia. Preciso ficar equilibrada, por Chase. Ele salvou minha vida e a vida do meu bebê. Devo tudo a ele. Tenho que ser forte, pelo menos até saber que ele vai sobreviver. Depois disso posso me dar ao luxo de desmoronar.

Enxugo as lágrimas, limpo a boca e prometo a mim mesma que não vou desabar. Vou ser forte, por Chase e por todos.

É quando eu começo a rezar.

※

Os únicos ruídos no quarto são o tique-taque do relógio e um murmúrio baixo que vem do corredor do hospital. Seguro a mão dele com a minha, com a máxima força que consigo com a mão direita, mas ele não se move.

Ele sempre comenta que minha mão está cada vez melhor, afagando-a, sorridente. Neste momento, porém, não há reação alguma. Estamos ele e eu somente, não sei ao certo para onde Gigi foi. Espero que esteja descansando, depois que finalmente a convenceram a ir para casa. Com sete meses de gestação, e após quatro dias e noites de apreensão, ela e o bebê estão precisando de repouso.

Eu, de minha parte, não consigo dormir. Toda vez que fecho os olhos vejo Chase caindo de joelhos, o sangue se espalhando pela camisa branca, os olhos arregalados, a mão segurando a arma e apertando o gatilho, uma vez, duas, diretamente no peito de Misty. E depois caindo para trás, a boca aberta num grito silencioso.

Então eu acordo. Toda noite é isso. Eu me desvencilho dos braços de Carson — estamos dormindo no quarto de hóspedes por enquanto —, com todo o cuidado para não perturbar o sono dele. Visto a calça de ioga e uma camiseta e venho para cá. Para o hospital. Tenho que me certificar de que Chase está vivo, que está respirando.

Quando ele respira, eu respiro. Normalmente eu apenas espio pelas persianas do lado de fora da UTI, enquanto Gillian e Chase dormem. Mas hoje ela não está, então eu entrei e vim me sentar ao lado dele.

É estranho vê-lo assim imóvel. Completamente inerte. No dia a dia, Chase é uma pessoa tão marcante e expressiva. Quando entra em um ambiente, todo mundo nota sua presença. Seu magnetismo é forte, as pessoas reparam nele. As mulheres o devoram com os olhos; os homens... ou têm medo ou o respeitam. Agora, não. Agora ele está deitado em silêncio, o abdome enfaixado, o peito nu. Eu o vejo respirar. Cada vez que seu peito sobe, o meu sobe também. A cada inspiração, uma parte de mim se aquieta, relaxa, me permitindo sobreviver mais um dia.

Uma mão quente pousa no meu ombro.

— Ei, querida, está tarde... Três da manhã. O que você está fazendo aqui? — Gigi sussurra, apesar de Chase estar sedado.

Ele está ligado a um respirador e sob forte sedação para não sentir a dor do ferimento a bala.

Ela puxa uma cadeira para perto da minha e se senta, olhando para mim. Depois pega minha mão e a segura entre as suas.

Eu me forço a inspirar o ar, e, pela primeira vez desde que tudo aconteceu, meus olhos se enchem de lágrimas, que logo escorrem pelo rosto.

— Eu amo o seu marido — digo, o coração batendo na garganta e um vazio de medo dentro de mim.

— Eu sei. — Ela pisca, e um brilho de ternura ilumina os olhos verdes à luz fraca do quarto de hospital.

Com cada grama de vergonha e orgulho que possuo, eu repito o que estou tentando dizer.

— Eu o amo de verdade.

Aperto a mão dela o máximo que posso, tentando fazê-la entender. Entender o que ele fez por mim, pelo meu bebê, por Carson e Cora. Nunca vou conseguir retribuir isso. Nunca. Sem falar em tudo o que ele fez por mim nos últimos três anos. Não posso perdê-lo.

— Eu sei — ela repete.

Engulo em seco, e a profundidade dos meus sentimentos explode.

— Não, Gigi. Eu o amo como... como se ele fosse meu irmão. — Minha voz custa a sair.

— Querida, ele *é* seu irmão — ela diz com naturalidade e me abraça.

— Ele poderia ter morrido. E a culpa ia ser minha. — Novamente minha voz falha, eu tropeço em cada palavra, mas preciso dizer a ela. Preciso admitir a dor horrível que me consome. — Eu poderia ter perdido o Chase, e aí teria perdido você também. — Dou um soluço em meio às lágrimas e começo a tremer nos braços de Gillian.

Ela me aperta mais.

— Não há nada que possa tirar você de mim. E o Chase é forte demais para deixar este mundo sem lutar. — Gigi passa a mão pelo meu cabelo. — Meu amor, ele fez uma escolha, pelo que eu sou muito grata. Se ele não tivesse se arriscado, você e o seu bebê não estariam mais aqui. A Misty teria te matado, não tenho a menor dúvida disso.

— Mas o Chase poderia ter morrido, e a culpa seria minha! — Soluço com o rosto enterrado no pescoço dela, me sentindo desolada.

Gigi afaga meu cabelo e minhas costas. Depois de me dar alguns minutos para desafogar a angústia, ela finalmente fala.

— Você me culpa pelas queimaduras que sofreu? Por ter perdido a capacidade de usar a mão direita como antes?

A pergunta é suave como uma prece, mas me atinge com força. Na verdade me atravessa como um relâmpago. Eu me afasto e encaro Gillian.

— Meu Deus, não! O que aconteceu comigo foi resultado dos atos de um louco. Você não é responsável pelo Danny. Você se sentiu assim nos últimos três anos? — Minha mente entra em parafuso com a possibilidade de minha melhor amiga ter carregado um peso tremendo durante todo esse tempo.

Gillian ignora minha pergunta.

— A Misty é uma mulher doente. Ela teve um surto e perdeu a capacidade de julgar o que era real e o que não era. Você não é responsável pelas ações dela.

— Mas... — começo, porém ela me interrompe.

— Não, Kathleen, eu não acho que você me culpe pelo que o Danny fez. Há muito tempo não penso mais assim. No começo eu pensava. Me preocupava que vocês todas me culpassem pelo que aconteceu. Graças ao dr. Madison, eu entendi que estava errada. Talvez você precise conversar com ele também, depois que tudo isto passar.

Faço que sim e deixo a cabeça pender para a frente.

— O Chase vai ficar bem. Os médicos disseram que ele vai se recuperar totalmente. Claro que nós temos pela frente um período de paparicação, mas também temos quatro mulheres e um grupo de empregados da casa mais que dispostos a se desdobrar em cuidados. — Gigi afaga minha mão do mesmo jeito que o marido dela faz quando quer me convencer de alguma coisa. — Ele vai ficar bem. Saber que você está viva e que o bebê está bem é a motivação de que ele precisa para sarar.

Respiro fundo e olho para Chase. Está dormindo. E vai ter anos e anos para continuar me atazanando, como um verdadeiro irmão faz.

— Sabe, Kat, o Chase faria qualquer coisa pela família dele. E você faz parte dessa família. Não só porque vai casar com o primo dele, mas porque vocês dois são muito próximos. São amigos de um jeito especial, e eu quero que essa ligação continue desse jeito. Ele ficaria arrasado se você e o bebê se ferissem de alguma forma.

Ela tem razão. Chase coloca a família acima de tudo, e está feliz porque vou ter um bebê. Está encantado mesmo. Quanto mais Davis houver no mundo, melhor, segundo ele.

O celular de Gillian vibra dentro do bolso do casaco. Ela o pega e o leva à orelha.

— Alô? — Um sorriso curva os cantos de seus lábios e ela olha para mim. — Sim, ela está aqui. Vou mandá-la de volta para casa. Sim, ela está bem. Só veio dar uma olhada no nosso rapaz de novo.

De novo? Ela sabe.

— Sim, eu acho que ela precisava resolver uma questão que estava tirando o sono dela. Pode deixar que vou fazê-la sair daqui já, já.

— Você sabia? — pergunto quando ela desliga e guarda o celular de volta no bolso. — Como? Você estava dormindo...

Ela se levanta e me leva junto.

— As enfermeiras me contaram. Eu tive que autorizar a sua entrada na UTI. Como você acha que entrou todas as noites?

Hum... Eu não tinha pensado nisso. Achava normal quando apertava a campainha e dizia quem eu vinha visitar e elas automaticamente abriam a porta para mim.

— Sinceramente, eu nem questionei isso. Você está brava?

— Porque você veio visitar o meu marido? Porque o seu carinho por ele é tanto que você não conseguia dormir enquanto não tivesse certeza de que ele estava bem? Não, amiga, não estou brava. Estou agradecida por ter você na minha vida. Agradecida pelo seu amor e amizade. Família é tudo, e você é minha irmã.

Ela me puxa para si e eu deixo as lágrimas caírem enquanto retribuo o abraço.

Ficamos assim por um longo tempo, até nossas lágrimas secarem e eu me sentir pronta para voltar para casa.

Carson empurra as cobertas quando entro no quarto.

— Como ele está?

Dou de ombros, tiro a calça de ioga e a camiseta e me enfio debaixo dos lençóis ao lado dele, só de calcinha e camisete.

— A Gillian disse que ele vai se recuperar totalmente.

— É claro que vai. — Ele me envolve no calor dos seus braços. — Você está bem?

— Sim.

— Por que toda hora você me deixa aqui para ir ao hospital?

Percebo na voz de Carson a insinuação velada de algo que eu não esperava dele.

Ciúme.

— Eu... preciso vê-lo respirar — respondo com toda a sinceridade, abrindo meu coração.

— Você se sente responsável? — Ele me abraça.

Aninho a cabeça no peito dele.

— Sim.

— Mas a Misty foi um erro meu, não seu. Fui eu que fodi com tudo. — O tom de voz deixa transparecer que ele também está incomodado.

Eu suspiro e roço o nariz e a boca nos pelos macios do peito largo.

— Nós dois erramos, mas vamos consertar isso. Além do mais, agora nós temos a Cora e um bebê que está chegando.

Carson passa a mão pelas minhas costas até a cintura e me puxa para mais perto.

— Nós temos que casar antes de o bebê nascer.

— Tudo bem.

— Tudo bem? — ele pergunta, arqueando as sobrancelhas, surpreso. — É assim? Só "tudo bem"?

Dou de ombros e suspiro profundamente.

— Não há por que esperar. Contanto que o Chase me leve até o altar.

— Pode demorar alguns meses para isso ser possível — ele sussurra.

— Então nós temos tempo. — Não tenho a mesma pressa de Carson para realizar a cerimônia.

— Onde você quer casar?

— Na praia, na frente da nossa casa. Só com os parentes e os amigos mais próximos. Descalços, com o mar como pano de fundo. As meninas como damas de honra e um vestido vaporoso desenhado pela Chloe — falo, sonhadora, já imaginando o cenário.

— Parece perfeito. Só falta um detalhe. — Ele se levanta, se debruça para fora da cama, abre a gaveta do criado-mudo e pega uma caixinha. Não consigo ver direito o que ele está fazendo no quarto iluminado apenas pelo luar, mas Carson abre a caixinha e a fecha em seguida. E então vejo algo reluzir entre seus dedos. — Me dê a sua mão.

Levanto a mão esquerda, que estava sobre seu peito.

— Você vai me pedir em casamento?

— Não.

— O quê? — Empurro o dedo enquanto ele coloca o anel, que serve com perfeição.

— Não. Eu te disse, é isso. Sem pensar em desistir, sem forçar, sem insistir, sem nada disso. Você podia ter morrido. Podia ter perdido o nosso bebê. Chega de brincadeira. Nós vamos casar assim que o Chase estiver em condições de te levar até o altar. Assunto encerrado.

Caramba... Carson nunca falou tão sério antes.

— E outra coisa: da próxima vez que você for sair escondido durante a noite, me dê um beijo e me diga aonde vai. Depois do que aconteceu nos últimos meses... nos últimos anos, pra ser mais exato... é o mínimo que você me deve e que eu espero. Sendo assim, quando você sentir o impulso de sair para aliviar a consciência e ver como o meu primo está, e a mulher dele, você avisa o seu homem. Ok? — Ele leva minha mão aos lábios e beija o anel no meu dedo.

Levanto a mão para onde a claridade incide e sorrio ao ver filetes brilhantes em todas as direções. É um diamante oval com outros dois menores, um de cada lado, também ovais. Nunca vi coisa mais linda.

— O diamante grande no meio é você. Os pequenos do lado representam a Cora e eu, que você aceita como sua família. Nós três, até trazermos para casa o nosso mais novo membro. Até que a morte nos separe — ele diz.

— Até que a morte nos separe. — Deslizo sobre o corpo de Carson e me deito em cima dele, de maneira que o meu coração e o dele fiquem colados. Ele deixa escapar um gemido, segura minha bunda e se esfrega em mim. — Eu te amo.

Eu me inclino para a frente, cubro a boca de Carson com a minha e me dedico a mostrar a ele quanto o amo, quanto valorizo este anel e quanto sonho com nosso futuro.

EPÍLOGO

KATHLEEN

— *O que acontece com vocês, chicas?* — pergunta *Ria*, as mãos nos quadris e balançando a cabeça, usando um vestido justo azul-royal que poderia ter sido roubado do closet de Sofía Vergara.

Ela está do meu lado, olhando para mim pelo reflexo do espelho. Estou parada na frente do espelho de corpo inteiro do meu quarto novo, que Carson mandou construir em nossa casa de praia para não termos que dormir no quarto onde Misty morreu. Aquele virou uma sala de jogos para os rapazes.

Neste exato instante, porém, estou me vendo em meu vestido de noiva. É leve e delicado, de seda branca vaporosa e com uma manga apenas, cobrindo completamente o braço direito e escondendo as cicatrizes. O outro braço fica à mostra. O corpete é bordado com pérolas, realçando minha barriga de sete meses, sem tentativa alguma de escondê-la. Carson e eu estamos animados com a chegada do bebê e queremos que o mundo inteiro saiba.

Passo as mãos na barriga, acalmando o pequeno irrequieto lá dentro. Ele ou ela não para de me chutar, querendo que eu me mova, e já dá para saber que vai ser bem insistente. Só sossega quando estou andando e me mexendo. Pelo jeito, embalar o bebê até ele dormir é o que me espera no futuro próximo.

— Em que sentido? — pergunto, enquanto Bree coloca raminhos de gipsofila e uma gérbera cor de laranja no meu cabelo, na parte presa de lado.

A outra parte cai em cachos pelas minhas costas, do jeito que Carson gosta. Uma vantagem de estar grávida é que meu cabelo está crescendo muito mais rápido e três vezes mais grosso que o normal.

Maria aponta para minha barriga e depois gesticula para meu corpo inteiro.

— Não é óbvio? Hello? Casando grávida.

— E daí? — pergunta Gigi, afofando a barra do meu vestido.

— Eu só acho engraçado que eu fui a única que fez as coisas direito. — Ela sorri, com ar pretensioso.

— Ah, tá... Falou a mulher que se casou com o irmão gêmeo do namorado!

Bree dá risada e Ria faz bico.

— *Cierto* — ela admite.

Dou risada também e viro de um lado para o outro.

— Você tem que reconhecer que é engraçado nós três termos nos casado grávidas.

— Tecnicamente eu não sabia que estava grávida quando casei, então não conta. — Gigi afasta as mechas avermelhadas por sobre o ombro.

— Não importa. Você estava grávida. E a Bree também, quando casou com o Phillip. — Maria se vira para mim. — E agora você, casando gravidíssima. — A confirmação não ajuda muito.

Franzo a testa.

— Você está me chamando de safada? Está chamando nós três de safadas? — Coloco as mãos nos quadris e inclino a cabeça para o lado, querendo enfatizar a pergunta.

Maria sorri.

— *Si el zapato calza...* — responde ela, falando rápido em espanhol.

— Fique quieta. Que história é essa, se a carapuça servir? Eu transei uma vez. Uma vez e fiquei grávida — Bree resmunga. — A Gigi foi sequestrada e o anticoncepcional foi interrompido. E a Kat... O que aconteceu com você, Kat? Esqueci. — Bree franze a testa e leva um dedo aos lábios.

— A validade do meu implante expirou.

— Ah, é mesmo... o implante expirou. Espere, como foi que você deixou isso acontecer? — Bree pergunta, em tom de acusação.

Reviro os olhos.

— Deixa para lá, Bree. Maria, continue... ou melhor, não. Só porque a Maria está com medo de engravidar e ser responsável por outro ser humano além dela, não significa que a mesma coisa aconteça com a gente.

Ela olha para mim boquiaberta e com a expressão indignada.

— Isso não é verdade! Se fosse eu não estaria esperando um bebê neste exato momento. — Ela arqueia as sobrancelhas, arregalando os olhos, e cruza os braços.

Nós três paramos de prestar atenção ao meu vestido e olhamos para Maria, perplexas. Ela retorce os lábios e seus olhos ficam marejados.

Então, três vozes soam ao mesmo tempo.

— Não diga! — Bree grita e começa a dar pulinhos de alegria.

— Ah, meu Deus, Ria! — Gigi exclama, unindo as mãos junto ao peito.

— Caramba... — sussurro, ainda sem acreditar no que acabei de ouvir.

Maria engole em seco enquanto nós três olhamos para ela, como que hipnotizadas. Não sei se alguma de nós chegou a acreditar que esse dia chegaria... o dia em que Maria finalmente cederia e concordaria em dar um filho ao seu marido. Ela adora crianças, claro, mas sempre foi tão focada na carreira e gostava de aproveitar ao máximo o relacionamento a dois. Toda vez que o assunto vinha à tona, dava um jeito de se esquivar, alegando que ela e Eli tinham todo o tempo do mundo.

— Maria...

Eu me calo, sem saber o que dizer. Bree, por outro lado, não tem problema algum em falar. Em seu tubinho pink, ela praticamente voa para cima da nossa irmã de alma e a abraça, dando gritinhos entusiasmados.

Gigi passa um braço sobre meus ombros, nós duas com os olhos marejados e esperando a nossa vez. Só que parece que Bree não tem a intenção de largar nossa amiga, então vamos até lá e nos juntamos às duas, num grande abraço coletivo, todas felizes e animadas com a ideia de nossas crianças crescerem juntas e de vivermos como uma grande família feliz.

Nosso abraço é interrompido por uma voz ressonante.

— Todo mundo pronto para começar o show?

Sou a primeira a me afastar para ver Chase de pé na soleira da porta, usando uma calça preta e uma gérbera cor de laranja na camisa, igual à que Bree colocou no meu cabelo. Ele parece tão bem, bronzeado, saudável. Nos seus braços, um pacotinho de amor embrulhado em uma manta azul. Gillian se afasta também e se aproxima do marido, enlaçando-o pela cintura e esticando o pescoço, ao mesmo tempo em que ele inclina a cabeça para receber um beijo nos lábios.

— Estão todos prontos lá embaixo? — ela pergunta, olhando para o rosto do marido, ambos envoltos em uma aura de puro amor.

— Sim, linda. Você fica com o Clay enquanto eu entrego a noiva ao meu primo? — Ele sorri e a beija mais uma vez.

— Sim — ela responde, com ar sonhador, puxando-o pela nuca e o beijando uma terceira vez, mais profundamente do que os dois selinhos anteriores. Então pega o bebê de três semanas nos braços.

As meninas saem do quarto apressadas, os vestidos farfalhando. Chase se aproxima de mim e coloca as mãos nos meus ombros. Olhamos um para o outro pelo reflexo no espelho, e eu dou uma última avaliada em mim mesma antes de me tornar a sra. Carson Davis.

— Pronta para se tornar uma Davis? — Ele sorri.

Cubro uma das mãos dele com a minha.

— Totalmente Me leve até o meu noivo.

Ele ri baixinho, me oferece o braço e me conduz através da casa até a varanda que leva à praia particular. Foi feito um caminho com pétalas de flores, e nosso gazebo está decorado com charmosos arranjos de margaridas cor de laranja e outras flores silvestres. Cortinas de tecido vaporoso caem ao redor, criando um lindo arco. No alto dos degraus estão Carson e o sacerdote.

Os olhos de Carson parecem refletir o azul do céu limpo, e seu sorriso é tão esplendoroso, tão repleto de amor que eu quase tropeço. Quero chegar perto dele logo. Chase me ampara e sorri enquanto subimos os degraus para a pérgola e em direção ao homem com quem vou passar o resto da vida. Chase me entrega a Carson, que segura minhas mãos.

— Você está linda — ele sussurra somente para os meus ouvidos.

— Você é um amor — retruco.

— Você é tudo. — A voz dele soa carregada de uma emoção infinita.

— Tudo que eu sou é seu.

CARSON

— *Baby, você foi incrível. Estou maravilhado* — digo para minha esposa depois de vivenciar a experiência mais desafiadora conhecida por um homem.

Como uma mulher consegue sobreviver ao parto é um mistério.

Kathleen suspira, afagando o queixo do nosso filho com o polegar. Sim, Maria estava certa, como sempre. Ela simplesmente não entende a graça do "queremos que o nosso primeiro bebê seja uma surpresa".

Mas não posso me irritar agora. Estou olhando para minha mulher e meu filho. Cinquenta e três centímetros e três quilos e duzentos gramas de um serzinho humano perfeito.

— Ele é perfeito — Kat murmura, a voz embargada.

— É, sim.

Uma batida soa na porta.

— Hora de apresentá-lo. — Eu a cubro com o lençol depois da amamentação, que correu surpreendentemente bem para a primeira vez.

Kat engole em seco e olha nervosa para a porta.

— Você acha que ele vai ficar contente? — Os olhos cor de caramelo oscilam com apreensão.

— Só tem um jeito de descobrir. — Eu sei que isso vai fazer tremer nas bases o homem que está prestes a entrar no quarto.

— Todo mundo decente? Podemos entrar? — pergunta Chase, o braço sobre os ombros de Gillian.

Kathleen ri.

— Entre, pessoal.

Kathleen se acomoda na cama, se sentando mais ereta. Chase se aproxima, com Gillian logo atrás. Ele sempre quer segurar os bebês no colo. Esse homem é um ímã de crianças, e eu tenho a sensação de que vai ter uma conexão muito especial com meu filho. Pelo menos eu espero. Meu garotinho vai precisar de todo o amor e a força da família.

— Ora, vejam só o nosso pequeno guerreiro — murmura Chase, se inclinando.

Gillian se inclina ao lado dele para olhar.

— Moreno de olhos azuis, como o tio Chase. Como vai se chamar esta coisinha? — pergunta Gigi, segurando o pezinho dele.

Kathleen clareia a garganta e eu aperto o ombro dela com a mão, para que ela saiba que estou aqui, apoiando-a.

Com cuidado, usando a força recém-descoberta no braço ferido, ela ergue o bebê na direção de Chase.

— Apresento a vocês Chase William Davis Segundo. — Um tremor percorre o braço dela até a minha mão. As lágrimas aparecem e começam a cair pelo seu rosto.

Chase olha bruscamente para mim, depois para Kat, em seguida para o bebê e de novo para Kat.

— Kathleen... Carson... eu não... não sei o que dizer — gagueja, evidentemente surpreso.

Kathleen cobre a mão de Chase com a dela, sobre o corpinho do nosso filho. Gigi o abraça, derramando lágrimas que só podem ser de alegria.

— Se você não tivesse arriscado a sua vida naquela noite, ele não estaria aqui. Nem eu. Este é o nosso presente pelo seu sacrifício — Kathleen fala com dificuldade as frases que ensaiou uma centena de vezes nos últimos meses, desde que tomamos a decisão.

Chase balança a cabeça.

— Não foi sacrifício, Kathleen... Carson... — As palavras dele soam formais e roucas de emoção.

Kat envolve sua face com a mão.

— Obrigada — ela sussurra.

Os olhos dele se enchem de lágrimas, e uma delas escapa. É a primeira vez que o vejo chorar desde o enterro de tia Colleen. Ver este homem poderoso tão emocionado, e demonstrando a emoção, é uma coisa que nunca mais vou esquecer.

Chase engole em seco e clareia a garganta.

— Eu vou me empenhar ao máximo para ser um bom exemplo para este menino e mostrar a ele e a vocês como estou honrado com esse gesto. Nada vai faltar para este rapazinho — ele diz, com veemência.

— Ah, não! — Gigi balança a cabeça e a apoia nas costas dele. — Mais um... Boa sorte, gente! Ele vai comprar para o filho de vocês todos os brinquedos, carro, casa, tudo. O filho é dele agora. Vocês deviam ter pensado nisso antes de jogar essa bomba — ela brinca, aliviando o clima.

Chase não se deixa desconcertar. Ele ergue o bebê até a altura do seu rosto, enterra o nariz no pescoçinho dele, inalando, e o beija na testa.

— Vamos ser você e eu, garotão. Vou te ensinar tudo o que você precisa saber sobre dinheiro e sobre como usá-lo para controlar o universo. É ou não é?

Reviro os olhos, mas não consigo disfarçar um sorriso enquanto meu primo continua:

— E olhe para a sua tia Gigi, veja como ela é linda. Quando você crescer, vai me dar razão! E eu vou te ensinar a conseguir o seu próprio bebê um dia. Ah... — ele começa a andar de um lado para o outro no quarto — ... nós dois, garoto. Meu xará. Não é só mais um nome bonito começando com C. Nós dois, você e eu...

Gillian se debruça sobre Kathleen e a abraça.

— O presente fez sucesso. — Ela ri.

— Sim, parece que sim. — Kat ri também e retribui o abraço da amiga.

— Nada nunca vai estar à altura desse gesto de vocês. Tem noção disso?

— Melhor irmã do mundo! — Kat sorri e nós três damos risada.

— É capaz de ele nunca mais devolver o filho de vocês. — Ela gesticula com o polegar por sobre o ombro na direção de Chase, que não parece ter a intenção de trazer o bebê de volta.

Atravesso o quarto até ele.

— Já está bom. Me dê o meu filho.

— Ele é meu xará. Nós estamos nos conhecendo — Chase retruca e estreita o bebê nos braços.

Estendo as mãos, com a expressão séria, e ele me entrega o bebê, resmungando.

Então a porta se abre, e Bree e Phillip entram, sorridentes. Maria e Eli vêm logo atrás, seguidos por Chloe e meu pai. Cooper deve chegar logo também, e Craig e Faith chegam de viagem em cerca de duas semanas.

Todo mundo saúda meu filho e parabeniza Kathleen e a mim com votos de boas-vindas, abraços e tapinhas nas costas. A reação de cada uma das meninas é a mesma ao saber que demos o nome de Chase ao bebê, com gritinhos de surpresa e alegria. Os risos se sucedem quando Kathleen pergunta a Maria se ela vai ter menino ou menina. Maria passa a mão pelo ventre de quatro meses de gestação.

— *No lo sé* — ela admite, e todos param de rir.

— Espere um minuto... Com cada uma de nós você adivinhou o sexo do bebê, e o seu você não sabe?

Ela dá de ombros e Eli sorri, colocando o braço sobre os ombros dela.

— Acho que só funciona com os outros. Nós marcamos um ultrassom para segunda-feira, e então vamos saber.

O resto do grupo dá risada, e a confraternização se estende por algum tempo até ficar claro que Kathleen está cansada e que o bebê precisa mamar outra vez. Além disso, quero passar um tempo sozinho com minha família.

Quando todos já estão saindo, a babá das crianças de Chase e Gillian entra no quarto com Cora. Coloco meu pequeno Chase nos braços de Kat antes de pegar minha menininha e sentá-la na cama ao lado dela. A babá se retira em silêncio.

— Mamãe, esse é o meu bebê? — ela pergunta a Kathleen.

Depois que Misty saiu de cena, há alguns meses, Cora passou, por conta própria, a chamar Kathleen de "mamãe". Nenhum de nós pediu que ela fizesse isso, tampouco lhe dissemos que não fizesse. E Kathleen nunca se esquivou desse papel, para minha grande alegria. Ela não demonstrou outro sentimento por Cora que não amor e carinho, desde o instante em que a conheceu.

Ela passa a mão pelo cabelo de Cora e aperta o nariz dela.

— Sim, querida. Este é o seu irmãozinho, Chase.

Cora torce o nariz.

— Mas Chase é o nome do tio Chase.

— Eu sei. Nós demos o nome dele para o bebê. Não é legal?

Ela faz que sim com a cabeça e então se inclina e dá um beijo na testa do bebê.

— Oi, Chasey. Eu sou a sua irmã, Cora. Diga Coooooraaaa — ela arrasta a voz. Espera alguns segundos e então olha para nós. — Ele não disse...

Kat e eu damos risada.

— Não, meu amor, porque ele não sabe falar. Ainda vai demorar um tempo até ele aprender a falar como a gente.

— Está cansado... Olha, os olhos estão fechados — diz ela, feliz, como se tivesse acertado um grande enigma adivinhando o que o irmão precisa.

— Sim. Não quer deitar com a mamãe e o irmãozinho e descansar um pouco?

— Tudo bem. — Ela se encosta em Kathleen e fica olhando para o irmão, em silêncio.

Eu me encosto do outro lado de Kathleen, sentindo uma emoção tão intensa que não sei como vou sair desse estado, nem se quero sair.

— Kathleen, como é que nós tivemos tanta sorte?

Beijo a cabeça dela e olho para nosso filhinho e nossa filha sentada na cama; Cora está afagando o cabelinho castanho de Chase, confirmando que nós realmente fizemos a escolha certa. É bem provável que ele fique muito parecido com meu primo.

Kat fica em silêncio por um momento, apenas observando o nosso menino. Então olha para Cora e depois para mim. Seus olhos castanhos expressivos estão marejados, e eu pretendo passar cada dia da minha vida admirando-os.

Ela sorri com ternura.

— Só existe uma explicação lógica.

— E qual é? — Eu me inclino e encosto a testa na dela.

Kat responde com os lábios tocando os meus, para que possamos ambos sentir fisicamente a resposta.

— É o destino.

AGRADECIMENTOS

Ao meu marido, Eric, que sabe quanto esta série significa para mim. Obrigada por estar sempre ao meu lado e me apoiar quando entro em paranoia, com medo de que meus leitores não se conectem com minhas palavras do jeito que eu espero que façam. Eu te amo.

Às minhas irmãs de alma, Dyani Gingerich, Nikki Chiverrell e Carolyn Beasley. Este é o final da série, mas não o nosso! Nosso vínculo não tem limites. Gosto de pensar que depois de ler os cinco livros vocês entendam o tamanho do meu amor por vocês. Esta série é o meu legado à nossa amizade. Eu sempre vou amar vocês mais.

À minha editora, Ekatarina Sayanova, da Red Quill Editing. Nunca vai existir outra editora com quem eu me conecte tão completamente. Quem dera todos os autores encontrassem o que eu encontrei. Obrigada.

Roxie Sofia, você me faz rir e faz meus manuscritos brilharem. Sou muito grata pelo seu olhar crítico sobre meus projetos. Eu realmente gosto de trabalhar com você.

À minha extraordinariamente talentosa conselheira Heather White (também conhecida como Deusa) e à minha assistente pessoal, Jeananna Goodall. Foi uma jornada alucinante até aqui. Obrigada por me apoiarem em tudo.

Ceej Chargualaf, não tenho palavras para expressar o que significa para mim a sua leitura prévia dos meus livros. Seu entusiasmo é contagiante e enriquece minha inspiração. Lamento que você tenha precisado esperar tanto entre um capítulo e outro, quando eu inevitavelmente deixei você em suspenso. Você é um ser humano gentil, com espírito esportivo e amoroso. Adoro ter você na minha equipe.

Ginelle Blanch, Anita Shofner, Tracey Vuolo, minhas fantásticas leitoras beta. Espero que este livro traga o desfecho de que vocês precisavam para esta série. Demorou mas chegou. Obrigada pelo apoio de sempre, em todos os momentos em que precisei de vocês.

À minha equipe de campo, as Audrey's Angels: juntas nós podemos mudar o mundo. De livro em livro. *Besos*, queridas.

Impresso no Brasil pelo Sistema Cameron da Divisão Gráfica da
DISTRIBUIDORA RECORD DE SERVIÇOS DE IMPRENSA S.A.